Alle Figuren und Ereignisse -
auch die, die sich auf lebende Personen,
Orte und Ereignisse beziehen -
sind gänzlich frei erfunden.

# Ein Sommer

*Eine Erzählung*

Von

Stefan Schürrer

Herstellung und Verlag:
BoD - Books on Demand, Norderstedt
ISBN 978-3-7357-8873-3

TO CORNELIA

who brought it to me
and who will take it
away

*Abschnitt 1*

Es ist früh am Morgen und ich frage mich gerade ernsthaft: „Warum habe ich eigentlich die Wohnung verlassen?" Als ein Mädchen mit schweren Einkaufstüten meinen Weg durchkreuzt und ich ihr zur Hand gehe, habe ich noch mit den Nachwirkungen eines üblen Abends zu kämpfen und hätte mir nie träumen lassen das aus einer netten Geste zwischen Menschen eine Geschichte des Erwachsenwerdens und der Entfremdung entsteht. Aber eines nach dem Anderen.

Der Abend zuvor war wie einer dieser üblichen Abende und die Luft des ganzen Tages war elektrisierend. Gestern auf jeden Fall um eins aufgewacht, völlig verschlafen und musste um zwanzig nach eins am Bahnhof sein. Also im Sprint zum Zug. Im Zug weitergeschlafen. Man besucht seinen älteren Bruder zum Geburtstag mit einer Flasche Whiskey unter dem Arm und nach diesem Ereignis gilt: Das machen wir jetzt jeden Geburtstag! Komm erst einmal in mein Alter, heißt es immer wieder den ganzen Abend von ihm. Er verschläft das Jahrhundertgewitter, du sitzt mit offenem Mund auf dem Balkon, wie auf Ecstasea. Du bewunderst mit deinen Freunden den Regen und die Wolken, die durch die Blitze aufleuchten und ihre Form preisgeben, ein Donner hallt in der Gegend wie ein großer Erdrutsch der Götter, offenbart die Angsthasen, Blitze wie Blitzlichtgewitter, Blitze wie bei der Entrückung erleuchten den Himmel taghell. Mit einer Whiskey Flasche unter dem Arm, einfach unterwegs sein, aus dem Zug und mit einer herzlichen Umarmung von deinem Bruder begrüßt werden. Ankommen, unkompliziert saufen, reden und so weiter und allgemein einen wunderbaren Tag gehabt. Wunderbar. So sollte jeder Tag im Leben sein. Die Vergangenheit in Schwarz-Weiß rekapitulieren, ein paar Anekdoten auffrischen, zum Beispiel wie ich mein Handy auf einer Party quer durch den Raum geworfen habe, an den Kopf eines

Hinterwäldlers, weil er mich fragte wie weit ich im Studium bin und ob ich und wie ich studiere und mich verurteilte, da ich kein bisschen so bin wie er.

„Gott, hast du schon mal diese AISEC Partys mitgemacht? Jan hat mich auf ein paar davon mitgeschleppt, die sind umwerfend. Da tummelt sich die ganze Welt und alle wollen nur Spaß haben! Die haben die abgefahrensten Geschichten drauf, das hättest du sehen müssen!" „Ich glaube dir. Die Kids fühlen sich ja auch nirgends zu Hause. Die wollen nur eine super Zeit haben und vergessen dadurch, dass ihr Handeln auch Konsequenzen hat. Ich sage dir aber, wilde Partys sind nicht alles. Komm erst einmal in mein Alter!", liegt er mir wieder in den Ohren. „Ach was." – und nach den Geschichten wieder auf den Weg in Richtung Studentenwohnung. Auf dem Rückweg muss ich zum Bus rennen, weil wir uns so verquatscht haben und er ruft mir noch nach: „Mach nicht allzu viel Blödsinn, hörst du!" „Du kennst mich doch!" „Deshalb sag ich es ja!", kommt noch von ihm und im Bus erhalte ich dann eine SMS von ihm, seit Jahren hat er mich mal wieder so richtig rennen gesehen, mega lustig! Das alleine war es schon wert, schickt er mir noch und, dass wir das jetzt jeden Geburtstag machen!

Dann wieder unterwegs mit dem Zug. Wunderbar. An der Ader des Lebens. Auf dem Heimweg begegne ich anderen leuchtenden Leuten. Erst gucke ich über die Lehne und wundere mich über die offene Betrunkenheit einiger Kids. Bei der nächsten Station sitze ich aber schon bei ihnen. Sie fahren schwarz und haben auch Bier, Zigaretten und Gras, fahren in dieselbe Richtung. Ich begrüße, frage, ob man sich dazu setzen darf, sie sind angetan und teilen alles. Sind vielleicht ein paar Jahre jünger als ich, Anfang zwanzig und damit drei oder vier Jahre Unterschied, damit heutzutage schon fast eine andere Generation, ein anderes Denken. Wollen Geschichten hören und wenn man ins Schwadronieren abfällt, unterbrechen sie dich grob: „Alter! Laber nich´, Schweine labern auch nicht." Irgendwo steigen sie aus, ich weiß nicht wohin, steige erst einmal mit aus. Steige wieder ein, bin mittlerweile vollkommen irre im Kopf. Habe sie verloren, treffe ein charmantes Mädchen und frage nach meinem Heimatbahnhof. Sie guckt geschockt, zeigt mir den richtigen Zug, meint mahnend, steig schnell aus, ich steige aus, der Zug fährt ohne mich weiter und ich lande wieder bei meinen Bierfreunden am anderen Gleis. Sie sind ganz irritiert und fragen voller Sorge, wo warst du? Ich erzähle es, sie lachen sich schlapp. Der Zug kommt, sie fahren nicht mit, weil ein gutes dutzend Schaffner mit einsteigen, geben mir aber ihr letztes Bier. „Tschuldigung? Wann sind wir in Bielefeld?" „Um um." Um um. Natürlich. Die Schaffnerin geht schon wieder weiter. Ich bin verwirrt, halte sie am Arm: „Tschuldigung, um was?" „Um zwölf." „Ah. Um zwölf. Danke."

Ich komme dann schließlich um elf an. Bei jedem Kaff habe ich dem Bahnhof den Mittelfinger gezeigt, keine Ahnung warum. Bin einfach nur aufgedreht. Die übrigen Zugpassagiere haben mit jedem Halt komischer geguckt. Als ich zu Hause ankomme, habe ich das nächste Bier leer gesoffen, vom Balkon geworfen und mit dem Mitbewohner die ganze Nacht geredet. So sahen damals viele meiner Tage aus. Kaum geschlafen, durchkreuzt am nächsten Morgen das besagte Mädchen mit schweren Einkaufstüten meinen Weg. Ich überlege kurz, ihr müsste man helfen. Ich grinse verlegen, weil sie mich hilflos anschaut. Sie nur, bevor ich etwas hilfreiches sagen kann: „Trägst du mir die Sachen bis zur Tür für eine Götterspeise?" Ich schüttele mich wach. Finde keine Worte. Meine nur ertappt: „Na klar." Sie fragt auf dem Weg einiges. Ich hingegen bin kurz angebunden, gebe kaum Antworten, wenn dann nur wenige Worte. Die Mittagssonne blendet mich und kein klarer Gedanke will aufkommen. Meine Gedanken kann ich gerade nicht sortieren. Ich sollte alles anders dosieren, ich habe ja nur noch das Gedächtnis einer Amöbe. Sie muss mich für bekloppt halten. Dabei bin ich gerade nur in chaotischen Gedanken verstrickt. Auf meiner Reise ins Innere. Antworte deshalb nur einsilbig. Mehr nicht. Ich habe den Abend damit beendet, die eigentlichen Fragen des Lebens zu hinterfragen. Die Welt und die Bedeutung der Menschen darin verstehen, darum geht es doch für den einzelnen Menschen, bevor er das Licht aus macht und sich zum Schlafen herumdreht. Und nur weil ich gerade noch ein bis zwei bewusstseinserweiternde Drogen mehr im Blutkreislauf habe als andere Menschen, um diesen grundlegenden Problemen auf die Spur zu kommen, heißt das noch lange nicht, sie haben mehr Recht als ich. - Mehr Rechte? Nein, mehr Recht. - Wieso nehmen mich Leute weniger Ernst, wenn ich auf Drogen bin? Die ganze Welt lechzt doch nach Drogen! Wieso sonst hascht jedes halbwegs intelligente Tier nach halluzinogenen Pflanzen? Es gibt eine Affenart die regelmäßig eine bestimmte Art Tausendfüßer kaut, weil sie einen berauschenden Stoff absondert. Vergorene Früchte fressen fast alle gern. Schnecken mögen Alkohol. Wieso sonst beschließt ein Kind sich mit der Schaukel einzudrehen? Weil es den Zustand mag: orientierungslos, verwirrt und adrenalisiert zu sein. Schon als Kind beschließt man verrückte Sachen zu machen, das Bewusstsein auf eine gewaltige Probe zu stellen und das jeden Tag aufs Neue. Man schaukelst höher und weiter, als jemals ein Kind zuvor; man klettert höher und dreht sich so schnell das man sich schließlich übergibt. Alles nur, weil man den Kick sucht.

„Danke.", höre ich sie noch sagen und mich aus meiner geistigen Reise werfen. Ich schüttele mich wach. Wir stehen vor einer einfachen Hochhausfront. Das Mädchen weiter: „Stell die Sachen doch da vorne bei dem Stein ab, dann kannst du dir eine Götterspeise aussuchen." „Äh. Nein danke. Habe ich doch gerne gemacht. Ich wollte sowieso gerade fragen, ob du Hilfe brauchst. Du sahst ein bisschen überfordert aus mit den schweren Tüten." Sie schaut komisch, wundert sich vielleicht über meine spontane Gesprächslaune. Ich nur: „Ähm. Nicht, das du auf mich schwach gewirkt hast. – Ach. Verdammt. Vergiss was ich gerade gesagt habe. Ich hatte eine lange

Nacht. Lass uns doch noch mal von vorne anfangen. Wie wäre das? Ich war gerade nicht ganz bei der Sache. Tut mir leid. Wie war dein Name nochmal? Behalt deine Götterspeise, darf ich dich auf einen Kaffee einladen?" Sie scheint angetan. Stellt sich vor: „Ok. Meinetwegen. Damit bin ich einverstanden, jeder hat eine zweite Chance verdient. Einen Kaffee kann ich gerade auch gebrauchen. Mein Name ist Cornelia. Nochmal danke fürs nach Hause tragen." „Kein Problem. Ich bin…", erwidere ich nur und leite damit das Kennenlernen ein.

Wir treffen uns jetzt schon an die vier oder fünf Monate. Man könnte sagen, wir sind mittlerweile in einer glücklichen Beziehung. Aber das heißt noch lange nicht, dass mich alles auf die Dauer glücklich macht.

Nach dem Kennenlernen-Kaffee feiern wir jetzt unser Fünfmonatiges mit einer Museumsveranstaltung eines befreundeten Künstlers. Ich habe Cornelia dazu eingeladen. Cornelia kommt nach der Museumsveranstaltung noch mit zu mir. Ich weiß gar nicht, wie ich sie dazu überredet habe. Harald Steinhagen, ein befreundeter Künstler hat heute seine Ausstellung eröffnet und die Zeitung hat mich geschickt, damit ich einen Artikel darüber schreibe. Ich habe Cornelia mitgenommen, weil sie sehen wollte mit was und mit wem ich meine Zeit verbringe.

Sie weiß schon, dass ich schreibe. Nicht einfach so, sondern um damit Geld zu verdienen. Ich habe auch schon mal ein Buch veröffentlicht. Meine ersten Lesungen hatte ich bei Harald. Er war es auch, der mich anspornte professioneller zu schreiben, ein Buch herauszugeben, ist sozusagen mein Mentor in der Kunst; den wollte Cornelia endlich treffen. Aber das ist wieder eine andere Geschichte. Momentan schreibe ich in einem Sommerpraktikum für eine Zeitung, zum Beispiel auch über Haralds Ausstellung. Eigentlich wollte Cornelia nach der Museumsausstellung mit dem Auto zurück nach Hause fahren, weil sie in ein paar Tagen ihre wichtigen Abiturprüfungen hat.

Jetzt liegt sie aber mit dem Rücken zu mir in meinem Bett. Ihr Tattoo auf dem linken Schulterblatt glänzt im Licht der Zimmerfunzel. Sie beißt mir immer beim Küssen auf die Lippen, ganz zart. Sie stöhnt, wenn ich mit ihr durch die Laken wühle.

Sie streichelt mich von sich aus und bringt mich wieder zurück in die Gegenwart. Ich bin verträumt und nicht so oft im Augenblick, damit hat Cornelia sich abgefunden. Sowieso ist sie zuvorkommend, liebevoll, leidenschaftlich, klug und offenherzig. Genau das Gegenteil von meiner heutigen Leistung im Museum. Heute ist auch nicht mein Tag. Von mir kommt heute nur ein einziger kluger Ausspruch, den natürlich jeder gehört hatte: „Architektur und Natur? Architektur und Natur in einer Symbiose. Das klingt wie schlechter Sex ohne Kondom. Unsicher. Riskant und kein bisschen neu." Alle im Museum haben mich gehasst für meine Offenheit. Cornelia liebte es und musste sich das Lächeln verkneifen. Das wird auf jeden Fall der Aufhänger für den Artikel. Soviel weiß ich jetzt schon. Aber da hört es auch schon auf. Ich habe Cornelia den Künstler Harald Steinhagen vorgestellt und sie ein bisschen herumgeführt. Harald nimmt mich in einer ruhigen Minute zur Seite und will mir nur eben sagen was für ein nettes Mädel ich dabei habe. Ich habe ihr ein bisschen was zu den Werken erzählt und was Haralds Intentionen waren. „Die Zacken symbolisieren seine Angst und Unfähigkeit sich darüber auszudrücken. Deshalb haben diese Figuren als Haut zackige Schuppen; um sich vor der Welt zu schützen, weißt du…", erkläre ich bei einem Bild. „Aber was Harald mit diesem Bild allgemein aussagen will, weißt du auch nicht oder?", fragt sie und ich schüttele den Kopf. Ich kläre sie noch darüber auf, dass Harald für seine Skulpturen berühmt ist und er dort besser punkten kann. Obwohl Cornelia an meinem Rockzipfel hing und alles von mir über die Gemälde und Skulpturen wissen wollte, habe ich eine grobe Meinung davon wie mein Artikel aussehen soll. Es ist ja auch nicht mein erster Artikel, aber es wird der erste Artikel sein, den sie mögen und veröffentlichen.

Cornelia ist ein bemerkenswertes junges Ding. Sie ist die erste Frau, die mir Paroli bieten kann, mit der ich zum Beispiel schon beim ersten Kennenlernen-Kaffee über die Rolle der Nutte in der Gesellschaft gesprochen habe. Das Natürlichste was es gibt. Sie befriedigen die Begierden der Männer seit Jahrtausenden, ganz normal. Wir waren uns aber schnell einig, was daran falsch sein kann: Die Frauen dazu zu zwingen. Dieses Gespräch hat sich einfach ergeben. Im ersten Moment dachte ich damals, jetzt habe ich es versaut. Das war´s. Mit diesem Thema habe ich sie verschreckt. Wieso sage ich, dass ich Nutten kenne? Jetzt ist es aus, - aber Cornelia entgegnet nur: „Du hattest also schon mal Sex mit einer Prostituierten? Interessant. Hat sie dir auch ein paar spezielle Kniffe beigebracht?" „So war das natürlich nicht gemeint.", versuche ich mich noch herauszureden, aber sie fällt mir ins Wort: „Ja. ja. Ich weiß schon wie du das gemeint hast."

Schon am Abend unserer ersten Kaffeeeinladung ging es ins Bett. Sie war noch seltsam zurückhaltend, neckisch fast. Im wilden Treiben lässt sie sich nur vorsichtig küssen, zieht vor Lust ihre Lippen weg und ich soll wollüstig hinterher, was ich auch tue. Was bleibt mir da anderes übrig. Ich bin ihr von der ersten Sekunde an verfallen. Sie stöhnt mit offenem Mund, ihre Hände streicheln über meine bebende Brust, bohren sich in meinen aufbäumenden Rücken, wenn wir wilder werden. Es hat sich irgendwie ergeben. Wir sind nach dem Kaffee noch zu mir, bei einer Flasche Wein wollte sie unbedingt noch mehr über mein Buch erfahren. Eine Berührung von ihr folgte einer Berührung von mir, es war wie ein Sturm der Gefühle. Ich habe es nicht darauf angelegt. Ich bin nicht der Typ für eine schnelle Nummer, nicht mit einem Mädchen was mir vom ersten Moment an auch vom Intellekt her gefällt und mit der man etwas Größeres starten könnte. Hin und wieder liegt die Spannung aber einfach in der Luft, da kommt man mit guten Vorsätzen auch nicht gegen an. Frauen wissen es sowieso vom ersten Augenblick an. Sie wissen vom ersten

Augenblick, ob sie mit einem Typen Kinder kriegen, ihm eine reinhauen oder nur eine flüchtige Nummer schieben und sich danach nie wieder bei ihm melden wollen. Ich löste mich immer mal wieder vom innigen Moment. Mich beschäftigte zu viel, zu viele Eindrücke hauten mich um, um wilder zu werden. Meine Hände erkundeten ihren Körper und sie duftete so gut. Ich konzentrierte mich auf ihre empfindliche Haut, ihren schönen Duft und ergab mich ihren Berührungen, die ein tiefes Knistern bei mir lostraten. Es war wunderbar und gleichzeitig zu gewaltig. Deshalb schaltete ich einen Gang herunter und küsste, umarmte sie nur und kuschelte mich an sie. Aber auch nicht für lange. Die Spannung zwischen uns war unerträglich und ging energiegeladen auf den Höhepunkt zu. Sex wäre jetzt irgendwie das Falsche, dachte ich mir trotzdem in jeden Moment. Wir lagen aber schon in Unterwäsche da und wühlten durch die Bettlaken, wir scheuerten uns aneinander wie wilde Säue im Schlamm und rieben uns gegenseitig den Schlamm vom Körper, dass wir bald ganz nackt dalagen. Es reichte nicht mehr viel, um alles explodieren zu lassen.

Dann sagte sie verspielt: „Deine Bartstoppel kratzen." Wir lachten beide. Damit hatte sie uns gerettet. Das Lachen hatte alle Spannungen für einen Moment genommen. Als sie wieder loslegen wollte und mich heiß machte mit ihrer Hand unter meiner Gürtellinie, spürte ich kurz Zurückhaltung, als ich mich auf sie wälzte und das Treiben wieder wild wurde, sah ich Zweifel in ihren Augen. Ich hielt sie deshalb sanft zurück, obwohl jede Faser meines Körpers danach strebte. Ich sprach es liebevoll an und sie war überglücklich. Fiel mir in die Arme und küsste mich, flüsterte: „Ich habe dich lieb." Streichelte mir einmal die Bartstoppel entlang und kuschelte sich dann an mich. In diesem Moment verfluchte ich mich und war gleichzeitig etwas froh darüber. Wir unterhielten uns über unsere anderen sexuellen Erfahrungen und später gestand sie mir auch, eigentlich wollte sie damit noch warten. Sie dachte nur ich will es unbedingt. Sie war dann überglücklich das ich auch warten wollte.

Cornelia krault mir den Rücken und holt mich gerade wieder in die Gegenwart zurück. „Du bist heute wieder so verträumt." „Ich musste an unsere Anfänge denken.", gestehe ich. „Oh. Wie süß.", veräppelt sie mich. Ich verziehe nur das Gesicht. Sie küsst mich und kichert: „Du kitzelt mit deinem Bart. Willst du ihn nicht mal wieder stutzen?" Ich schüttele nur den Kopf und starre wieder in mein Notizbuch. Dann lässt sie mich in Ruhe an dem Artikel zur Museumsausstellung schreiben. Mir kommt aber nur das Wort ‚Spaßmaßnahmen' in den Kopf geschossen, ansonsten ist mein Kopf leer. Ich muss lächeln und gebe es für heute auf, klappe das Notizbuch wieder zu und lege mich erschöpft auf den Rücken. Sie spürt meine Anspannung, platziert ihren Kopf auf meine Brust und flüstert: „Ich verstecke mich jetzt unter dem Deckenmonster. Finde mich."

Nach der gemeinsamen Bettaktion haben wir ruhigere Momente. Ich sitze aufrecht im Bett und sinniere noch immer über die Kunstausstellung. Das lässt mich einfach nicht locker. Deshalb lass ich mir noch jedes Detail durch den Kopf gehen. Cornelia fragt hilfreich: „Wie fandest du die Ausstellung eigentlich? Das Motto war nicht so rebellisch neuartig wie angekündigt, aber ansonsten haben sie doch interessante Sachen gezeigt oder?" „Ja.", gebe ich zu und werfe einen neuen Gedanken ein: „Aber es geht mir gar nicht um die Ausstellung an sich. Sie haben ja nur eine Sammlung von Haralds Werken unter einem bestimmten Thema ausgestellt. Neu war nur die Aufmachung der Ausstellung. Das Thema, unter dem die Werke ausgestellt wurden, war interessant. Aber was mich gerade viel mehr interessiert: Was ist überhaupt eine Ausstellung und unter welchem Gesichtspunkt veranstaltet man eine Ausstellung? Das beschäftigt mich gerade. Man stellt doch etwas aus, in der Hoffnung andere Menschen kommen und schauen sich die Ausstellung an, gehen nach der Besichtigung mit irgendeiner Erkenntnis nach Hause. Und wenn keine Menschen kommen, dann kann man die Ausstellung auch gleich komplett vergessen. Deshalb muss ich mich bei meinem Artikel nicht auf die Ausstellung an sich konzentrieren, sondern auf die Menschen, die da waren und die Ausstellungsräume mit ihrer Anwesenheit fast gesprengt haben. Und auf die Menschen, die noch kommen. Mit welchen Gedanken sollen sie die Ausstellung verlassen? Ich muss sie mit meinem Artikel anlocken und ihnen irgendwie aufzeigen was zu sehen ist und was zu lernen ist. Ach. Ich weiß auch nicht.", grübel ich mir zusammen. „Aber du musst doch auch ein paar Worte über die Bilder und Skulpturen verlieren, die ausgestellt wurden.", widerspricht sie mir. Cornelia hat es nicht verstanden. Es ist zum Mäusemelken. Das ist doch offensichtlich, sowas steht doch gar nicht zur Debatte. Natürlich werde ich über ein paar Bilder schreiben. „Du verstehst nicht worauf ich hinaus will. Ich möchte meine Leser mitreißen. Eine Stimmung kreieren und ihnen das Gefühl geben mittendrin zu sein." Cornelia unterbricht mich abrupt: „Lass uns auf den Balkon gehen. Du könntest jetzt eine Zigarettenpause vertragen. Dann klappt es bei dir auch wieder mit dem Schreiben."

Sie zieht meinen Arm in den Sommerabend auf den Balkon. Was sie versteht, ist die Tatsache das meine Gedanken um eine Sache kreisen die eigentlich viel zu hoch ist für diesen lächerlichen Artikel. Ich nehme mich und meine Arbeit mal wieder viel zu ernst und klammere Cornelia dabei aus meiner Gedankenwelt aus. Das kann sie nicht leiden. Es ist immer wieder interessant zu beobachten, was für eine Reaktion das bei ihr auslöst. Wenn wir in unseren Gesprächen ein Themengebiet betreten, das sie nicht kennt oder mit dem sie wenig anfangen kann, wechselt sie entweder das Thema oder will eine rauchen gehen. Als würde ich sie damit in die Ecke drängen. Andererseits kann ich Cornelia nur laut zustimmen, wenn sie etwas anspricht was für mich schon überwunden ist. Ich sage laut: JA und unterbreche ihren Satz mit Ja, ja und ja! Entweder, weil ich schon von der Sache gehört habe und es kein Thema mehr für mich ist oder es so offensichtlich für mich geworden ist, das es schon wieder uninteressant wird. So haben wir beide wohl unsere Möglichkeiten, den Themen des Anderen aus dem Weg zu gehen. Was wirklich schade ist, weil seit kurzem kein richtiges Gespräch mehr zustande kommt. Man könnte jetzt fragen: Warum sind die beiden dann noch zusammen? Das frage ich mich heimlich manchmal auch, zum Beispiel wenn sie mir wieder total auf die Nerven geht, aber dann lächelt sie mich an und alle Zweifel sind für den Moment wieder vergessen.

Ich fühle mich von ihr gerade einfach nicht verstanden, deshalb vielleicht meine Frustration. Rauchen hilft mir da nicht, will sowieso aufhören zu rauchen. Ich bräuchte ein wenig Zeit für mich alleine, um über alles nachzudenken. Dann klappt es auch mit dem Schreiben, ganz bestimmt. Aber da bin ich wohl selbst dran schuld. Cornelia bleibt heute hier. Ich habe es ja selbst zu verantworten. Ich habe mir im Museum noch so viel Mühe gegeben sie zu überreden hierzubleiben und bei mir zu schlafen, um es wieder so schön zu haben wie damals in unseren Anfängen. Wenn ich genauer darüber nachdenke, fühle ich mich in letzter Zeit sehr häufig falsch von ihr verstanden. Im Museum habe ich gehofft wir haben wieder so eine schöne Zeit wie vor ein paar Monaten. Eigentlich läuft ja alles ganz gut zwischen uns, nur, dass die Spannung fehlt ist beschissen. Sowieso ist etwas im Magen. Es knistert nicht mehr so oft zwischen uns. Solange unsere Gespräche hypothetisch bleiben, bin ich mit ihr im Einklang. Wenn wir nicht über die nahe Zukunft reden, ist alles ok. Über mein Studium, über die Zeit nach dem Studium; übers Geld verdienen und Sicherheiten; all das möchte ich nicht besprechen. Wenn ich nach dem Stand meines Studiums gefragt werden will und mir Vorwürfe anhören will, rufe ich meine Eltern an. Da brauche ich keine Freundin, die noch nicht mal ihr Abiturzeugnis in der Hand hält. Aber in ein paar Wochen ist Cornelia selbst schon am Studieren und wir sehen uns noch seltener. Wenn sie mich fragt, ob ich eine Zukunft für uns sehe, sage ich immer schreiben kann ich überall, um mich der Realität zu entziehen. Damit wird sie sich aber nicht mehr lange begnügen. Ich höre es auch in ihrem Kopf rattern, wie sie eins und eins zusammenzählt. Unsere Beziehung hat ein Ablaufdatum. Sie weiß ebenso wie ich, dass das Sommerpraktikum bei der Zeitung keine Kohle abwirft und ich im Studium versage, seit drei Semestern keine Kurse mehr erfolgreich abgeschlossen habe und sie in wenigen Wochen irgendwo in Deutschland ihr Studium beginnen kann. Das alles ist halb so wild. Das Schlimmste ist, ich schreibe nicht mehr. Ich habe schon länger nichts mehr abseits des Zeitungspraktikums geschrieben, weil ich mit meinem zweiten Roman nicht voran komme.

Wir sind nach draußen und rauchen zu zweit unter dem Vollmond, bekommen aber schnell Gesellschaft auf dem Balkon. Zu uns kommen Philip und Sarah in die späte Nacht. Ich erinnere mich gerade an ein Geständnis von Cornelia. Sie fühlt sich immer so unwohl in deren Umgebung. Schließlich verbringen wir, ich mit meinem Mitbewohner und seiner Freundin, die meiste Zeit miteinander und wir sind ein eingespieltes Team. Cornelia ist da nur ein fünftes Rad am Wagen. Aber ich bin fast schon froh nicht mehr mit Cornelia alleine zu sein. Sarah erzählt gerade: „Ich habe in letzter Zeit so extreme Träume, schreie herum und trete um mich, wecke dabei Philip. Das ist nicht cool. Ich dachte daran mir einen Traumfänger oder sowas in der Art zuzulegen und hier aufzuhängen, die sollen da ja helfen." Ich ziehe nur fragend eine Augenbraue hoch. Daran glaubt sie? Philip hat sich wohl schon mit demselben Gedanken auseinandergesetzt, denn sein Blick sagt mir: Sprech es bloß nicht an. Es ist zwar ein Aberglaube, aber es ist ihr Aberglaube und ich habe keine Lust dieselbe Diskussion noch einmal mit Sarah zu führen. „Nicht lustig. Das kann ich euch sagen.", gibt Philip stattdessen nur von sich und führt weiter aus: „Ihr müsst sie mal sehen, wenn sie herumschreit und mit ihren Armen wedelt, mich damit weckt. Ich habe sie mal mitten in einem Albtraum wachgerüttelt, da guckt Sarah nur doof und fragt, warum ICH so rumschreien würde. Kannst du dir das vorstellen? Sie hat einen Albtraum und schreit wie eine Furie und ich rüttel sie deshalb wach. Da fragt die mich doch glatt, warum ich schreien würde, sie sei doch gerade am Schlafen. Und dann dreht sie sich um und schläft weiter, als wäre nie etwas passiert. Am nächsten Morgen weiß sie nichts mehr davon."

Philip schließt seine Anekdote mit einem Kopfschütteln ab und schenkt sich ein, fragt in die Runde, ob andere auch wollen und schenkt mir auch ein. Wir beide lachen nur. Sarah hingegen geht auf unser Lachen nicht ein und richtet das ernste Wort an Cornelia und fragt, um sie ins Gespräch einzubinden: „Hast du das schon mal erlebt? So einen extremen Albtraum?" Cornelia schaut vom Handy hoch: „Gott sei Dank nicht." Ihr Blick geht dann wieder aufs Display und so fragt Sarah mich: „Hast du schon mal so extreme Träume gehabt?" „Ne. Das wäre ja schrecklich." „Einfach schrecklich.", pflichtet mir mein Mitbewohner nur bei und stößt mit mir an, meint: „Deshalb trinken wir doch. Um alles Schreckliche zu ertragen." „Prost, Phil!", pflichte ich ihm bei und gönne mir einen großen Schluck. Die Frauen stöhnen nur. Cornelia meint an mich gerichtet: „Schatz, trink nicht so viel. Lass uns doch wieder rein gehen. Ich bin müde." „Ja. Ja. Sofort.", und an Philip gerichtet: „Weißt du, ich überlege die ganze Zeit wieder mal eine Geschichte zu schreiben. Vielleicht könnt ihr mir dabei ein bisschen helfen.", spreche ich meine neue Idee an. „Klar.", prostet Phil mir zu. „Immer immer. Gerne. Du weißt doch wie gerne ich deine Geschichten lese.", kommentiert Sarah noch und schon geht es wieder los. Das Chaos beginnt und es ist mir gerade vollkommen egal dass Cornelia da ist und will dass ich nicht trinke und will dass ich wieder mit ihr hereingehe. Dafür ist der Abend zu schade. Wir würden uns nur anschweigen und dumm aufeinander hocken. Ich würde über dem Artikel grübeln und Cornelia würde schlafen wollen. Da will ich lieber an Gedankenkonstrukten arbeiten und die Ideen anderer in mich aufsaugen wie den Lebenssaft einer Karibiknacht, darum geht es doch bei uns. Aber ich glaube, Cornelia hat das noch

16

nicht verstanden. Sie ist noch in ihren Denkmustern eingefahren und glaubt nach dem Abitur beginnt das wahre Leben.

„Also gut. Die Geschichte baut auf einem einfachen Gedanken auf: Wenn wir von Göttern träumen, können Götter nicht auch von uns träumen? - Verstanden?" „Was meinst du damit?", meint Philip und ermutigt mich zum weitererzählen. „Erinnerst du dich noch an unser Gespräch über das Leben nach dem Tod und all sowas? Ja? Gut. Da kam mir nämlich die Idee. Wie wäre es, wenn man das Leben auf der Erde nur als Spiel betreibt? Was, wenn Götter uns erträumen? Sagen wir: Wenn unsere Lebensspanne auf der Erde vorbei ist, ist das kurzweilige Spiel der Götter vorbei und sie suchen sich ein anderes Leben. Einen anderen Charakter. Vielleicht sogar eine andere Zeit." Philip ist direkt Feuer und Flamme mit der Idee und kramt in seinem Oberstübchen alle Science-Fiction-Storys heraus, Sarah rückt ihren Stuhl zurecht, um uns besser zu lauschen. Cornelia sitzt wie teilnahmslos in der Ecke und tippt irgendwas in ihr Telefon. Schickt vermutlich Nachrichten in die Nacht hinaus oder spielt eines ihrer Handyspiele, surft im Internet oder irgendwas, um ihrem Unmut freien Lauf zu lassen. Sie ächzt vor Langeweile, aber das interessiert uns wenig. Es ist nicht das erste Mal und wird auch nicht das letzte Mal sein. Wir reden auf jeden Fall voller Begeisterung. Mit unseren Gedankenspielen vertreiben wir uns unsere Zeit wie wir es immer tun.

Irgendwann ändern wir dann wieder das Thema auf Politik und kommen dann auch auf den neuesten Scheiß aus dem Internet und da mischt auch Cornelia wieder etwas mit und tritt aus ihrer schattenhaften Teilnahmslosigkeit hervor, natürlich nimmt sie jede Gelegenheit wahr mich daran zu erinnern nicht so viel zu trinken, was mittlerweile recht ermüdend wird. Nach ein paar Gläsern sind Cornelia und ich aber auch wieder im Zimmer und im Bett. Lange kann ich ihre missgünstige Aura einfach nicht verdrängen und beuge mich ihrem Wunsch wieder rein zu gehen. Sie hat keinen Spaß und gönnt mir deshalb auch keinen Spaß, keinen weiteren Drink. Ich verabschiede mich von Philip und Sarah, die noch eine letzte Zigarette rauchen und dann ebenfalls in ihr Zimmer verschwinden. Wir hören sie dann im Bett nebenan, wir lesen uns aber nur gegenseitig noch etwas vor, weil Cornelia noch nicht schlafen kann und meistens lesen wir uns Lyrik vor, weil sie Lyrik mag. Sie möchte endlich schlafen und fragt nach meinem Artikel über die Museumsausstellung. Ich sage nur, den Text zur Museumsausstellung schreibe ich morgen früh zu Ende. Damit ist die Sache vom Tisch. Danach schlafen wir.

Ich schreibe für heute nichts mehr, liege nur auf dem Rücken und starre an die Zimmerdecke. In den letzten Minuten des Wachseins reflektiere ich den Tag und heute war nichts wie geplant. Heute sollte es mal wieder so werden wie vor ein paar Monaten. Wir wollten mal wieder lachen und gemeinsam atmen, leben. Aber die Aura von ihr auf dem Balkon, dieses Missgünstige von ihr, zerstörte alles nachhaltig und ich bin beinahe froh, dass sie morgen wieder verschwindet. So habe ich mir den Tag nicht vorgestellt.

Am nächsten Morgen auf dem Balkon erzählt Sarah mit der Kaffeetasse in der Hand: „Bei mir haben sie sich angekündigt den Feuermelder auszutauschen. Den ganzen Tag über von acht bis achtzehn Uhr." „Genauer können sie es wohl nicht einteilen?", falle ich ihr ins Wort. „Eben. Das geht mir richtig auf die Nerven. Ich möchte nicht nur in Strapsen dastehen, wenn plötzlich freundliche Feuermelderkontrolleure in meiner Wohnung auftauchen.", beschwert sich Sarah. „Ich möchte gerne mal Handwerker in Strapsen zu Besuch haben.", unterbricht Philip sie und zündet einen Joint an. Michael, der heute Morgen eigentlich nur vorbeigekommen ist, um ein Buch zurückzugeben und es aber sehr schnell abzusehen war das er für heute nicht wieder gehen wird, fragt: „Können die einfach in deine Wohnung?" „Ja. Der Hausmeister hat doch einen Schlüssel. Er hat das Wohnrecht.", antwortet Sarah. „Das ist natürlich beschissen.", schließt Michael diesen Gedanken für sich ab.

Ich freue mich immer, wenn Michael vorbeikommt. Er hat selbst ein Bücherregal aus Büchern, weil er nicht mehr weiß wohin mit den vielen Büchern und ist keiner ernsthaften Diskussion abgeneigt. Mit ihm kann ich einen ganzen Abend damit verbringen über politische Themen zu debattieren, aber genauso gut kann man mit ihm eine Runde Tekken zocken, sich dabei sinnlos betrinken oder einen Joint durchziehen. Gott, kann man Spaß mit ihm haben! Er ist sich für keinen Scheiß zu schade. Auf einer Einweihungsparty hat er sich einmal wie Tarzan im dritten Stock vom Balkon geschwungen und auf einer anderen Party hat er mal im Vollrausch in die Küchenspüle gepisst. Einmal ist eine Party bei ihm so sehr aus dem Ruder gelaufen, am Ende gab es eine Tomaten-Ketchup-Schlacht mit 13 Beteiligten auf der Tanzfläche, nackt. Schade nur, dass er in letzter Zeit immer öfter in Berlin ist. Er studiert Philosophie und macht dafür ein Praktikum bei einer Firma in Berlin als Personalberater. Später gesteht er mir, er freut sich zwar mit seiner Freundin zusammen zu ziehen und eine Wohnung zu haben, ein Mieterkonto zu gründen und all so einen ernsten Shit, aber er ist immer wieder froh hier bei mir die Sau raus zu lassen! Ohne könnte er das brave Bürgerleben nicht lange aushalten. Gerade ist er aber nicht mehr in der Lage weiterzudenken als sein Arm lang ist oder irgendwen zu analysieren. Wir sind schon wieder betrunken und die Anderen auch bekifft. Es ist das erste Mal nach den Prüfungen und Klausuren, dass wir so wieder beisammen sind und feiern können. Nur zwei der üblichen Verdächtigen fehlen noch, dann wäre unsere chaotische Gruppe komplett, mit der wir jede Party sprengen können, denke ich mir bei der herzlichen Begrüßung von Michael am Morgen. Er hat sich über die letzten zwei Monate, die ich ihn nicht gesehen habe, kein bisschen geändert. Warum auch? Er trägt immer noch seine abgelatschten Sportschuhe, die typische kurze Hose und irgendein schlichtes T-Shirt zu seinen kurzgeschnittenen Haaren und seinem drei Tage Bart. Er wird auch kein bisschen dicker. Michael ist so ein typischer Landjunge, der in der Großstadt studiert. So wie ich. Vielleicht sind wir uns deshalb auf den ersten Tag so sympathisch gewesen. Wir haben beide feste Wurzeln und dabei diesen absonderlichen Drang zum Exzessiven. Wer fehlt? Jan ist leider noch immer am anderen Ende der Welt und unterrichtet irgendwelchen Studenten Deutsch als Fremdsprache und Daniel ist auf irgendeinem Chemiekongress. Sarah hat einmal erschrocken festgestellt, keine andere Frau hält es länger als zwei Wochen bei mit uns aus. In gewisser Weise hatte sie recht. Cornelia hat sie dann von einem Anderen überzeugt. Ich freue mich richtig, wenn wir bald wieder die Straßen und Bars, vor allem aber unseren Balkon unsicher machen können wie in den alten Zeiten und geile Partys veranstalten. Cornelia stört gerade auch. Sie setzt mir Grenzen und meint mal wieder, ich soll nicht so viel trinken. Michael hat ein Tütchen Gras dabei und Cornelia meint, sie mag den Rauch nicht. Ihr zuliebe halte ich mich deshalb damit zurück. Das verdirbt alles. Wann wollte sie eigentlich gehen? Woher kenne ich Michael eigentlich? Es ist eine etwas längere Geschichte, deshalb kürze ich ab und erzähle nur das, was ich Cornelia einmal erzählt habe. Michael saß nach meiner ersten großen Fakultätsparty in der Universität an der Straßenbahnhaltestelle und fragte mich nach einem Bier, ich fragte ihn im Gegenzug nach einer Zigarette. Ich hatte leider kein Bier, er aber eine Zigarette. Wenig später am Abend saßen wir in der einzigen noch offenen Bar der Stadt und tranken Bier. Seitdem ist er eigentlich auf keiner unserer Feiern wegzudenken, ein Teil unserer Gruppe geworden, die sich das erste Semester über nur aus Jan und mir zusammengesetzt hat. Nach dem Bier in der Kneipe haben wir Michael immer mal wieder eingeladen. Jan war natürlich beim ersten Bier mit Michael dabei, so wie er die ganze Zeit an meiner Seite war während der ersten Studiensemester. Dann kam Daniel irgendwann hinzu, keine Ahnung woher und mittlerweile hat es Phil mit Sarah auch geschafft, weil ich der neue Mitbewohner von Phil geworden bin und auch hier hat Jan einfach eines Abends bei ihm geklopft und gefragt, ob er nicht mit uns mitfeiern will. Ohne ihn säße ich bestimmt noch immer in meinem Zimmer und würde mich vor meinem Mitbewohner fürchten. So sind wir nun zu diesem bunten Haufen von Studenten geworden, der sich irgendwie um Jan und mich versammelt hat, um eine geile Zeit zu haben und riesige Partys zu schmeißen, bevor wir in die Arbeitswelt abtauchen und unser Leben nur beschissen wird. Hier kann sich auch keine Abiturientin wohl fühlen. Es sind zwei Welten, die hier aufeinander treffen, kein Wunder warum Cornelia sich unwohl fühlt. Aber dazu später mehr.

Cornelia fragt gerade ein wenig nervös: „Ist das bei euch auch so? Können Handwerker einfach so bei euch reinplatzen?" „Nein." Damit ist das Thema für mich vom Tisch. Philip läuft jetzt aber erst zur Hochform auf und möchte wieder eine seiner Anekdoten loswerden. Er steht kurz auf, um ein Feuerzeug aus seinen Hosentaschen zu holen und da fällt mir seine einschüchternde Größe wieder auf. In seiner und Sarahs Nähe kommt man sich trotz seiner eigenen eins achtzig vor wie ein Zwerg unter Riesen. Philip ist an die zwei Meter groß und überragt uns alle und Sarah ist für eine Frau auch ziemlich groß, überragt mich mit ihrem roten Haarschopf um ein paar Zentimeter. Jetzt gerade ist der Unterschied ganz schlimm, weil ich auf einer Bierkiste sitze und Philip ans Geländer gelehnt steht. Ich blicke also rauf zu ihm wie an einem Hochhaus, während er seine Anekdote beginnt: „Bei uns kamen die einmal und wir machten in Unterhose die Tür auf. Total verkatert. Im Zimmer lag ein Flaschenberg. Der Kerl von der Feuermelderkontrollfirma meinte zur Unordnung anerkennend: Gestern Party gemacht wie? Natürlich haben wir gefeiert - und wie wir gefeiert haben." Ich unterbreche Philip hier, er wird gleich über seine eigene Geschichte lachen wie er es immer tut, wenn er mega high ist und alles bleibt dann unverständlich. Ich erzähle also kurz und knapp, von der ganzen Sache schon ein bisschen genervt: „Wir waren froh wieder ins Bett fallen zu können, als sie wieder weg waren. Wir haben natürlich verschwiegen, dass wir am Abend davor nur zu zweit waren und wie jeden Abend ferngesehen haben, dabei nur ein bisschen getrunken haben. Was für andere eine wilde Party ist, ist bei uns nur ein gewöhnlicher Abend." „Aber ihr kennt das ja!", ergänzt Phil.

Das wilde Gelächter hallt im Hinterhof, noch bevor ich zu Ende erzählen kann. Phil fällt beinahe über das Balkongeländer und Michael kriegt fast keine Luft mehr, so sehr lachen alle. Gras ist doch was geiles, lässt auch den dämlichsten Witz lustig wirken. Cornelia lacht verhalten mit. Das Lachen hallt im Hinterhof des Wohnviertels und manchmal könnte man annehmen, wir sind ganz schöne Arschlöcher, wenn wir um zwei Uhr nachts auf dem Balkon stehen und uns dumme Anekdoten erzählen, andere Leute aber schlafen wollen und wir aus voller Kehle in die Umgebung lachen wie bekiffte Irre. Aber eigentlich ist es mir völlig egal. Ich habe von Phil mal mitbekommen, das sich Jan mit der Frage auseinandersetzt, ob wir als Studenten in diesem sozialschwachen Gebiet eine gute Sache oder schlechte Sache sind. Am Mittag zu kiffen fällt eindeutig unter die Rubrik schlecht und auch das wilde Gelächter in der Nacht fällt unter diese Rubrik. Abschließend kam er zu dem Entschluss, wir sind kein super Vorbild. Darüber haben sie sich ernsthaft einen ganzen Tag den Kopf zerbrochen, ich musste nur lachen als Phil mir das letztens mal beichtete. Einmal hat einer aus der Nachbarschaft hochgeschrien: „Ruhe da oben! Wisst ihr eigentlich wie spät es ist?" Wir haben geantwortet: „Schnauze da unten. So eine Frechheit hier so rumzuschreien. Wir wollen hier in Ruhe kiffen!" Dann haben wir einmal Kinder unten auf dem Gehweg gehört, sie freuen sich darauf Student zu werden und den ganzen Tag kiffen zu können. Das alleine war für mich eigentlich schon Antwort genug auf die Frage, ob wir ein gutes Vorbild bieten. Das muss man nicht groß hinterfragen.

Gerade ist es nicht so schlimm, schließlich sind alle normalen Menschen um diese Uhrzeit entweder in der Schule, auf der Arbeit oder sonstwo. Nur wir Studenten haben wieder acht Wochen Schonfrist bekommen vom Stress der Seminare und Vorlesungstermine. Vorlesungsfreie Zeit ist die beste Zeit eines Studenten, wenn da nicht die elenden Prüfungen wären und die Hausarbeiten, die man zusammenkloppen muss. Eigentlich, wenn man sich das genau überlegt, haben wir auch in der vorlesungsfreien Zeit keine Freizeit. Wir machen Praktika, arbeiten nebenbei noch um unsere Miete zu bezahlen und müssen dann auch noch Hausarbeiten schreiben, für Klausuren lernen und bekommen noch Anrufe von zu Hause wie denn das Studium läuft; das ist das Schlimmste von allen, sich rechtfertigen zu müssen.

Am Abend, bevor wieder Bewegung in mein Leben kommt, hocke ich wieder in meiner Studenten-WG am Schreibtisch. Philip hat gerade einen Joint gedreht und kommt mit dem Ding in mein Zimmer geplatzt, Sarah torkelt ihm hinterher wie sie es immer tut. Ich breche gerade über meinem Schreibtisch zusammen, weil ich noch keine meiner Aufgaben für das morgige praktikumsbegleitende Seminar parat habe, da fragt er mich: „Kommst du raus kiffen?"

Natürlich sage ich da nicht nein. Wir reden mal wieder darüber, dass wir ja auch in meinem Zimmer kiffen könnten. Sarahs weise Worte dazu. wie eine Mutter besorgt um ihre Kleinen: „Nein. Wir kiffen nicht in deinem Zimmer. Was meinst du wie das stinkt. Denk doch mal an deine Gesundheit. Der Rauch bleibt in den Wänden." Phil und ich lachen schon bei den Worten, Denk doch mal an deine Gesundheit, bewegen uns aber mit Sarah im Schlepptau in Richtung Balkontür. Sarah kann sehr bestimmend sein. Draußen auf unserem Balkon nehmen wir die ersten Züge vom Joint und fallen entspannt in die Stuhllehnen zurück. Der Balkon ist klein und trotzdem schaffen wir es immer ohne Probleme zum Beispiel mit acht Leuten auf Bierkisten zu sitzen und mit einem Dreibeingrill unsere Steaks zu grillen. Letztens haben wir uns billige Plastikstühle vom Sperrmüll aus der Nachbarschaft geholt. Vorher saßen wir auf den leeren umgedrehten Bierkisten, die benutzen wir jetzt als kleine Abstelltische. Ansonsten haben wir in der ganzen Zeit nicht viel geändert. Ein Wandregal, was bei uns zum Altglasabstellsammelplatz geworden ist, nimmt die Wand zu Philips Zimmer komplett ein. Aber vorher haben wir alles nur so auf den Boden gestellt und einige Fotos auf sozialen Netzwerken zeugen noch vom Chaos unserer Bierflaschenarmee; die ist jetzt verschwunden. Neben der Ansammlung von leeren, schimmeligen Bierflaschen, Grillkohle und Müllsäcken, sammeln sich auch Blumentöpfe und allerlei anderer Müll in unserem Regal. Dank der neuen Einrichtung müssen wir bei der nächsten Party zwar enger zusammenrücken, hausen aber nicht mehr in einem großen Saustall. Es hat also Vor- und Nachteile.

Jede WG hat übrigens eine andere Aufgabe des Balkons, obwohl alle Wohnungen gleich geschnitten sind. Unter uns dient der Balkon zum Beispiel nur als pure Müllablage, dass sich Vögel schon alles aus dem Müll picken. Durch einen gewagten Blick übers Geländer habe ich das Chaos einmal gesehen und es hat sich über die zwei Jahre nichts daran geändert. Links neben uns wird der Balkon auch als Versammlungsort der WG genutzt und ist mit Tisch und Stühlen ausgerüstet. An den Wänden, wo bei uns das Regal steht, haben sie alles mit Kreide vollgekritzelt mit witzigen Sprüchen. Wir feiern die meisten Partys hier draußen und zu fast jeder Tageszeit und Jahreszeit trifft man sich hier draußen für eine kleine Unterhaltung zwischen Mitbewohnern oder einem kleinen Joint. Wenn man die alten Fotos gesehen hat, auf denen eine ganze Armee von leeren Bierflaschen zwischen Zigarettenstümmeln und Bierkistenstapeln drohte die Weltherrschaft an sich zu reißen, kann man jetzt eindeutig von einem halbwegs passablen Balkon reden.

Alles Andere ist aber nur schlimmer geworden und droht auszuarten. Die Zeit, die wir zugedröhnt auf unserem Balkon verbringen, hat im Gegensatz zu der Zeit, die wir in Vorlesungen vergeuden, rapide zugenommen. Die Wohnung hat den gleichen Rohschnitt wie jede Wohnung der drei Studentenwohnheime, die man in diesem sozialschwachen Wohngebiet irgendwann in den Siebzigern erbaut hat. Wenn man die Tür hereinkommt, steht man in einem kleinen Raum, der gerade die Tür aufgehen lässt. Links geht es zu Philips Zimmer und rechts ist mein Zimmer. Zwischen unseren Zimmern ist noch ein kleines Bad, das durch den Eingangsbereich zu betreten ist, für eine Person fast schon zu klein ist und dahinter ein winziger Schlauch von Küche, in dem nur zwei Leute Platz finden und gleichzeitig kochen oder spülen und abtrocknen können, wenn sie sich aneinander reiben. Das Badezimmer ist durch den winzigen Flur erreichbar und die Küche durch die beiden Zimmertüren am anderen Ende der Zimmer. Mein Zimmer liegt im obersten Geschoss ganz hinten rechts und so habe ich zwei Außenwände. Im Winter feiern wir immer in meinem Zimmer, weil ich den einzigen Fernseher habe und im Sommer sitzen wir draußen, Grillen und all sowas.

Philip und Sarah sind die letzten Tage immer über breit auf dem Balkon; und wenn ich mir vorstelle, die eine wird bald eine angesehene Roboterdoktorin und der andere stammt aus einer angesehenen Wissenschaftlerfamilie, die im Cern in Genf mit dem Teilchenbeschleuniger die Zerstörung der Welt plant, sollte ich vielleicht ein wenig besorgt sein. Aber ich bin es nicht, denn so ist fast immer Gras in der Wohnung. Es ist ihnen gegenüber trotzdem unfair, schließlich habe ich sie damit vertraut gemacht. Natürlich haben beide vorher schon das eine und andere Mal gekifft wie es alle mal tun im Studium oder schon während der Schulzeit, aber ich habe eine Zeit lang mit Jan das eine oder andere Gramm am Tag durchgezogen. Jetzt ist Philip derjenige, der eigentlich immer Gras da hat und wenn man am Tag oder in der Nacht in sein Zimmer platzt und fragt, ob er einen

Joint drehen will, wird er nur nicken und sagen, er habe schon einen fertig. Er kifft mittlerweile so viel wie ich trinke.

Mein Studienfreund Jan und ich kennen uns schon von der Einführungswoche an der Universität. Eigentlich eine coole Geschichte, aber dafür ist später noch genug Zeit. Ich sag nur soviel: Wo ich vorher der Einzige war, der eine neue Runde bestellen musste, wenn andere schon längst keine Lust mehr hatten und in den Seilen hingen, war auch er der Einzige, der in den Nachthimmel jaulte. Jetzt sind wir zu zweit, haben uns sozusagen durch eine göttliche Fügung gefunden und machen seitdem jede Studentenparty unsicher. Wir verstanden uns vom ersten Bier an blendend. Jan ist schon die erste Nacht mit zu mir, haben Whiskey gesoffen und Call of Duty gezockt. Jetzt verbringt er seine Zeit im Ausland und unterrichtet an angesehenen Universitäten die deutsche Sprache und knüpft Kontakte oder macht sonstwas im Ausland. Er lebt auf jeden Fall den ultimativen Traum eines jeden Teenagers in unserer Zeit und reist für lau um die Welt von einem exotischen Kontinent auf den Anderen. Die Werbung hat es uns doch schon immer versprochen: „Ihr könnt die Welt erobern." Genau das tut er jetzt; für lau. Er bezahlt nichts und muss dafür nur einem Haufen von Reisfressern die deutsche Kultur näher und ihnen drei Wörter auf Deutsch beibringen. Sarah hat ihren Bachelor vor zwei Jahr gemacht und steckt, seit sie unsere Bekanntschaft vor einem Jahr gemacht hat und mit Philip regelmäßig das Bett teilt, in ihrem letzten Kurs für den Master fest. Danach will sie einen Doktortitel draufsetzen oder will, wenn das nichts wird, in die Berufswelt der Informatik einsteigen und Roboter zusammenbauen und programmieren, genau habe ich ihren Schwerpunkt noch immer nicht so ganz verstanden. Sie hat es mir auch schon zu oft erklärt, als dass ich noch einmal nachfragen könnte. Philip steht noch vor dem Bachelor und genießt gerade das Leben auf Kosten seiner Eltern, genießt sein Leben mit seinen Gewinnen beim Spekulieren mit einer neuen Cyberwährung, den Bitcoins.

Und ich? Ich bin der Schriftsteller, der ihre ganzen Schicksale aufschreibt und am liebsten vor den Möglichkeiten des Lebens zusammenbrechen würde, der sich auf der Party einen ruhigen Moment macht, um in ihre leuchtenden Augen zu schauen und zu staunen. Aber darauf komme ich später noch zu sprechen. Philip hat Sarah in der Universität kennengelernt und sie eines Abends einfach mitgebracht. Da hatte sie noch diesen lahmen Freund. Einen Computerstubenhocker mit langen filzigen Haaren und Pickeln im Gesicht. Ein wandelndes Klischee. Diesen hat sie dann eine Zeit lang mit Philip betrogen und von einem auf den anderen Tag musste ihr Freund in die Röhre gucken. Sie hat ihn absoviert und war danach nur noch mit Philip im Bett. Von da an ist sie fast immer in unserer Wohnung, als hätte sie keine eigene Wohnung und gehört zu uns wie das Besteck in der Besteckschublade. Wir sitzen also auf dem Balkon und witzeln wie immer herum, bevor der Abend seinen letzten Schleier über uns legt und der nächste Tag anbricht und nach uns verlangt. Diesmal diskutieren wir über ein noch sehr frisches Thema. Sarahs Kommentar über das Drinnen-Rauchen gefällt uns gar nicht; größtenteils, weil sie damit recht hat. Deshalb machen wir Witze darüber und bald startet eine Diskussion zwischen uns, die jeder anderen Diskussion in unserem Haushalt aufs Haar genau gleicht. Wir sind darin ein eingespieltes Team geworden und gehen jede Diskussion auf die gleiche Weise an. Irgendwer wirft zum Beispiel eine Fragestellung in die Runde und alle nehmen sie erst einmal ernst und analysieren und betrachten das Thema unter ernsthaften Aspekten, bis wir uns nur noch gegenseitig beleidigen, was für ein Idiot man doch sei. So geht das, bis jemand es nicht mehr aushält und in seinem Smartphone googelt, ob diese Aussage wirklich so eine bescheuerte Sache war. Irgendwer sucht nach einer gewissen Zeit immer im Smartphone nach der Wahrheit. Vor fünf Jahren sah das noch ganz anders aus. Da gab es ja keine Smartphones und kein rundum-Internet. Wir diskutieren heutzutage nicht nur anders, als wir es vielleicht vor fünf Jahren bei unseren Eltern am Kaffeetisch getan haben, wir denken jetzt auch anders. Wir sind es gewöhnt unsere Meinungsverschiedenheiten wissenschaftlich zu lösen. Ich kenne es so aus unserer WG: Irgendwer stellt eine absurd alltägliche Sache fest und alle wollen sofort ein wissenschaftliches Experiment daraus machen. Zum Beispiel: „Wie oft kommt es eigentlich vor das man im Frühsommer bei Regen die Universität betritt und am Ende des Tages bei Sonnenschein nach Hause kommt?" Dann denken wir gleich alle dasselbe: „Man müsste die Daten in einer wissenschaftlichen Studie sammeln und alles über Jahre vergleichen, dann hätte man die wissenschaftlich korrekten Daten und könnte sagen: Es passiert selten oder es passiert sehr oft."

In genau dieses Umfeld bringe ich eine frisch gebackene Abiturientin als meine neue Freundin und wundere mich, dass es nicht klappt. Sie hat bei unserem Kennenlernen als werbefähigen Spruch „Not good enough" auf ihrem T-Shirt stehen und weiß noch nicht was er bedeutet. Ich erinnere mich an das grell gelb leuchtende T-Shirt mit dem großen Ausschnitt. Wir hingegen wissen es mittlerweile. In dem wir von einem schlecht bezahlten Nebenjob zum Anderen pilgern und dutzende Bewerbungen für ein Praktikum schreiben, nicht mal mehr eine Absage erhalten, so überlaufen ist alles, haben wir schnell gemerkt die Welt will uns nicht. Meine Meinung: Deshalb zieht sich das Studium bei uns auch so ewig lange hin. Wenn die Welt uns nicht haben will, wollen wir sie auch nicht haben und bleiben lieber bei unserem Studentenleben, feiern und genießen die letzten freien Tage eines untergehenden Lebens. Das sollten wir wirklich tun. Was wartet uns danach auch außer Verantwortung und Rechnungen? Ich lege keinen Wert darauf und das weiß Philip. Auf dem Balkon schaut mich Phil deshalb verträumt an, meint wegen dem „denk-doch-mal-an-deine-Gesundheit"-Kommentar von Sarah, wenn er jemals vorhätte mich zu töten er keine Scheu haben wird es zu tun, schließlich tue ich ja auch nichts dafür mich selbst am Leben zu erhalten. Ganz im Gegenteil. Philip ist davon überzeugt, er kommt vor jedem Gericht auf der Welt straffrei davon, wenn er ihnen nur einmal meinen Lebensalltag beschreibt. Ich würde ja alles schlucken und schniefen das mir vor und in die Nase kommt und alles trinken und rauchen, damit ich bloß nicht der schrecklichen Realität nüchtern entgegentreten muss. Damit könnte er recht haben, aber ich glaube ja Phil ist dem einzigen Standard unserer Generation gefolgt: „Jede Geschichte, die man sich erzählt, verdient es ausgeschmückt zu werden, um eine großartige Geschichte zu erzählen." Kurz: Er übertreibt. Manchmal maßlos, nur um zu gucken wie sein Gegenüber reagiert. Das ist eine seiner liebsten Nebenbeschäftigung, wenn er mal nicht für sein Studium der Bioinformatik büffelt oder bekifft auf Bitcoins spekuliert. Seine Szenarien. Er plant manchmal absurde Szenarien in seinem Kopf und überlegt sich wie Menschen darauf wohl reagieren würden, kommt dann stolz in mein Zimmer geplatzt und lässt mich an seinen Gedankenspielen teilhaben. Er kommt immer aufgeregt in mein Zimmer geplatzt, meint aus voller Kehle: „Wenn ich später reich bin, werde ich irgendein überlebenswichtiges Medikament entwickeln lassen das du im neun Stunden Takt einnehmen musst. Mal schauen wie viele Menschen bei diesem Rhythmus sterben!" „Mal schauen, wie die Leute reagieren" oder „Wenn ich später reich bin", so beginnen viele seine Szenarien.

So zieht sich der Abend dahin. Es wurde noch wild, bei einem Joint ist es nicht geblieben und meine Aufgabe für das Seminar habe ich auch nicht fertig bekommen. Aber das ist ja auch nicht wichtig. Es ist auch nicht bei Gras geblieben. Der restliche Alkohol wurde vernichtet und am nächsten Morgen kann ich nur mit Kopfschmerztabletten aus dem Haus. Mein Weg führt mich aber nicht zum Seminar. Ich mache jetzt erst einmal das Interview mit Harald Steinhagen.

Heute ist also mal wieder etwas Bewegung in meinen Alltag. Heute findet das Interview mit Harald statt und mit dem Besuch bei Harald dringe ich in eine Welt ein, die ich schon lange verlassen hatte. Die

Kunstausstellung im Museum hat ihre ersten Tage hinter sich und die Zeitung hat bei mir angefragt, ob ich ein Interview mit dem Künstler Harald Steinhagen machen möchte. Ich persönlich muss sagen, es fällt mir schwer Harald als Künstler zu sehen. Ich kenne ihn als guten Freund und habe die polnischen Hilfsarbeiter gesehen, die er in seinem Garten für einen Mindestlohn an seinen Skulpturen arbeiten ließ. Er saß in seinem Liegestuhl und gab nur seine Anweisungen, trank dabei Bier und rauchte, ist irgendwann sogar eingeschlafen. Vielleicht habe ich auch einfach ein veraltetes Bild von der Entstehung von Kunst in meinem Kopf. Ich meine, wenn man sich ein wenig auf dem Kunstmarkt umhört, dort wimmelt es doch nur noch von Auftragsarbeit und Assistenten. Aber kommen wir wieder zurück zu der Geschichte.

Harald und sein Mitbewohner Christian gehören für mich zu einer Welt, die ich schon lange verlassen habe. Ich habe als Schuljunge in der Kneipe von Christian rumgehangen und habe in der Zeit, in der ich mein erstes Buch schrieb auch Harald kennengelernt. Als ich dann an der Universität war und meine Schulfreunde und ich uns irgendwann auseinanderlebten, gehörte diese Welt zu meiner Vergangenheit. Jedesmal, wenn ich jetzt Harald und Christian besuche, was in den letzten Monaten viel zu selten passiert ist, erinnert es mich an meine Schulzeit und meine Anfänge des Schreibens, da kann ich nichts machen. Hier habe ich meine ersten privaten Lesungen gehalten, hier habe ich philosophiert und gekifft, noch bevor ich meinen Studienplatz hatte und meine chaotische Freunde in Bielefeld kennengelernt habe. Hier habe ich meine ersten Schritte auf dem Parkett der Welt getan wie ich es immer zu sagen pflege. Bei Harald habe ich die Ortskünstler kennen gelernt, vom Maler bis zum Pianisten und habe die ersten Atemzüge in einer künstlerischen Welt gemacht. Meistens ließ mich Christian in die Wohnung und begrüßte mich herzlich, stellte mich den anwesenden Leuten vor, weil Harald in seinem Atelier einer neuen Frau seine Skulpturen zeigte oder ihr etwas vorspielte mit der Absicht sie ins Bett zu kriegen. Mein erster Eindruck vom alten Künstlerhaus in der Altstadtmitte war damals: Es ist ein altes Haus. Schön. Eine Lesung sollte später am Abend beginnen und ich kam ein wenig früher, um mit Christian noch ein paar Bierchen zu kippen. Er war es, der mich in diesen Kreis eingeführt hat. Christian hatte in der Bar bemerkt ich schreibe. Also hat er mich immer mal wieder eingeladen, bis ich endlich zusagte. Natürlich versackte ich und quatschte die ganze Nacht mit Harald und ein paar Gästen über die Bedeutung von Kunst und so weiter und so fort. Ich war Feuer und Flamme. Worauf wir uns alle einigen konnten, jede Kunstrichtung beneidet die Andere. Musiker sind begeistert über die Wortgewandtheit der Schriftsteller und müssen manchmal staunen über die Zauberkraft der Farbe des Malers, die Maler sind neidisch auf den leichteren Zugang zur Musik, und die Schriftsteller waren neidisch auf die Maler und die Musiker, weil man zu ihren Werken einen viel schnelleren Zugang findet. Mit anderen jungen Möchtegernschriftstellern unterhielt ich mich darüber das die große Zeit der Literatur vorbei ist und wir sowieso nie von der Schreiberei leben könnten, wenn Bücher wie Twilight ihren Durchbruch haben und Groschenromane von Vorstadthausfrauen verschlungen werden. „Was bleibt uns da noch übrig als zu trinken?", fragte einer, dessen Namen ich immer wieder vergesse. „Auf das Trinken!", schwor ich in die Runde und einem anderen platzte es heraus: „Trinken wir und schreiben übers Trinken!" „Wie Bukowski!", meinte der Erste. „Genau! Der ist einmal aus dem Krankenhaus gestolpert, wo er wegen Magendurchbruch lag, der Arzt versprach ihm: Wenn sie noch ein Bier trinken, sterben sie. Das hält ihr Magen nicht mehr aus. Er stolperte Schnurrstracks in die nächste Bar und bestellte sein nächstes Bier!" „Wenn der das kann, können wir das auch!", pflichtete ich bei und trank meinen Whiskey in einem Zug. So zog sich der Abend und irgendwann als die ersten Sonnenstrahlen aufkamen, fiel ich vom Sofa und torkelte nach Hause. Heute darf ich nicht wieder so lange versacken, nachher möchte sich Cornelia mit mir treffen. Inmitten der Stadt hat Harald einen Sandstrand als Garten. Das ist schon mal ungewöhnlich und auch ziemlich cool. Als ich das Haus vor so vielen Jahren zum ersten Mal betrat, war es noch ein kräftiger Frühling. Die Blumen begannen zu blühen und jeder war in einer guten Laune. Ein schönes Wetter, um high zu werden. Eine künstlerische Oase inmitten der Großstadt, die von allen weltlichen Dingen losgelöst war. Menschlich. Eine Freitreppe führt hinauf zur Eingangstür. Das stattliche Bürgerhaus wurde im 18ten Jahrhundert im schmucklosen Stil des niederländischen Spätbarocks auf zwei Hausplätzen errichtet. Der Giebel lebt aus dem Farbgegensatz des roten Ziegelsteins zu dem gelblichen Sandstein der Gesimse sowie der Tür und Fenstergewände.

Die Liegestühle im Sand, in denen wir manchmal liegen, knatschen. Vögel zwitschern zwischen Holzpaletten, in Skulpturen und angefangenen Bildern. An der einen Wand sind zwei Kanus übereinander aufgehängt. Man kann sich richtig vorstellen wie Harald mit Freunden anderorts mit dem Kanu die Flüsse hinauf paddelt. Doch ich bin wegen einer anderen Sache hier. Heute bin ich wegen des Interviews hier und ich ahne, es könnte eine schwierige Geburt werden. Ich muss mehrmals bestätigten, heute bin ich nicht hier, um der üblichen Runde Gesellschaft zu leisten. Ich schaffe es alle anderen Gäste höflich zu ignorieren und nur kurz Hallo zu sagen in die Runde, dann setze ich mich mit Harald in sein Atelier und rede mit ihm über seine Kunst. Es herrscht mal wieder ein großes Durcheinander in der gesamten Wohnung, das jederzeit in ein Gelage umschlagen kann. Viele Leute sind da. Eigentlich ist immer Leben im Haus, speziell in seiner Wohnung toben die Leute nur so herum. Auf dem Boden in seinem Atelier ein Mosaik aus Farben und farbigem Staub. Wir unterhalten uns über die Ausstellung. Sein Hund liegt die ganze Zeit zwischen unseren Beinen und knurrt schlaftrunken. Bei jeder Bewegung auf Kniehöhe im Raum wird der Hund aufmerksam und schaut hoch, knurrt altersmüde. Ein seltsamer Hund, verzogen. Fremde dürfen ihn nicht streicheln, weil er zubeißen könnte. Er sieht nicht mehr richtig und sieht deshalb in jeder Bewegung eine Gefahr. Wegen seines Alters lässt man ihm auch vieles durchgehen. Bei Besuch wird er meistens in das Atelier gesperrt und liegt knurrend an der Tür. Er versteht nicht wo sein Herrchen hin ist.

Wir haben uns mit dem alten Köter in sein Atelier zurückgezogen, um in Ruhe zu sprechen, aber auch da ist es nicht komplett still. Immer wieder klingelt das Telefon. Wir reden zwischendurch, zwischen den Telefonaten. Eine Pink Floyd Platte läuft nebenbei, ich schenke ein, trinke und mache mir Notizen über die Unordnung und das kreative Chaos. Fühle mich aber zwischen dem ganzen Rummel irgendwie wohl. Ich ahne jedes Stück hier hat seine eigene Geschichte und ich bin schon ganz gespannt darauf einige dieser Geschichten von Harald persönlich zu hören. Ich drehe eine Zigarette und stecke sie mir mit unruhiger Hand an, nehme einen tiefen entspannten Zug. Er erzählt mir von seinen Projekten und nebenbei telefoniert er. Die Bücher im Hintergrund im Regal: Mexikanische Küche, Max Frisch, Berliner Künstlerleben, Edgar Ellen Poe, Landwirtschaft leicht gemacht, Jim Morrison's Gedichtband und viele Andere. Seine Bibliothek ist auf jeden Fall verdammt groß. Hier steht nur ein Bruchteil davon, im Flur und im Wohnzimmer finden sich noch mehr Bücherregale, die alle voll sind von Lexika und Kunstbändern. Einige davon gehören aber auch seinem Mitbewohner Christian. Christian ist eine Person für sich. Ehemaliger Barbesitze, unglaublicher Pianist und Lebemensch. Aber auch eine erschreckende Erscheinung. Wenn er einem nachts auf der Straße entgegenkommen würde, selbst Blinde würden die Straßenseite wechseln. Trotzdem schafft er es seine Gesellschaft aus hübschen jungen Frauen zu halten. Ich habe bis zu diesem Zeitpunkt nur einige Male mitbekommen wie er in die Tasten eines Klaviers haut, jedes Mal ist es wieder umwerfend. Die Zigarette im Mundwinkel, das Weinglas jede Minute an den Lippen und mit beiden Händen etwas Meisterliches auf dem Klavier erschaffen. Es ist selten, ihn spielen zu sehen, wenn man die Gelegenheit dazu hat, lehnt man sich zurück und schließt seine Augen, lässt sich von ihm in eine Fantasiewelt entführen. Ich hoffe, wenn ich so alt bin habe ich auch so eine beeindruckende Büchersammlung. Obwohl beide vom Alter her mein Vater sein könnten, behandeln sie mich mit mehr Respekt für meine Arbeit und einer Gleichberechtigung als Künstler, als die ganze Leute aus der Universitätsstadt und meine ehemaligen Schulfreunde zusammen. Vielleicht bin ich deshalb immer so gerne hier. Beide sagen mir immer wieder, sie sehen mein Potenzial und ich solle auf mich Acht geben. Hör nie auf zu schreiben, höre ich immer als Abschiedsworte.

Er legt auf, beendet das Telefonat und ich kann Harald wieder Fragen stellen. „Wer war das?", will ich wissen. „Ein Pfarrer. Ich habe ihm gerade erzählt, ich glaube wieder an Gott. Darüber hat er sich natürlich gefreut. Aber, und das hat ihn geschockt, nicht an diesen Ratzinger. Das ist ein Arschloch. Ich meine, diese 10 Millionen Euro Reisen, die er immer ins Ausland macht, sind total unnötig. Soll er das Geld den Leuten geben, die es nötig haben." Er lächelt und erzählt weiter: „Das Geld soll er zum Beispiel an Frauen mit Kindern geben, denn, wenn die Kinder verhungern, werden doch die Mütter depressiv. So eine Therapie ist teuer." Er grinst erst ein wenig hinterhältig, dann bricht das Lachen aus ihm heraus. Ich lache auch, denn seine Logik ist unübertrefflich. Der Pfarrer hat erst einmal geschluckt und war seltsam schockiert. „Das doch nicht! Sowas darf man nicht sagen!" Harald macht den Pfarrer nach, seine Art zu reden und seine albernen Handbewegungen, die man direkt erkennt, wenn man den Pfarrer persönlich getroffen hat. Daraufhin lacht er wieder und sitzt in seinem Stuhl und haut mit der Hand beim Lachen auf den Tisch. Damals, bei unserer ersten Begegnung, hat es mich noch erschreckt. Das war noch lange vor meinem Traum mit einem Buch groß raus zu kommen oder überhaupt einen Gedanken an irgendeine Karriere zu verschwenden. Damals war ich gerade einmal achtzehn neunzehn. Ich feierte in der Stammkneipe, die Christian gehörte, mit meinen Schulfreunden das bestandene Abitur und den Beginn eines neuen Lebensabschnittes. Wir waren zu dieser Uhrzeit noch die ersten Gäste in der etwas abseits gelegenen Kneipe. Man musste die Einkaufspassage hinunterlaufen und in der Nähe des kleinen Wasserlaufes der Stadt lag die Bar, die an der Ecke der Straße wie ein gestrandetes Boot heraustach und für mich und meine Schulfreunde damals der Inbegriff einer Bar war. Der Himmel auf Erden an einem Freitagabend. Bands, Konzerte und sonstige spontane Auftritte von Musikern, Whiskey zum halben Preis, weil man die ganze Schulzeit über ein Stammgast war und die beste Musik, die man auf Erden hören kann. Rock der Siebziger und eine Baratmosphäre mit den übelsten Gästen. Elvisverschnitte, Verrückte, Intellektuelle, Weltenreisende und Schüler, Studenten und Doktoranten, heiße Mütter und die schönsten Mädchen.

Da kam dann dieser verwinkelte Mann hineingestolpert. Seine Gesichtszüge waren ernst, sein Blick von manischer Eindringlichkeit. Er kam an den einzig besetzten Tisch und haute mit der Hand auf unsere Tischplatte, dass die Gläser klirrten. Unsere Aufmerksamkeit hatte er damit, wir unterbrachen unsere betrunkenen Unterhaltungen. Mit seiner krächzenden Stimme fragte er ernst: „Was wird hier gefeiert?" Dabei war er noch immer mit dieser Ernsthaftigkeit behaftet, die Angst machen konnte. Wenn man ihn näher gekannt hätte, hätte man gewusst, er spielte mit uns. Wir erzählten in kurzen Sätzen, die den seltsamen, alten Kerl fernhalten sollten, dass wir unser bestandenes Abitur feiern. Plötzlich platzte es heraus aus ihm, ein Gelächter das sein ganzer Körper spinnt. Sein Sabber flog uns entgegen, seine Augen schwammen, sein Bauch tanzte auf und ab. Er lachte so seltsam stark, mit solch einer Energie das wir angesteckt wurden. Eigentlich war es nicht witzig. Nichts war daran witzig, außer eben dieser alte Mann an unserem Tisch. Und so plötzlich wie er angefangen hatte zu lachen, stoppte er. „Da habt ihr ein bisschen was, amüsiert euch. Trinkt einen mit für mich. Lasst die Gläser erklingen!" Dann in seinem üblichen Ernst zum Wirt: „Christian, mach mir mal eine Cola zum mitnehmen." Er schmiss uns den Geldschein auf die klebrige Tischplatte und verschwand zur Theke.

Drei Jahre später schreibe ich jetzt über ihn für die Zeitung und bin einer seiner Vertrauten. Er nannte mich kürzlich seinen Sohn, einen künstlerischen Erben. Ich habe es versucht zu bestreiten, dagegen anzukämpfen, da ich keine Ahnung habe was er damit meint. Wir reden über seine Art Kunst zu machen und reden auch über seine derzeitige Lebenssituation. Wir reden über mich und mein stockendes Schreiben und darüber, dass ich vielleicht mal, wenn ich wieder schreibe, eine Biografie über ihn schreiben könnte. Harald findet nämlich, ich habe Talent. Die Interviewsache habe ich gut gemacht. Es kam ihm vor, als würde er mit einem guten Freund reden und nicht mit einer fremden Person. Vielleicht liegt das auch nur daran, dass ich ein Freund für ihn bin, erkennt er lachend an. Ich lächele verlegen und stimme zu: „Eine Biografie klingt nach einem Plan. Wenn ich mal wieder Zeit habe, können wir das Projekt angehen." Plötzlich klopft es und im gleichen Moment stößt sein Mitbewohner die alte Holztür auf, ohne auf eine Reaktion von uns zu warten. „Na. Was macht ihr?", fragt er in die Runde, zieht sich einen Stuhl zurecht und lässt uns gar nicht erst ausreden. Im Rest des Hauses ist Ruhe eingekehrt. Wie ich gleich erfahren werde, sind die anderen Gäste weiter auf eine Geburtstagsparty, zu der uns Christian auch mitnehmen will. Er fragt direkt weiter: „Habt ihr Hunger? Wollt ihr umsonst trinken? Drüben ist eine Privatfeier in der Kneipe. Klaus feiert seinen Geburtstag. Ich bin auf der Gästeliste und könnte euch mitnehmen als meine Begleitung. Ich weiß, ihr schlagt keine Chance aus frei aufs Haus zu trinken. Schon gar nicht unser junger Zeitungsfritze hier! Du bist doch immer bei jeder Gelegenheit dabei umsonst zu trinken. Als würdest du es von Weitem riechen. Also. Was sagt ihr? Ich hab irgendwie keinen Bock alleine zu gehen." „Also, Hunger hab ich schon.", säusel ich mir einen zusammen und schenke mir den letzten Schluck Whiskey ins Glas von der leeren Flasche. „Umsonst trinken klingt auch fabelhaft. Was meinst du?", frage ich Harald.

Wir schaffen es schnell ihn zu überreden. „Was meint ihr, haben die auch vegetarisches Essen? Ich esse ja kein Fleisch.", meint er auf halbem Weg. Christian versucht ihn zu beruhigen: „Und wenn die Leute keine vegetarischen Sachen da haben, nimmst du einfach Brot." „Ja. Ja. Das kann ich machen.", stimmt ihm Harald wenig überzeugend zu. Ich sehe irgendwas beschäftigt ihn und er scheint nicht gerade glücklich zu sein. Aber um das jetzt zu untersuchen und zu besprechen, haben wir keine Zeit. Ich habe gerade auch keine Lust mehr irgendwelche tiefgreifenden Gespräche zu führen. Ich will nur noch besoffen werden nach getaner Arbeit. Mir ist alles andere egal. Ich spüre wieder eine Party voraus; da kann ich nicht still sitzen - und dann noch umsonst trinken! Mir war noch nie auf der Welt so viel egal. Ich habe das Interview in groben Zügen fertig, die Stichpunkte dafür habe ich zusammen und andere Sachen kann ich gerade sowieso nicht angehen. Was soll ich mich also drum scheren, das der Zeitungsartikel über den Museumsbesuch der erste Artikel war, den sie gut fanden. Was soll es mich kümmern, das ich die meisten Kurse dieses Semester wieder nicht bestanden habe, weil ich zu selten da war. Wenn ich gleich ein kühles Getränk zwischen meinen Fingern halte, bin ich schon glücklich. Manchmal braucht es nichts mehr. Da fällt mir was ein. Jetzt frage ich Christian: „Was haben die denn an Getränken da?" „Naja, Bier natürlich. Umsonst. Ansonsten den ganzen Barbestand, da musst du dann für bezahlen. Achja, wenn du ein Bändchen hast, was ich euch noch besorge, bekommt ihr umsonst Bier und auch Wein. Wein hat Klaus, also das Geburtstagskind, extra für mich angeschafft. Ihr wisst ja wie gerne ich Wein trinke. Also könnt ihr soviel Bier und Wein trinken, bis ihr umfallt." „Wunderbar. Dann bin ich ab heute wohl auch Weintrinker.", stoße ich vor Freude aus und jaule es in die wolkenbedeckte Nacht. Dann frage ich weiter: „Woher kennst du Klaus? Oder besser: Woher kenne ich Klaus?" „Klaus war Stammgast in meinem alten Laden, unten am Fluss. Da musst du ihn x-Mal gesehen haben." „Ach. Auch einer deiner Trinker?", fragt Harald Christian. „Ja. So kann man das auch sagen. Einer meiner Trinker. Ihr beiden werdet auf der Geburtstagsparty gar nicht auffallen. Ich sag's euch. Klaus hat wirklich jeden Säufer der Stadt eingeladen. Mich wundert es fast, dass du keine eigene Einladung erhalten hast. Hab ich euch eigentlich gerade irgendwie gestört?", fragt er und wendet sich dabei an mich, denn Harald hat sich ein wenig zurückfallen lassen und betrachtet die wenigen Sterne im wolkigen Himmel. Ich antworte mit einer Gegenfrage: „Du wirst uns aber schon noch den Kerl zeigen der Geburtstag hat, oder? Wäre schön blöd, wenn wir da frei saufen und essen und nicht einmal gratulieren." „Klar.", meint Christian und hält uns auch schon die Tür auf, denn wir sind schon da. Es ist ja auch nicht weit gewesen, von Haralds Haus bis zur Kneipe sind es nur einige Meter Fußweg. Die Lady hinter der Bar begrüßt mich und fragt: „Das übliche?" „Nein. Nein. Heute nicht. Ich bin wegen der Feier hier. Also trinke ich umsonst.", kontere ich nur und zeige mein Bändchen. Mein Handy klingelt zwischendurch und Cornelia schickt mir ein paar SMS. Ich schreibe nur kurz zurück: „Das Interview dauert länger als gedacht. Warte nicht auf mich. Wir treffen uns dann morgen."

Als ich vom Handy aufschaue, habe ich schon mein erstes Glas leer und die Kneipe platzt bald aus allen Nähten. Klaus hat wirklich alle eingeladen. Ich hab etwas Kleines gegessen, dem Geburtstagskind gratuliert und Wein getrunken wie andere Wasser. Es dauert auch nicht lange, dann taut Harald auf aus seiner Gedankenwelt und sprüht wieder vor Freude. Als überzeugter Vegetarier hat Harald aus Protest gegen das fleischhaltige Büffet eine Scheibe Salami zwischen die Gitarrenseiten einer Dekogitarre gesteckt, ist dann zum Nagelhämmern mit muskelbepackten Kerlen gestürmt. Zwischendurch

38

schwärmt er mir vor wie sehr ihm die Dekoration und Ausstattung des Ladens gefällt, diese metallenen Säulen und die Fotos der Musiker an der Wand, wunderbar. Harald geht ungerne in Kneipen, die Stimmung ist ihm da zu rau, gesteht er später. Deshalb war er auch so gedankenverloren. Er hat sich überlegt was alles passieren könnte. Ich kann mich an nicht mehr viel erinnern, weil ich an diesen Abend mehr trinke als es gut wäre und wache am nächsten Morgen mit einem Filmriss bei Harald auf der Couch auf. Am Frühstückstisch schwärmen dann alle von der Party. Harald erzählt laut gestikulierend: „Die hatten solche Arme! Aber die haben kein Mal den Nagel getroffen. Du, die haben geguckt, als ich den Nagel rein gehauen habe. Mit nur drei Schlägen habe ich den Nagel rein gehauen, du hast es doch auch gesehen. Der mit den dicksten Muskeln hat kein Mal getroffen. Ich hatte schon ein bisschen Angst, dass die mir was Böses wollen. Aber ich hab mich ja erst nur daneben gestellt und geschaut. Dann hab ich einfach gefragt, ob ich mitmachen darf. Du hast es ja gesehen! Der mit den Muskeln, der mit solchen Armen hat kein Mal getroffen. Da sieht man es ja mal wieder. Es kommt nicht nur auf die Muskeln an, es kommt auf die Technik an! Ich habe immer geguckt und mit Gefühl geschlagen. Immer genau geguckt und jedes Mal getroffen!" „Wahnsinn wie du die Leute abgezockt hast. Ja. Daran kann ich mich sogar noch erinnern. Und die Nummer mit der Salami!", erwidere ich und bin froh über die Aspirin, die mir Christian bringt. „Das muss unbedingt in die Biografie, wenn wir eine Biografie schreiben! Das war was! Fantastisch", meint Harald dann euphorisch und haut wieder auf den Tisch vor Lachen das das Geschirr klirrt. „Das nenn ich kreativen Protest.", stimme ich zu und esse nur wenig, weil mir noch der Kopf brummt. An der frischen Luft kontrolliere ich mein Handy und sehe wieder drei verpasste Anrufe und eine SMS von Cornelia. Sie hat mich vermisst und will sich mit mir zum Kaffee trinken treffen. Ich sage ab und lasse mir irgendeine Ausrede einfallen. Heute bin ich zu nichts mehr zu gebrauchen.

Heute ist ein Tag mit Cornelia geplant. Sie hat sich für einen Tag vom Abiturstress losgelöst und wollte was mit mir unternehmen. Da konnte ich nicht nein sagen. Wir haben uns schon länger einmal vorgenommen, wir gehen in den Tierpark. Beim Spaziergang im Tierpark kommen wir auf unsere Stadt zu sprechen. Wir vergleichen und kritisieren die Meinung des anderen nur aus unserem eigenen Wissen heraus, welches natürlich auch nicht gegensätzlicher sein könnte. Cornelia liebt Berlin, weil sie noch nie da gewesen ist. Ich hasse Berlin, weil ich schon drei oder vier Mal da gewesen bin. An Berlin vergleicht man heutzutage jede Stadt. Man sagt sowas wie: Unsere Stadt ist nicht klein, aber auch nicht so groß wie Berlin. Die Tiere werden bei unserem Besuch schon wieder zweitrangig. Wir lehnen uns an die Absperrung eines Käfigs und verfallen in den Gesprächsfluss.

„Ich mag Berlin. Keine Frage. Berlin ist eine interessante und aufregende Stadt…" „…aber? Ich höre da ein dickes ABER folgen.", unterbreche ich Cornelia. „Ja? Nein. Nein. Kein ABER. Berlin wäre nur zu groß für mich. Ich finde unsere Stadt ist genau richtig. Nicht zu klein und so verdammt provinziell, aber auch nicht zu groß und zu hektisch. Wir haben eine Universität, mehrere Theater und Kinos und eine interessante Stadtgeschichte. Reicht das nicht?" „Ach komm. Niemand will in Berlin leben, weil Berlin einfach scheiße ist!", meine ich bestimmend. Cornelia kontert: „Natürlich. Deshalb lebt ja auch niemand in Berlin. Wie viele Einwohner hat Berlin? Berlin hat ungefähr 3.500.000 Einwohner. Wo wohnen die, wenn nicht in Berlin? In Berlin natürlich. Zurück zum Thema. Es geht ja auch gar nicht darum, ob jemand in Berlin wohnen möchte oder nicht. Es geht hier um unsere Stadt. Nicht um Berlin. Meine Frage war: Wie findest du unsere Stadt? Und könntest du dir vorstellen hier alt zu werden? Und darauf bist du gar nicht eingegangen." „Nein. Tut mir leid. Da muss ich nochmal drauf zurück kommen. In Berlin wohnt niemand. Sie vegetieren nur vor sich hin unter der Guckglocke der Welt. Wer sich wohlfühlt in Berlin, dass sind die Hipster und die Touristen. Wenn ich an Berlin denke, fallen mir Til Schweiger Filme und Hipster ein. Das sind Dinge, die die Welt nicht braucht. Sie denken sie wären der Nabel der Welt und sowas kotzt mich an.", kommentiere ich ihren Sarkasmus und weiche damit auch ihrer Frage aus. Bald sind bei mir die ersten Klausuren fällt, die ich nicht mitschreiben werde und die Besprechungen zu den Hausarbeiten, die ich nicht geschrieben habe. Wenn ich darüber nachdenke, überkommt mich eine Wut. Ganz besonders, weil ich diese Kurse nächstes Semester wieder im Stundenplan finden werde und jetzt schon weiß, auch dann werde ich nichts tun und dennoch will mein zweites Buch nichts werden. Die letzten Tage habe ich mich immer wieder über das halb fertige Manuskript gesetzt und konnte nur ganze Abschnitte löschen. Es ist grausam.

„Du bist mir immer noch deine Meinung über unsere Stadt schuldig." „Ach. Komm. - Wollen wir hier nicht eine Pause machen?", frage ich und setze mich auf eine Bank vor das Rehgehege. Ich zünde mir eine Zigarette an. Das Gesprächsthema Berlin ist damit für mich auch vom Tisch. „Ich möchte später einmal auf dem Land alt werden. In einem alten Holzhaus in einer großen Waldgegend vielleicht. Weit oben in Canada zum Beispiel.", erzähle ich. „Das ist natürlich eine schöne Vorstellung. Aber für jetzt ist mir Bielefeld ganz recht.", zündet sich Cornelia noch eine Zigarette an und schweigt, bewundert die Rehe. Sie fragt mich zwischendurch, ob mich der Gestank auch so stören würde, ob ich es nicht riehen würde. Ich antworte, es liege bestimmt an den Tieren. Dabei ist es das Marihuana, dass ich in meine Zigarette eingedreht habe. Auf dem Rückweg essen wir noch ein Eis, dann bummeln wir in der Stadt und fahren zu mir. Ein Tag, an dem wir nur wieder unsere Zeit verschwenden, bis wir gemeinsam im Bett landen können. So könnte man die ganze Situation beschreiben.

Ein paar Tage später gibt es wieder eine große Party in der Universität. Da sehe ich Jan zum ersten Mal seit sechs Monaten wieder.

„Meine Güte! Lässt du dir wieder einen Bart stehen?", fragt er mich und ich falle ihm vor Freude um den Hals. Wir stehen hier inmitten der Bässe und feiernden Menge und schreien uns über den Krach hinweg freundliche Begrüßungen zu. Philip taucht aus der Masse mit zwei Biergläsern auf, für mich und ihn selbst. Er rempelt und wird angerempelt, bis er mit halben Biergläsern bei uns ist. Nach unserer langen Wiedersehensumarmung meint Philip zu Jan: „Seltsam, nicht wahr? Dieser Bart ist doch grausam!" Beide nicken sich zu und in der Zeit nehme ich Philip ein Bier aus der Hand. „Der Bart steht mir. Ihr habt doch keine Ahnung." „Gut, dass deine Definition von Bart unübersichtliches Chaos und kein Stutzen beinhalten. Das Ding hat keinerlei Form und wuchert nur vor sich hin!", meckert Philip. „Ihr übertreibt doch.", gebe ich zurück und stoße das schäumende Bier in die Luft, rufe: „Wohlsein!"

So hat es immer mein Lieblingsbarkeeper gemacht. Wir stoßen an und ich setze erst ab, als das Bier leer ist. „Also. Wie geht's euch? Was habt ihr gemacht?", fragt Jan erwartungsvoll, gespannt auf unsere Geschichten. Dabei sind seine Geschichten spannender. Er war in den sechs Monaten überall. An Orten, die ich nicht richtig buchstabieren kann oder geschweige denn auf einem Atlas finden würde, dessen Existenz ich im Gewinnspiel anzweifeln würde. Ich habe mich nicht großartig bewegt. Ich habe jetzt nur eine neue Freundin und einige Drogen mehr ausprobiert, meine eigene Reise ins Innere angestellt und aufgehört Drogen als Fluchtmittel zu benutzen, sondern um mich selbst zu erkennen. Mein letztes nennenswertes Ding als Freundin war die Theatertussi. Die kannte Jan noch. Aber das ist gerade auch egal. Das hat Zeit. Cornelia kann warten und alles andere kann auch erst einmal warten. Wir haben wichtigere Sachen zu besprechen. Andere Neuigkeiten, die ich ihm vielleicht später sagen werde, wären: Ich habe mein zweites Buch aufgegeben zu schreiben und schreibe jetzt nur noch für die Regionalzeitung, als Praktikant. Zwar ein tiefer Fall, aber ich bin froh überhaupt noch

Worte aneinander zu reihen. Das alles weiß Jan noch nicht von mir. Ansonsten stehen wir gerade inmitten einer Party, auf der vollsten Tanzfläche die ich je gesehen habe und werden von allen Seiten angerempelt, stehen wie vertraute Waffenbrüder und halten uns an unserem Bier fest. Wir lachen uns an und albern wieder herum wie vor seiner Abreise. Es ist für uns eine große Sache Jan wiederzusehen. Philip hat extra einige Joint vorgedreht und mitgenommen auf die Party und ich habe Cornelia zu Hause gelassen. Sarah treibt sich hier irgendwo mit Daniel herum und Michael wollte auch eigentlich noch kommen, aber da ich sonst nichts von ihm gehört habe, scheint er noch in Berlin beschäftigt.

Noch bevor wir Jan irgendwas erzählen können oder er mit seinen Abenteuergeschichten loslegt, kommt auch schon einer der angetrunkenen Wirtschaftsstudenten vorbei, durchbricht unsere Verteidigungsbarriere, die uns von der restlichen Party abschirmen sollte und er haut Jan auf die Schultern und ruft: „Bist du nicht der Kerl, der fast gestorben wäre? Der mit diesem unheimlichen Tropenfieber?" Jan drückt mir noch als Abschied seinen Fruchtcocktail in die Hand und verschwindet mit den Wirtschaftsstudenten, um sich in seinem Ruhm zu baden. Er ist wieder in seinem Element. Geschichten erzählen und der Mittelpunkt von allen sein. Herum hetzen, Leute haben, die ihn anhimmeln und sich an seinem Feuer larben, tanzen und trinken. Er wird wieder über die Party fegen und Leute finden, die an seinen Lippen hängen. Wie viele Leute ihm wohl in den letzten Monaten so quer durch Russland und Osteuropa hinterhergelaufen sind? Ihm hinterher zu hetzen, dafür habe ich keine Nerven mehr. Er wird schon wieder zu mir zurück kehren. Das tut er immer. „Und? Was machst du so?", werde ich fast gleichzeitig von der Seite gefragt, dass wir auch keine Chance haben ein weiteres Wort zwischen Freunden auszutauschen und ich ihn so aus den Augen verliere. Sie hat sich rüber gelehnt und mir fast ins Ohr geschrien, damit man sie über die Musik hören kann. Ich antworte laut, aber ohne Anstrengung. So muss sie sich immer herüber lehnen, nicht ich. Ich probiere Jans Fruchtcocktail und verziehe das Gesicht. „Eigentlich steh ich hier nur so rum und trinke... ähm, Daniel? Was ist das eigentlich was ich hier trinke?", will ich ablenken. Ein lächerlicher Versuch, aber ich habe gar keine Lust mir eines dieser Was-machst-du-so-Gespräche anzutun, deshalb versuche ich Daniel ins Gespräch zu integrieren und mich so vielleicht davonzustehlen. Er steht ein wenig abseits neben Jan, aber in meinem Blickwinkel und in unmittelbarer Hörreichweite. Er hatte gerade noch versucht, sich durch die Masse von Leuten zu Philip und mir durchzuarbeiten, dann sah er Jan und wollte ihn begrüßen. Jan hat gerade aber schon genug damit zu tun von anderen Gästen Löcher in den Bauch gefragt zu werden und Philip ist irgendwo, holt vermutlich neue Getränke oder ist eine Rauchen gegangen, sucht Sarah oder sowas in der Art. Hat sich auf jeden Fall so aus dem Chaos gerettet, welches auf der Tanzfläche mit dem nächsten Lied losbricht. Natürlich scheitert mein Versuch abzulenken und ich steh da wie ein Idiot. Daniel hat mich durch den allgemeinen Lärm der einsetzenden Bässe nicht verstanden und geht, von jemandem lauter gerufen, um bei Sachen zu helfen. Als einer der Mitverantwortlichen ist er gerade immer überall gefragt. „Tja, der hat wohl besseres zu tun. Weißt du, was ich hier trinke? Schmeckt furchtbar fruchtig." „Das müsste die Früchtebowle sein. Pfirsich, Apfel und Kirsch oder Himbeere.", kommentiert die Unbekannte, die unbedingt ein Gespräch anfangen will. „Aha. Danke. Ähm, wie heißt du noch gleich? Ich kann mir so schlecht Namen merken.", gestehe ich, weil ich mich gerade daran erinnere beim Reinkommen von Daniel vorgestellt worden zu sein. „Marie. Und mit wem habe noch einmal ich das Vergnügen?" Ich bin jetzt freundlicher, reiche ihr die Hand und lehne mich beim Sprechen vor, stelle mich auch vor und frage, was sie so macht. Obwohl ich mich vor dem üblichen Gespräch fürchte, weiß ich sonst nicht wie ich mit ihr umgehen soll. Sie erzählt ein bisschen was, sie mache in einem Hotel eine Ausbildung und muss da verschiedens-

44

te Pflichten übernehmen, mache ihr mittlerweile gar keinen Spaß mehr und ist auch Gott sei dank bald vorbei. Das überrascht mich. Ich hatte mit dem üblichen Mist gerechnet. Wirtschaftsstudium oder BWL. Tabellen auswendig lernen, während der Vorlesung auf dem Laptop amerikanische Serien schauen und mit Anderen über Onlinedienste des IPhones über eben diese Serien oder über ihre Tabellen schwadronieren. Aber das hat mich überrascht. Endlich mal wieder interessante Gespräche, keine Konservationsoptionen. Über den Lärm der Party hinweg kann man sich schwer verständigen, deshalb deutet sie irgendwann nach draußen und ich folge ihr. Draußen wird das Gespräch interessanter. Endlich mal jemand, der auch etwas zu erzählen hat. Sie erzählt, sie sei gerade als helfende Hand in der Unterhaltungsplanung eingebunden. Ich frage daraufhin lustig, ob sie jetzt also an der Bar arbeitet. Sie lacht und erzählt, da habe sie auch schon gearbeitet. Aber sie kann verstehen warum ich das gesagt habe. Jeder beschissene Beruf würde ja jetzt Fachwortbezeichnungen erhalten, die Putzfrau ist auf einmal eine Raumpflegerin und so weiter und so fort. Als würde ein anderer Titel die Drecksarbeit für fünf Euro die Stunde aufwerten und die Sklavenarbeit menschlich werden lassen. An der Bar habe sie am Anfang gearbeitet, jetzt müsse sie in einem kleinen Raum Zahlen und Daten in eine Tabelle eintragen. Kalkulationen machen. Genau das nerve sie. Man lernt zwar extrem viele interessante Leute kennen und hat tagtäglich mit neuen Gesichtern und Geschichten zu tun, aber man müsste auch die gleiche Zeit in dunklen Räumen sitzen und irgendwas irgendwo eintragen.

Ich lasse sie erzählen und nippe immer mal wieder an meinem Bier. Den Fruchtcocktail habe ich unterwegs auf einer Treppenstufe stehen gelassen und mir ein neues Bier an einem der Bierstände geholt. Wie heißt sie noch gleich? Marie? Miriam? „Kann es sein, dass ich die einzige interessante Person auf dieser Party gefunden habe?", frage ich sie charmant, woraufhin sie verlegen lacht. Ihre Geschichten über die Hotelgäste amüsieren mich. Und: Oh Gott. Ihr

Lachen ist magisch. Beim Hinausgehen konnte ich einen Blick auf ihren fantastischen Arsch werfen und ich muss gestehen, das Gesamtpacket hat mich verrückt gemacht. Sie ist mega heiß. Für so eine Schnalle würde ich alles auf der Welt hergeben und mich sogar vor den nächsten Bus werfen. Gott sei dank verlangt sie das nicht von mir, sie lächelt nur wunderschön. Draußen haben sich die meisten Raucher eingefunden und stehen in Grüppchen zusammen. Da stehen jetzt auch Phil und Sarah, die, als sie mich dann endlich sehen, zu uns rüber kommen. „Na, wer ist denn das?", fragt Sarah interessiert. Phil steckt sich einen Joint an und reicht ihn weiter an Sarah. Ich stelle allesamt vor, erhalte den Joint von Sarah. Es ist schon ein kleiner Erfolg, das ich ihren Namen richtig geraten habe. Marie fragt mich jetzt nochmal: „Was machst du eigentlich? Ich erzähle hier die ganze Zeit von mir und du sagst nichts." Da ich gerade die Luft anhalte und den Marihuanarauch inhaliere, antwortet Sarah stolz für mich: „Er schreibt. Er ist mein kleiner, berühmter Schriftsteller." „Du hast ein Buch geschrieben und lässt mich von meinem langweiligen Hoteljob erzählen? Worum geht es in deinem Buch?", fragt Marie jetzt aufgeregt. Ich verschlucke mich fast, gebe mich aber gelassen, atme den Rauch aus, huste erst ein bisschen und antworte dann: „Ach. Das. Das ist schon länger her. Ich schreibe meistens gegen die Gesellschaft. Aber das ist doch langweilig. Es ist nur ein staubiges Buch."

Ich reiche Marie den Joint und frage: „Willst du auch kiffen?" Sie nimmt ihn und zieht dran. „Na. Komm schon. Mich interessiert das. Worum geht dein Buch? Habe ich sonst schon mal was so von dir gelesen?", meint Marie gespannt und lächelt dabei das ich ihr nicht widerstehen kann. Sie klebt für die nächste Zeit an meinen Lippen. Zwischendurch geht der Joint immer wieder Reihum. Marie gibt ihn wieder an Philip. Er weiter an Sarah und Sarah an mich. Das Thema wird erst gewechselt, als Jan zu uns stößt. Ich erzähle davor noch von meinem Praktikum bei der Zeitung und wie ich schreibe. Ich erzähle von meinem Buch und was ich demnächst noch plane. Ich erzähle von der Idee, ein zweites Buch zu schreiben. Ich erzähle von der Biografie wie jemand, der beides schon fast fertig in der Schublade hat. Ich erzähle aber nicht, dass das alles noch in weiter Ferne liegt und ich sowieso gerade mit einer Schreibblockade zu kämpfen habe. Aber das will doch sowieso keiner hören. „Ziehst du wieder die alte Masche mit dem Buch ab, um junge Dinger zu beeindrucken? Gibt unser Schriftsteller wieder mit seinem Bucherfolg an?", fragt Jan beim Eintreffen und haut mir verspielt mit dem Ellenbogen in die Seite. Er hat einen blinden Punkt erwischt. Es kommt mir so vor, als würde ich nur wieder eine alte Platte auflegen, um Menschen zu beeindrucken. Es fühlt sich in letzter Zeit einfach falsch an. Ich verliere selbst immer mehr den Glauben an mich und muss anderen Leuten dann davon erzähle wie ich schreibe und wie ich der große Schriftsteller bin, dabei schreibe ich scheiße. Das sind doch alles Lügen. Deshalb erzähle ich nicht gerne, ich schreibe. Es ist auch immer mit so einer Aura belegt, dass jeder direkt denkt, du wärst der nächste Goethe und alle Leute, die irgendwo schreiben, sei es in ihrem Blog oder in Tagebüchern, spielen sich so auf, als wären sie der nächste Goethe. Es ist irgendwie so verkehrt geworden. Ich schreibe doch nur, um meine Welt in Bahnen zu halten und nicht komplett durchzudrehen. „Na mein fieses Frettchen. Hat dir schon jemand gesagt das du ein Frettchengesicht hast?", begrüße ich ihn und von den anderen wird Jan begeistert begrüßt. „Ja. Du. Jedes Mal, wenn wir uns sehen.", entgegnet Jan. Wir haben ihn endlich mal für ein paar Minuten bei uns und sofort beginnen wir ihn Löcher in den Bauch zu fragen. Irgendwann gehen wir an einen Bierstand und irgendwann wieder rauchen. Ich flirte den ganzen Abend mit Marie und Jan tobt auf der Party herum und rennt von einem Bekannten zum nächsten, erzählt da seine Geschichten. So vergehen die Stunden.

Marie fragt mich wenig später zum Ende des Abends: „Was musst du nur von mir halten? Was hältst du jetzt von mir, da ich jetzt schon mit dir rummache?" Was soll ich denn schon groß von dir halten oder nicht halten? Wenn es richtig ist, ist es richtig. Ob man nun direkt anfängt rumzumachen oder damit zehn Jahre wartet. Das bleibt jedem selbst überlassen. Wenn es jetzt schon passiert, wäre es auch in zehn Jahren passiert. Wir haben Spaß. Dafür verurteile ich dich nicht. Sowas in der Art antworte ich auf ihre Frage. Damit ist die Sache für mich gegessen. Sie fragt noch: „Bist du Single? Oder bist du mit Sarah zusammen? Geht da was?" Ich bin erst irritiert. Dann erinnere ich mich, Sarah hat mich heute Abend oft genug grundlos umarmt und mich am Arm durch den Raum gezogen, mich Leuten vorstellt, die ich unbedingt treffen sollte oder ist einfach nur mit mir Rauchen gegangen, weil sie nicht alleine rauchen wollte. Sie ist schnell betrunken und wenn sie betrunken ist, wird sie anhänglich. „Nein. Wir sind wie Bruder und Schwester.", gebe ich nur knapp zurück. Der Rest des Abends ist in den üblichen Nebel aus Alkohol, lauter Musik und Gesprächen gebettet. Ansonsten höre ich zum Ende der Party von Betrunkenen nur Gespräche über die Universität und die Professoren, über Kurse und die Ziele im Leben der Wirtschaftsstudenten. Grausam. Es sind immer dieselben Gespräche und sie laufen immer auf dasselbe hinaus. Sie wollen später einmal ihr eigenes Geld verdienen und sich den Vorgarten leisten, den Zweitwagen und eine Affäre und sind sonst nur froh, wenn sie in Ruhe gelassen werden.

„Genau das meine ich. Das ist der Punkt. Wir begreifen nicht, dass wir zusammenhalten müssen. Wir müssen uns gegenseitig in Kursen helfen, bei manchen Professoren überlebt man sonst keine Minute. Wir müssen zusammenhalten, sonst schafft man es als Student doch nicht.", erzählt uns einer, der mit uns im großen Raucherkreis steht. Marie und ich albern herum, sagen dann so Sachen zu uns wie: Ja. Genau. Das Studium ist unser Feind. Wir sind Grabensoldaten gegen die Bildungspolitik. Wir liegen uns lachend in den Armen. Ansonsten höre ich andere Kerle sagen: „Jetzt hast du verdammt viel von mir erfahren." Der andere Kerl daraufhin: „Aber darum geht es doch. Wir Männer sind halt offener. Ehrlicher. Das ist es doch was uns ausmacht. Wir Männer sind immer ehrlich. Immer offen, sind immer ehrlich. Die Frauen lügen doch immer. So ist das." So reden zwei Männer zusammengekauert auf dem Sofa. Ich stehe in ihrer Nähe, weil ich auf Marie warte. Sie ist gerade für kleine Mädchen, dann wollen wir los. Für die beiden Jungs auf der Couch gibt es nur sich selbst, der Rest der Party ist nicht zu beachten. Ich glaube, die beiden Kerle haben sich für die Nacht gefunden. Schön für sie. So wie Marie und ich, wir haben uns nämlich auch für diese Nacht gefunden. Für uns gibt es nur uns selbst und der Rest der Party ist nicht mehr wichtig. Es ist einfach perfekt. Der krönende Abschluss einer wunderbaren Nacht. Ich habe aber nicht mit Sarah gerechnet, die mir schon aus der Entfernung einen bösen Blick zuwirft. Sie kommt auf mich zu, als müsse sie sich erst durchringen und schaut sich dann nach Marie um, um auf Nummer sicher zu gehen Marie bekommt nichts von ihrer Ansprache mit. „Weißt du was du da tust?", stupst sie mich frustriert an. „Ja. Wieso?" „Weil du gerade im Begriff bist mit einer anderen Frau abzuziehen wo Cornelia doch zu Hause auf dich wartet.", erklärt sie. „Cornelia wartet nicht zu Hause. Das wäre seltsam, denn dann müsste ich Marie und Cornelia fragen, ob sie zu einem Dreier Lust haben." „Du weißt genau wie ich das meine.", faucht Sarah mich an. Mir ist das aber völlig egal. Wieso soll ich mich an eine Frau binden, die mich nicht so sein lässt wie ich sein will, wo es doch andere Frauen gibt, die mich nehmen wie ich bin. So denke ich gerade. Gerade macht alles irgendwie Sinn.

Ich lasse Sarah stehen und steige mit Marie in das nächste Taxi. Wir fahren mit dem Taxi zu ihr und wühlen verspielt durch die Bettlaken, als gäbe es nur uns beide. Morgen früh werde ich aber mit einem Kater aufwachen und mich heimlich aus dem fremden Nachtlager verabschieden. Der Rasen auf der anderen Seite des Zauns ist auf den ersten Blick immer schöner. Beim näheren Betrachten merkt man aber, Marie hat einen Freund, den sie ebenfalls betrogen hat.

Also ist der Rasen doch nicht schöner... ich werde mich also weiter mit Cornelia treffen und ein schlechtes Gewissen haben. Ansonsten wird sich nichts ändern. Das schlechte Gewissen wird mit jedem Drink abnehmen, bis ich es vollkommen vergessen habe. So läuft es immer.

Wieder eine Studentenparty. Auch hier ist Cornelia nicht dabei, sie hat irgendwelchen anderen Stress. Gerade häufen sich die Partys bei mir zu einem Berg von Ereignissen an, bis ich nicht mehr kann und drohe von der Bergspitze hinabzustürzen. Bei jeder Studentenparty mehr denke ich mir: Das ist also die sogenannte Bildungselite.

Ich zähle mich nicht mehr dazu. Es ist nicht mehr meine Szene. Ich stehe nur in der Ecke und analysiere die Gegend. Die Leute sind hier heute vermischter als sonst, ganz einfach weil wir auf einer Wohnheimparty in einer Studentenwohnheimkneipe sind, nicht auf den üblichen Fakultätspartys. Das ist schön, aber dennoch nervig. Es sortiert sich diesmal nur nicht nach Studienfächern oder dergleichen, sondern nach alten Trinkern und neuen Trinkern. Neuankömmlinge und alte Bargäste. Aber auch hier sind die Gespräche gleich. Nie hat jemand mal etwas echtes zu sagen. Na, was studierst du? Das und das. Und du? Oh mein Gott, du wirst Lehrer? Ich hasse ja alle Lehrer und generell alle Beamten. Da bin ich vorbelastet, musst du wissen. Und wenn man sie dann fragt was sie machen, antworten sie Jura. Da könnte ich kotzen. Oder: Du studierst Bioinformatik? Darunter kann ich mir nichts vorstellen. Was macht man später damit? Oder es gibt Reaktionen, die deine Studienwahl als Aufopferung betrachten. Du studierst biotechnologische Informatik? Das ist aber toll. Ich könnte sowas ja nie machen. Schön, dass es wenigstens einige tun. Mich hat dieses Schachteldenken schon am Anfang meines Studiums abgeschreckt. Ich habe einfach keine Lust mich mit ihnen zu verbünden und mich auf ihr Niveau herabziehen zu lassen. Mir ihre betrunkenen Vorwürfe anzuhören, mich ihnen erklären zu müssen, dass ich so und so weit gekommen bin im Studium und das und das erst erreicht habe und nicht die gleichen Ziele im Leben habe als sie, dass konnte ich schon in der ersten Woche nie ertragen. Sie stellen heute wieder alle Fragen, warum ich dies und jenes gemacht habe und nicht so oder so entschieden habe. Mit Jan hätte ich mir jetzt irgendeine witzige Lüge ausgedacht und wir würden wieder unser übliches Spiel spielen. Aber um es klarzustellen, es ging uns nie darum unsere wahre Identität zu verschleiern. Wir machten es, um alle anderen zu verarschen. Wir hatten unsere Rollen und die spielten wir perfekt, einfach nur um den Abend aufzuwerten und nicht in das Schachteldenken von den anderen hineinzurutschen. So hatten wir eine Rolle und spielten diese, immer im Hinterkopf wie idiotisch das alles eigentlich ist. Wir haben uns nämlich immer Rollen ausgedacht, die so absurd waren, das man sie kaum glauben konnte und dennoch haben wir es durchgezogen und uns gegenseitig den Rücken gedeckt, nachher haben wir uns gekugelt vor Lachen. Nun ist Jan aber nicht da und alleine macht es nur halb so viel Spaß. Deshalb spare ich mir den Atem und stehe nur in meiner Ecke, trinke was. Philip ist heute für diesen Spaß nicht zu haben, er kennt hier zu viele Leute.

Neben mir höre ich Juristen über die Auslegung von unterschiedlichen Paragraphen streiten. „Du kannst auf ewig darüber streiten, ob du unterlassene Hilfeleistung geleistet oder seinen Sterbewunsch ignoriert hast, solange du keine Patientenverfügung vorlegen kannst!" Weiter in meiner Nähe höre ich jemanden das Glas in die Luft reißen und alle Auf deinen Bachelor! rufen. „Jetzt muss ich mich nur noch für den Master anmelden!", lallt der eine weiter, als hätte er gerade den Lottojackpot geknackt und nun müsse er nur noch zur Lottogesellschaft und den Schein einlösen. Ein anderer Kommentar bringt mich zum Schmunzeln: „Das ist wie die Suche nach Passierschein A 38! Das Prüfungsamt ist der natürliche Feind der Studenten. - Viel Spaß dabei!" Weiter hinten bricht eine hitzige Diskussion aus welche Partei man bei der nächsten Bundestagswahl wählen soll und weshalb die Politikverdrossenheit in unserer Generation anscheinend so ein großes Thema ist. Irgendwann erwische ich mich dann dabei wie ich mich mit einer Maschinenbauingenieurin aus dem ersten Semester unterhalte. Ich kam irgendwie nicht drum herum. Sie stand alleine in der Ecke und ich stand alleine in der Ecke. Ich frage also: „Was machst du so?" Alleine ihr zu liebe, damit sie nicht so alleine da steht. Sie kommt damit nicht so gut zu recht wie ich. Sie schaut immer mal wieder in der Gegend herum und ich habe sie beobachtet wie sie Anschluss sucht und umherstreift von einer Gruppe Menschen zur nächsten und schlussendlich neben mir landet und immer wieder herumschaut in der Bar. „Ich studiere Maschinenbau. Bin im ersten Semester.", sagt sie und das alleine ist schon ein Wunder, finde ich. Eine weibliche Maschinenbauingenieurin zu finden und dann auch noch auf einer Party zu finden, da gehört schon einiges dazu. Sie kann mir auch nicht beantworten, warum so wenige Frauen dieses Studium ergreifen. Darüber hat sie sich auch noch keine Gedanken gemacht. Sie gesteht mir, dass sie neu in der Stadt ist und nichts weiß, sich alleine fühlt. Sie klebt deshalb an meinen Lippen und macht sich geistig Notizen, was ich an der Universität verabscheue und warum ich es verabscheue. Wo du günstig trinken gehen kannst und wo nicht. Wo du wann hin gehen musst, damit du genügend Spaß hast. Sie strahlt von Wange zu Wange, endlich Anschluss gefunden zu haben. Ich hingegen scheitere und verzweifele. Mehr habe ich doch nicht zu erzählen. Geschichten vom Studium habe ich nicht. Nur, wie und wo ich versagt habe und wo ich mich besoffen habe, anstatt in der Universität zu sein. Das will sie bestimmt nicht auf ewig hören. Die Maschinenbaustudentin wird gleich fragen, was ich studiere und wie lange ich studiere und sowieso und überhaupt. Das Studium ist aber nicht mehr meine Szene. Wir driften auseinander, die Studenten und ich sind keine gemeinsame Gruppe mehr. Ich habe mich vom System gelöst und sehe den Unnütz dahinter. Ein Bachelor macht keinen besseren Menschen aus dir. Für viele ist es eine Auszeichnung. Aber eine Auszeichnung macht dich nicht gleichzeitig zu einem Menschen, den jeder jetzt einstellen will. Ich kann es nicht oft genug aussprechen. Sie führen sich auf wie die besseren Menschen, die nun die Erlaubnis haben die Welt zu verbessern. Dabei haben die meisten von uns doch nur angefangen zu studieren, weil man es von uns erwartete. Weil wir nicht wussten wohin. Erzähle ich nun wieder von meinem Bucherfolg und meiner Arbeit als Zeitungsjunge? Ich möchte damit nicht angeben, aber das Studium interessieren mich einfach nicht mehr. Das Aufgesetzte und Göttliche kotzt mich nur noch an.

Sie fragt endlich wie erwartet: „Und … was studierst du?" Sie strahlt noch immer von Wange zu Wange, bis Phil von hinten kommt und alles versaut, ehe ich nur ein Wort dazu sagen kann. Gott sei Dank hat er alles versaut. Damit hat er mich gerettet. „Nehm dir kein Beispiel an ihm! Er ist das Böse." Wir witzeln beide schnell wie üblich und die üblichen Witze vertreiben die Maschinenbauingenieurin. Sie verabschiedet sich, sie müsse morgen früh raus. Sie ist einfach nur verschreckt und ich stehe mit Philip alleine da. Sie findet unsere Witze und unsere Anekdoten über Drogenkonsum nicht witzig, das hat man direkt bemerkt. Sie hat es nicht verstanden. Man könnte fast sagen, sie hat es noch nicht verstanden. Aber was soll ich auch tun? Heutzutage kann man doch nur Witze reißen wie wir es tun, um die Welt zu ertragen. Sonst würden wir nur leere Phrasen dreschen und schwafeln und beim Schwafeln ersticken. Laber nicht. Schweine labern auch nicht! Das würde man mir auf der Straße an den Kopf werfen, wenn ich damit ihre Zeit verschwende. Philip lockt mich jetzt mit nach draußen zu den Rauchern. So geht der Abend langsam herum und wird mir noch eine lange Zeit in Erinnerung bleiben. Ich kann mir nicht helfen. Irgendwie bin ich es fast leid, vermeintlich hochtragende Unterhaltungen über irgendwelche Sinnlosigkeiten zu führen, als wäre sowas der Mittelpunkt der Welt. Es interessiert mich nicht, was und wie man am besten mit Stahlwolle spült und bei welchem Professor man welche Bücher mit in die Klausur nehmen darf. Mir reicht's. Ich bin es so leid so zu tun, als würden mich diese Sachen interessieren und als würde es mir Spaß machen das dumme betrunkene Gequatsche der Studenten anzuhören. Dann reden sie noch übers Containern, wie sie damit die Welt verbessern und der Wegwerfgesellschaft einen Riegel vorsetzen. „Laber nicht, Schweine labern auch nicht! Euch geht es doch nur um die Kohle, die ihr damit spart! Am Ende verkauft ihr den Dreck aus den Mülltonnen auch noch an eure Freunde, weil ihr ja jederzeit von der Polizei hochgenommen werden könnt. So ein Bullshit!", platzt es mir raus und Philip lacht sich halb kaputt.

Die Bildungsklugen sagen nach einem Abend unüberlegter, leerer Floskeln so Sachen wie: „Da merkt man, man ist intelligenter als Andere." Damit reiten sie sich aber komplett in die Scheiße. Wenn sie vorher noch in der Kneipe über vegetarische Rezepte philosophieren und dabei der Tisch voller alkoholischer Getränke steht, beschweren sie sich nachher trotzdem lautstark über betrunkene Halbstarke mit einer lockeren Zunge. So als wären sie selbst das Alpha und Omega, alle Anderen nichts wert. Im Bus begegnet man nachts nach der Kneipenparty einigen besoffenen Halbstarken, die ebenfalls auf dem Heimweg sind. Jugendliche. Fast noch Kinder. Betrunkene, die vor den Herkulesaufgaben unserer Zeit stehen und fliehen. Sie kehren den Problemen des Tages am Abend den Rücken zu und feiern in den beliebten Club – und Diskoflatratepartys wie jeder andere auch, brennen dabei und genießen jeden Augenblick. Wie unsere Wirtschaftsstudenten und zukünftigen Juristen, nur echt und nicht mit aufgesetztem Geschwafel. Sie pöbeln vulgärer, ansonsten unterscheiden wir uns nicht. Und obwohl bei den Studenten, die mit uns im Bus nach Hause fahren der Alkohol genauso verheerend wirkt wie bei den Hauptschülern stellen sie sich auf eine höhere Stufe. Mit abfälligen Blicken und spöttischen Sprüchen versucht am sich von der pöbelnden Masse abzugrenzen. Ich hätte sie gerne gepackt und am

Kragen gerüttelt. Lasst euch gesagt sein: Manchmal haut euch der Alkohol sogar mehr um, denn der Sturz ist von einer Stufe höher härter. Man kann dem Studenten ansehen wie der Schluck Bier etwas anrichtet. Wie sie abbauen. Wie die Studenten werden wie die Hauptschüler. Wobei das Wort Hauptschüler von mir hier nur als Feindbild dient, um die gehobene Klasse der Studenten auf ein Feindbild zu vereinen. Für die Studenten sind doch alle dummen Menschen gleich Hauptschüler. Alte Vampirbilder, nämlich ehrlich im Auftritt. Nicht mit Glitzerpuder von oben bis unten wie die neuen Vampirchen, sondern nach Blut lechzend. Richtige Monster. Man sieht es ihnen förmlich an. Vom ersten Augenblick, rohe Tiere fast, Verrückte im Bild der Studenten, weil sie sich nicht verstecken. Der Pöbel, denn unberechenbar, wenn alkoholisiert.

Ich aber mag diese Vampire der Nacht. Sie sind wenigstens einfach gestrickt und ehrlich. Die Studenten tragen ihr Prinzessinnendiadem mit Stolz über den Tag. Trotzdem lallen auch sie immer wieder unverständliche Geschichten mit verschwommener Mimik und unscharfer Gestik wie der Pöbel. Nachdem das Gebiet durch die Frage, was studierst du, abgesteckt ist und mit dem eigenen Gebiet übereinstimmt, hocken sie aufeinander. Tauschen den ganzen Abend hochtragende Anekdoten über ihre Kindheit aus. Im Dreck haben sie gesuhlt und Struwwelpeter vorgelesen bekommen. So sind wir aufgewachsen, heißt es. So beschweren sich die verliebt guckenden Paare. Die Kinder heute hätten ja nur IPods und Blackberrys. Das ist doch keine Kindheit mehr, wenn sie mit fünf Jahren ihr erstes Handy bekommen. Sowas sagt man und schaut trotzdem jede Minute auf sein Smartphone, um irgendeine Statusnachricht zu liken oder Bilder des lustigen Zusammenseins zu posten, denn wenn nichts in Facebook steht, hat es ja auch nie stattgefunden. Ohne die Ironie dahinter zu begreifen, sagen sie solche Sätze und das bringt mich zur Weißglut. Man kommt zu dem Schluss, Kinder in diese Welt zu setzen wäre ein Verbrechen. So geht man nach einem langen Abend leerer Phrasen auseinander und hofft insgeheim auf die Apokalypse. Auf den Weltuntergang oder eine Zombieapokalypse. Damit man von der Verantwortung losgebunden wird diese verkorkste Welt wieder in Ordnung zu bringen und endlich eine Entschuldigung dafür zu haben, Spaß haben zu dürfen wie die Vampire der Nacht. Ohne sich Sorgen zu machen um sein Image in Facebook oder der Clique. Das man endlich einfach mal Mensch sein darf in der Öffentlichkeit.

Bei Cornelia ist alles soweit vorbei. Der letzte Schultag, die letzten Prüfungen und all sowas liegt hinter ihr. Auch bei mir und den meisten Studenten ist alles planmäßig vorbei, jeder weiß schon welche Klausuren er nachschreiben oder wo er in die mündlichen Prüfungen gehen muss. Aber das ist gerade von keinem Belang. Es kommt nämlich endlich wie es kommen musste. Cornelia lädt uns ein ihren Freundeskreis einmal kennen zu lernen und bringt mich in eine Gruppe verliebt guckender junger Paare. Wo ich gerade noch meinen Unmut über die Heuchler unter den Studenten Luft gemacht habe, kommen jetzt die jugendlichen Paare dran und bekommen ihr Fett weg. „Sowieso diese verliebt guckenden Paare.", denke ich mir, da kann ich ja gleich weitermachen mit dem Frusttrinken. Fast noch Kinder, keine Idee vom Leben und immer noch Mama und Papa im Rücken, die jedes Problem aus der Welt schaffen und dennoch kindliche Paare spielen. Versprechen sich auf dieser Basis eine ewige Zukunft und können keine zwei Minuten ohne einander. Geraten an den Nervenzusammenbruch, wenn sie sich streiten. Junge Liebe. Mir dröhnt der Kopf, wenn ich an meine erste kindliche Beziehung denke.

Zwei Steine, die aneinander lehnen. Alleine fallen sie um und zerspringen auseinander in tausend Teile. Jeder für sich fällt in sich zusammen, wenn man sie mit Fragen zu Drogen und Sucht trennt. Die Frage nach der Sucht wurde mir gestellt, ich habe sie nicht absichtlich auf das Thema gebracht. Das möchte ich hier einmal festhalten. Daran habe ich keine Schuld, obwohl es mir nachher von Cornelia vorgeworfen wird. Mit dem Thema trenne ich das jede fünf Minuten küssende zweiköpfige Monster und sehe befriedigend zu wie sie auseinanderfallen und sehe zu wie ihre erste junge Liebe in tausend Einzelteile zerbricht. Mit dem Thema Drogen habe ich die Schwachstelle in ihrer Beziehung erkannt. Eine Freundin von Cornelia will wissen wie ich zu Drogen stehe. Sie habe mein erstes Buch zwar nicht gelesen, weil es ihr zu gehypt wurde, aber sie habe darüber gehört. Da seien ja auch Drogen ein Thema, habe sie gehört. So hatte es angefangen. Wie sich im Laufe des Abends herausstellt, ist ihr Freund anderer Meinung als sie. Das ist das Todesurteil für diesen Abend. Es ist herrlich mit anzusehen wie ein lausiges Gesprächsthema über die Sucht der Zigarette das zweiköpfige Monster trennt. Wir sprechen über Zigaretten. Sie steht mit uns draußen im Qualm der Zigaretten und beschwert sich über die Zigarettensucht ihres Freundes, da spricht sie mich im gleichen Atemzug an wie ich denn zu Zigaretten und Drogensucht stehen würde. Als erhoffe sie von mir eine goldene Antwort, die ihre Überzeugungen im rechten Licht stehen lässt, die ihren Freund vielleicht von der Zigarette ablassen lässt. Da ist sie bei mir aber an der falschen Adresse. Sowieso wurde ich stümperhaft von ihr gefragt: „Schreibst du auch über diesen Abend?" „Er schreibt immer. Das ist seine Rettung. Er schreibt immer, denn wenn er nicht schreibt, ist er nur ein halber Mensch und nichts ist mit ihm anzufangen.", meint Sarah stolz für mich zu antworten. Ich schaue sie nur aus dem Augenwinkel an. Cornelia meint dann korrigierend, um die entsetzten Gesichter ihrer Freunde zu mindern: „So ist das auch nicht. Er muss halt fast täglich etwas schreiben. Das ist sein Job bei der Zeitung. Da sucht er halt Inspiration."

Alle lachen jetzt freundlich und erzählen mir fast sofort von ihren lächerlichen Erlebnissen, dies und jenes ist doch erzählenswert. Sie erzählen mir von ihrem langweiligen Leben und von irgendwelchen Zufällen, die doch lustig seien. Dann meint die Freundin vom Raucher auf ihrem Kreuzzug gegen die Sucht: „Schreib doch mal was zum Thema Sucht. Du scheinst dich da ja ganz gut auszukennen. Du rauchst ja auch." Ich antworte knapp: „Ist Rauchen für dich auch schon eine Sucht?" Damit habe ich den Stein ins Rollen gebracht. Eine heikle Diskussion entflammt zwischen dem Paar und ich kann mich wieder anderen Themen zuwenden. Vor dem Aufbruch in die Kneipe erfahre ich von Cornelia mir sollen solche Abende öfter blühen. Cornelia will mich langsam ihrem Freundeskreis vorstellen, deshalb sitzen wir heute alle zusammen. Ich erwidere ihr: „Es ist eine dämliche Idee uns alle und ihre Freunde auf einen Haufen zu werfen." Jan ist bei seinen Eltern auf Anstandsbesuch. Nach der letzten großen Party habe ich auch nichts mehr von ihm gehört. Ich weiß nur, in ein paar Tagen nistet er sich bei mir wieder ein, gerade ist er aber nicht da. Sonst hätte ich deutlicher dagegen protestiert. „Das sollte man getrennt halten!", hätte ich dann drauf bestanden. Jan kann nämlich manchmal ein richtiges Arschloch sein. Auch ein Grund, warum ich ihn so schätze und manchmal verfluche. Er macht und sagt einfach was er denkt. Ohne an Konsequenzen zu denken. Cornelias Freunde sind lebensfremde Wesen, die im warmen Zuhause zwar von Drogen und Selbstmord gehört haben, aber nie damit in Berührung gekommen sind. Die noch nie nach einer durchzechten Nacht in ihrer eigenen Kotze aufgewacht sind und deshalb das Leben hinterfragen. Sie trinken ein, zwei Bier und meinen dann ihnen ist dusslig im Kopf. Nie haben sie eine Nacht auf der Parkbank verbracht und nichts vom blanken Überleben im Drogenrausch gewusst. Wir kennen es. Sie kennen es nur aus Serien, Filmen oder Computerspielen und meinen dann sie kennen die Welt. Vielleicht übertreibe ich auch mal wieder. Ich verfalle mal wieder in den Pathos, den Cornelia so hasst an mir. Es lässt mich das einfache Leben hassen, sagt sie. Das habe ich nicht verstanden. Sie hat es einmal versucht zu erklären. Sie hat es so ausgedrückt: „Dann hast du zwar glühende Augen, aber mit diesen glühenden Augen verglühst du und schwebst in eine andere Welt, durch mich hindurch und bist nicht mehr in unserer Dimension."

58

Vielleicht hat sie ja recht, aber das ist gerade nicht das Thema. Auch wenn ich manchmal kompliziert sein kann, unsere Freundeskreise zusammenzubringen ist eine blöde Idee. Das ist einfach nur quatsch. Nicht nur, das wir eine Ahnung davon haben wie das Leben funktioniert und sie noch immer Traumvorstellungen hinterherjagen. Nicht nur deshalb klappt es nicht mit uns. Wir sind zwei verschiedene Generationen und alleine deshalb klappt es diesen Abend nicht. Cornelia ist sogar noch immer von ihrer Idee angetan, als es den ersten Streit gibt zwischen dem nun nicht mehr so verliebt guckenden Pärchen. Dass hätte ein erstes Warnzeichen sein sollen. Sie will mich anpassen an ihre kindlich bürgerliche Vorstellung vom Leben.

„Die Amerikaner sind doch alle naiv und so verdammt ländlich. Es kommt einem so vor, als wäre jeder verdammte Amerikaner als Kind einmal auf den Kopf gefallen. Anders kann ich mir die Stimmenmehrheit des Präsidentschaftskandidaten Mitt Romney nicht vorstellen.", fluche ich an diesem Abend nicht zum ersten Mal. „Du hast absolut recht.", pflichtet mir Philip bei. Er sitzt am Schreibtisch und dreht gerade mit viel Bedacht einen Joint, ich sitze vor dem Fernseher und verfolge die Berichterstattung zur amerikanischen Wahl. Mittlerweile verkommt das Kiffen bei Philip zu einer Obsession. Er raucht nur noch den perfekten Joint und hantiert mit Pinzette und extra vorgerollten Filtern und baut ihn wieder auseinander, wenn er nicht perfekt geworden ist. Aber ich lasse ihn machen, ich sage dazu auch nichts. Ich will ja nur mit ihm mit kiffen und ihn nicht von seiner neuen Religion abbringen.

„Ich meine jetzt nicht die Amerikaner an den Küsten in den Großstädten mit Highspeedinternet und Kulturtransfer über den Atlantik hinaus. Ich meine die Farmer im Mittleren Westen. Die Waffennarren. Die, die nicht fünf Meilen über ihre Grundstücksgrenze hinausdenken können.", vervollständige ich meine Predigt. Er gibt mir wieder recht: „Genau. Diese Bush-Wähler. Die haben bestimmt am Morgen der Einschulung ein geheimes Ritual, das die Kleinen noch vor dem Fahneneid über ein stramm gespanntes Seil fallen müssen." „Auf eine Steinkante. Alle werden im selben Augenblick über das Seil auf die Steinkante geschubst.", gebe ich grinsend von mir. „Das würde deren Verständnis für die Welt erklären. Wieso sonst glaubt man noch im einundzwanzigsten Jahrhundert an den Kreationismus? Und wieso soll die Frage nach dem Glauben an den Kreationismus als relevante Frage in einem *Welchen Präsidenten soll ich wählen?"* Rätsel auftauchen? Mitt Romney hat neben anderen dämlichen Aussagen auch sowas gesagt wie: Ich glaube an den Kreationismus und die Evolutionstheorie.", erklärt Philip. Ich überlege daraufhin laut: „Wie soll das gehen? Erst hat Gott alle Wesen so erschaffen wie sie sind, dann haben sich alle Wesen zu dem entwickelt was sie heute sind? Welch ein Schwachsinn." „Ganz im Ernst: Eigentlich interessiert mich die amerikanische Politik nicht. Die Politik im Allgemeinen nicht. Es ist nur so, wenn die Amerikaner Mitt Romney wählen, dann verliere ich den Glauben an die Menschen. Dann lache ich die Amerikaner nur noch aus. Ich verliere den Glauben an den amerikanischen Menschen, weil er dumm genug war sich von einem Lächeln vereinnahmen zu lassen. Das fände ich schon irgendwie witzig.", erzählt Philip wieder. Jetzt ist auch der Joint fertig und wir begeben uns auf den Balkon. So wird der ganze Abend laufen. Wir werden kiffen und nebenbei wird die amerikanische Wahl laufen. Wir werden Quatsch reden und nebenbei verfolgen wir die Fernsehreportage über diese wichtige Wahl. Wobei ich mich noch immer frage warum wir diese Wahl so wichtig genommen haben.

„Du musst mir unbedingt alles erzählen, wenn du wieder bei uns bist.", antworte ich Jan über die private Nachricht Funktion von Facebook. „Es ist ja nicht mehr lange. In ein paar Tagen bin ich bei euch.", gibt er in Sekunden zurück. „Was hast du denn so erlebt?", frage ich wieder ungeduldig. „Muss ich wirklich alles zweimal erzählen?", fragt er genervt zurück. Jan sitzt gerade bei seinen Großeltern fest. Sie haben ihn schließlich auch sechs Monate nicht gesehen. Die Bahnfahrt von einer halben Stunde zwischen unseren Laptops könnte genauso gut 800 Kilometer lang sein oder länger wie die letzten sechs Monate. Das würde nichts an unserem Gespräch ändern. Wir haben mittlerweile Routine darin gefunden uns über den halben Erdballen zu schreiben, da kann der Laptop auch eine halbe Stunde entfernt stehen. Egal. Ich schreibe ihm gerade, dass der Chinese unter uns wieder damit begonnen hat in die Nacht hinaus zu singen. Man kann es auch Schreien bezeichnen. Seit er unter uns eingezogen ist stehen einige Vermutungen im Raum. Zum Beispiel, dass der Chinese jeden zweiten Abend ein Opferritual an einem Ferkel vollzieht. Das ist eine der vielen Vermutungen. Aber dafür fehlen uns die Beweise. Das erste Mal, das es uns aufgefallen ist, schauten wir alle zusammen *Apokalypse Now*. Da wir sowieso high waren wie ein Heißluftballon, dachten die anderen und ich erst das Geschrei gehört zum Film. Als der Film dann vorbei war oder wir ihn pausierten, ich weiß bei aller Liebe nicht mehr was in Wirklichkeit eintraf, wunderten wir uns über den chinesischen Kampfschrei. Er kam aus der Wohnung unter uns. Das Fenster vom ihm weit aufgerissen, die Gitarre im Anschlag, plärrte er los. Natürlich total schief, was nicht nur uns frustrierte, die Nachbarschaft schrie sich die Kehle mit Beleidigungen aus dem Leib und die größte Frechheit war das offene Fenster, in der Annahme andere würden an seinem Scheiß auch noch Gefallen finden.

„Wir als WG haben nicht viel in der Hand.", gibt Jan zu bedenken. „Um 02:00 Uhr nachts die Nachbarschaft niederzuschreien, als wäre man gerade niedergestochen worden, gehört sich trotzdem nicht.", gebe ich zu bedenken. Ich bin das Thema leid. „Egal. Heute war ich einkaufen und bin von der Frechheit eines Fettsackes überrascht worden. Er hatte zwei Brötchen in der Tüte, stand am Ende der Schlange an der Kasse und hat sich noch lautstark über die Kassiererin beschwert, die seiner Ansicht nach zu langsam arbeitete. Als das

Ehepaar vor ihm die Schlange verließ, weil es noch etwas vergessen hatte, freute er sich darüber so sehr, dass er es zum Anlass nahm sich bis zur Kasse vorzudrängeln. Will heißen, er drängelte sich nicht nur vor mich, sondern auch vor die Frau vor mich. Ich war so genervt, übermüdet und gereizt das ich es nicht an mich halten konnte. Als Einziger sprach ich aus was alle anderen in der Schlange dachten: Beweg deinen fetten Arsch wieder in die Schlange.", tippe ich einen Absatz und setze direkt an zum nächsten Absatz: „Seine Reaktion war göttlich. Er stellte sich einfach vor mich, anstatt sich wieder an seinen rechtmäßigen Platz einzuordnen. Er dachte wohl, alles wäre damit ok. Ich platzte fast. Nicht nur, dass sie meinen Wein um zwanzig Cent teurer gemacht haben, der Fettsack wollte mir den Tag versauen und war sich nicht einmal bewusst, das er etwas falsch gemacht hat." Als Antwort erhielt ich von Jan: „Dein Wein ist teurer geworden? Scheiße, Mann!" „Ja, Mann. Das sind zwar Kleinigkeiten, aber daran merkt man die Wirtschaft steckt in einer Rezension. – Inflation? – WTF! Ist ja auch egal. – Der Fettsack stand also vor mir und machte keine Anstalten hinter mich zu gehen. Ich drängelte mich also an ihm vorbei und sagte in einem ruhigen Ton: „Wenn sie vor mich gewollt hätten, hätten sie Fragen sollen. Aber nicht so." Natürlich beschwerte er sich lautstark, dass er die Aufmerksamkeit des ganzen Ladens auf sich zog und mich dumm dastehen ließ. Selbst die Frau vor mir, die ich vorher mit wenigen Worten vor dem Vordrängler gerettet habe, guckte mich böse an, als hätte ich ein Staatsverbrechen begangen. Und der Fettsack schaute nur komisch, sagte: Ich hab doch nur zwei Brötchen. Na und? Ich habe auch nur fünf Sachen. Darum geht es aber nicht. Jetzt nehmen sie gefälligst wieder ihren Platz ein.", beschreibe ich die Szenerie. Jan nimmt sich ein paar Minuten, antwortet vermutlich noch anderen Personen und macht nebenbei tausend andere Dinge, genauso wie ich. Ich überprüfe mein Emailpostfach und mache ein neues Musikvideo auf dem Musikkanal an. Dann aktualisiere ich Facebook und erhalte die Nachricht von Jan angezeigt.

„Du verkommst ja zu einem Spießbürger. Wird Zeit, dass ich mal wieder mit dir ein Bierchen trinke und dich aus deiner elenden Routine hole.", antwortet er nur kurz. „Bitte. Bitte.", antworte ich und schreibe zurück: „Morgen muss ich früh raus. Habe eine Seminarsitzung zum Praktikum von der Zeitung. Da kann ich nicht fehlen. Man sieht sich dann in ein paar Tagen. Ich freue mich schon auf deine wilden Geschichten!" „Bis dahin.", schreibt er mir noch zurück und ist dann ebenfalls offline.

Heute ist mal wieder ein langweiliger Tag. Der Wecker klingelt viel zu früh und zwingt mich zum Aufstehen. Ich gehe zum praktikumsbegleitenden Seminar, wo ich nur Schwachsinn höre und am Abend erwarte ich Cornelia. Vorher unterhalte ich mich aber noch mit Philip auf dem Balkon. Eine Freundin von ihm hat sich bei ihm ausgeheult die Mitbewohnerin macht nichts im gemeinsamen Haushalt. Man muss sie immer auf irgendwas hinweisen. Es ist zum kotzen. So sagte sie. Als sie es ihm erzählte musste er lachen, gesteht er mir. „Mir geht es darum wie glücklich ich bin kein zickiges Weib als Mitbewohnerin zu haben." „Ja. Das stimmt. Frauen können wirkliche Nervensägen sein. Meine Mitbewohnerin, mit der ich vorher in der Innenstadt zusammengewohnt habe, war wirklich eine seltsame Person. Hat sich die ganze Zeit in ihrem Zimmer eingeschlossen und wenn ich mal bei ihr geklopft habe und irgendwas absprechen wollte, war sie immer sehr höflich, hat dann aber hinter meinem Rücken genau das Gegenteil gemacht." „Kommt Cornelia heute noch?", fragt Phil jetzt. „Jo. Kommt Sarah heute?", frage ich im Gegenzug. „Nö. Die wollte mal wieder im eigenen Bett schlafen. Ich bin auch gar nicht traurig drum mal wieder mein Bett für mich zu haben. Wie dem auch sei, heute kommt Leaving Las Vegas im Fernsehen. Schon gewusst?", meint er jetzt. „Echt? Cool. Vielleicht schau ich mir den mit Cornelia an. Was machst du heute Abend noch?" „Früh schlafen gehen. Bin Hunde müde und freue mich auf mein eigenes Bett mit viel Platz.", sagt er und gähnt.

In letzter Zeit läuft es zwar nicht so gut zwischen Cornelia und mir, aber ich möchte trotzdem kein schnelles Ende und ihr eine Chance geben. Ich möchte die letzten Monate nicht einfach so wegwerfen. Wir küssen uns innig zur Begrüßung, alles scheint in Ordnung. Doch jetzt habe ich schlechte Laune und bin nicht in Stimmung Cornelia zu belustigen und auf gut gelaunt zu machen, nur weil sie da ist aus allen Wolken zu fallen und mich zu freuen, das wir eine glückliche Zeit miteinander verbringen können. Ich habe auch nicht immer Lust den Entertainer für dieses Schulhofflittchen zu spielen. Ja. Das war gemein. Aber das Leben ist auch gemein. Da denkt man es ist alles in Ordnung und das Schlimmste was einem passieren kann ist das Cornelia mit mir Schluss macht oder so und dann das. Ich habe gerade von ihr erfahren sie ist schwanger. Das gesteht sie mir einfach so. Aus dem nichts heraus. Sie hat fünfmal einen Schwangerschaftstest gemacht, sie ist schwanger. Von mir kann sie es aber nicht haben, denn wir verhüten eigentlich immer sehr gut, habe ich sehr schnell für mich beschlossen, noch bevor wir richtig darüber reden. Also, wen außer mich haben diese schmalen Lippen noch geküsst? Ist sie mit so einem Hipster aus ihrer Kunstklasse ins Bett gesprungen? Wieder mit ihrem besten Freund? Oder vielleicht mit diesem Dichterjüngling aus ihrem Deutschunterricht, von dem sie einmal flammend erzählte? Ich sollte ihn doch mal kennen lernen, er schreibe auch. Sie habe von mir erzählt und er sei richtig angetan gewesen. Was muss getan werden? Ich frage sie erst einmal in welchem Monat sie ist. Das scheint wichtig. „Seit wann weißt du es?" „Seit zwei Wochen. Ich bin schon im dritten Monat.", meint sie verlegen. Jetzt bin ich baff. Ich dachte die Rollen in unserer Beziehung sind klar verteilt. Ich bin das Arschloch und sie das nette Mädchen von nebenan. Da habe ich mich wohl getäuscht. Sie ist eine Schlampe! Ein Schulflittchen. Darf ich sie das jetzt fragen? Bist du ein Flittchen? Nein. Eines steht fest. Ich kann und darf nicht sauer auf sie sein. Schließlich bin ich das größere Flittchen von uns beiden gewesen, habe immer noch Schuldgefühle deswegen und im dritten Monat bedeutet doch Abtreiben ist vom Tisch. Also hat es eine Zukunft. Aber im dritten Monat? Wie kann sie nichts davon gemerkt haben? Ich frage ganz vorsichtig, um wenigstens die wichtigste Frage aus meinem Gedankenkarussell zu verbannen: „Ich weiß das ist jetzt wohl die unmöglichste Frage die ich jetzt stellen könnte, aber ist das Kind von mir? Ich muss es wissen." „Was ist das denn für eine Frage? Hältst du mich für so eine Schlampe, die mit jedem ins Bett springt? Du spinnst wohl!" „Ich meine ja nur, da war ja mal was zwischen dir und deinem besten Freund. Das ist ja auch erst ein paar Monate her. Kurz bevor wir uns kennen gelernt haben.", versuche ich einzulenken, versuche meinen berechtigten Ärger zu verstecken. Daraufhin wirkt sie nachdenklicher, überlegt kurz. „Stimmt. Ich weiß nicht. Ich weiß es nicht. Ich weiß unter den Umständen natürlich nicht, ob es dein Kind ist."

Ich überlege kurz. In diesem Moment eine Debatte darüber zu haben ob ich der Vater bin oder nicht das hat was von einer Bombenentschärfung mitsamt Spielmannszug in derselben Straßenkreuzung. Mir gefällt nicht wohin sich die Unterhaltung bewegt. Schwere Themen liegen in der Luft. Dafür bin ich nicht gewappnet. Ich muss es doch selbst erst einmal verdauen. Kondome können platzen. Die Pille kann nicht wirken. Das Problem kennt jeder. Aber das Kondom kann auch bei einem anderen gerissen sein. Wer weiß. „Aber dir muss klar sein, du kannst mich niemals, niemals, ja niemals bitten mit dem Trinken aufzuhören. – Auch wenn das Baby da ist.", lächele ich angespannt. „Lass das. Es ist jetzt nicht die richtige Zeit für Nicholas Cage Filme.", knurrt sie nur. Sie fragt: „Was gucken wir denn heute?" Als wolle sie wieder in den Alltag abtauchen und das Problem vergessen. „Was wäre mit Leaving Las Vegas? Wenn du gerade von Nicholas Cage Filmen redest, zufällig läuft der Film heute auf Arte. Da hätte ich jetzt Bock drauf." Das Grinsen kann ich mir nicht verkneifen. Die ganze Situation ist zu viel für mich. Es ist einfach seltsam jetzt so zu tun als wäre nichts geschehen. Aber nur so ist der Abend für Cornelia noch zu retten. Ihr fällt es schwer, das sehe ich in ihrem Gesicht. Ihr Gesicht wirkt bei all der Härte der Sache kein bisschen angespannt, was seltsam ist, weil ich es in ihren Augen funkeln sehen kann. Mir ist noch nie aufgefallen das Schminke ihre Lippen noch schmaler macht. Sie hat diesen weißen Tang und immer rot geschminkte Lippen, dunkle Augenpartien und mit den schwarzen Haaren wirkt alles insgesamt noch heller, die Farben setzen sich voneinander ab. Bemerkenswert. Auch diese winzige Nase. Ob sich ihre Nase bei einem Neugeborenen durchsetzt? Wenn das Baby ein Mädchen wird, wäre es wünschenswert. Ein kleines Mädchen mit so einer Nase und großen Augen ist doch zum Anbeißen süß. Ich ertappe mich beim Gedankenspiel und muss mich kurz schütteln, um Cornelia wieder aufmerksam zuzuhören. „Muss das sein?", will Cornelia jetzt wissen. „Leaving Las Vegas? Wirklich? Was habe ich gerade über Nicholas Cage Filme gesagt? Was findest du eigentlich an diesem Film? Wenn wir solche Filme schauen, verfällst du immer in so eine Mentalität die zum Fürchten ist. Ich mag das nicht.", meint sie weiter. „Stimmt doch gar nicht."

So beginnt die übliche Diskussion, warum ich nur solche seltsamen Filme mag. Ich bin gar nicht bei der Sache. Sofie wäre ein schöner Name. So nenne ich sowieso jede weibliche Figur in meinen Geschichten am Anfang. Erst später, wenn es ans Veröffentlichen geht, ändere ich die Namen. Sofie wäre doch auch ein schöner Name für ein Baby. „Stimmt ja wohl.", kontert Cornelia wieder. „Du verfällst dann immer in so einen Zustand des beschwingten Weltenhasses und bist in deiner eigenen Welt. Immer, wenn wir solche Kunstfilme oder Schriftstellerfilme ansehen, denkst du, du wärst der Mittelpunkt der Welt. Das nervt. Können wir nicht einfach einen normalen Film gucken?", sie weiter. Ich bin schockiert. Was will sie denn jetzt von mir? Ganz davon abgesehen, dass sie von einem Thema zum anderen springt und alles ausgräbt was jemals zwischen uns stand; zufällig sehe ich mich als Künstler mit ihnen in einer Reihe. Momentan schreibe ich zwar nur für eine Regionalzeitung, aber ich habe die Hoffnung noch nicht aufgegeben wieder ein Buch zu schreiben und damit durchzustarten. Ich werde schreiben. Nichts ist schlimmer, als nicht zu schreiben. Auch wenn ich nicht weiß worüber und wozu, das ergibt sich schon noch. Lange kann meine Schreibblockade nicht anhalten. Ich bin die ganze Zeit über nur ein Schatten meiner selbst. Unerträglich für die Umwelt und nie ganz bei mir. Das ändert sich, wenn ich schreibe und meinen Kopf frei bekomme. Ich werde wieder schreiben und dann bin ich auch wieder die Ausgeglichenheit in Person. Dann bin ich wieder ein Künstler und einer von ihnen. Dann folge ich wieder meiner Bestimmung.

„Du musst damit rechnen, dass ich hin und wieder dem Leben anderer Künstler nachspüre. Das ist nun mal mein Lebensinhalt. Mich interessiert das Leben anderer Künstler nun mal, in guten Verfilmungen kann man sogar sehen was sie zu ihren Werken inspiriert hat. Wie sie gelebt haben und was ihre Sorgen waren, was ihre Träume waren und was sie daraus gemacht haben.", schwärme ich. „Jetzt kommt das wieder. – Kannst du dir nicht vorstellen bei der Zeitung fest angestellt zu sein? Deine Schreiberei nur als Hobby auszuüben? Lass das träumen sein, werde erwachsen. Davon kannst du doch gar nicht leben. Das wirft doch kein Geld ab. Wie willst du dann für mich und das Baby sorgen?", fragt sie jetzt und verwandelt augenblicklich die scheinbare Langeweile des Abends in etwas Gefährliches, denn sie hat das Gespräch wieder in etwas echtes verwandelt und es geschafft die leeren Phrasen in etwas wirklich Bedeutsames zu verwandeln. Ich war fast wieder soweit einen normalen Abend mit ihr zu verbringen und für heute das Babythema beiseite zu lassen, weil sie doch nicht darüber reden wollte und jetzt das. Ich hätte noch ein wenig darüber geträumt ein kleines Mädchen in den Armen zu halten, dann wäre die Idee wieder in die Tiefe versunken. Dorthin, wo jedes andere größere Problem unserer Beziehung verschwindet.

Man lebt heutzutage doch sowieso besser von Tag zu Tag. Ich hätte nur ein wenig davon geträumt meiner Tochter irgendwann meine Supermancomics zu zeigen, mit ihr die Indiana Jones Filme anzuschauen, ihr Max und Moritz vorzulesen. Ich erinnere mich selbst an meine Kindheit mit Asterix und Obelix, den Ninja Turtels, die ganzen New York Untergangsblockbuster, die Atombombe als Weltuntergangssymbol, den Mauerfall, an die ersten Need for Speed Teile und ans Fußball spielen und die Kickers, ihren Teufelsschuss und wie wir draußen mit Spielzeugwaffen durch den Wald gerobbt sind wie richtige Soldaten zum Spaß. Ich erinnere mich an Arielle und den Film Das letzte Einhorn zu jedem Weihnachten, an die Mythen um das Christkind und wie ich mich selbst mit zwölf Jahren noch daran festgeklammert habe. Den Mythos des Christkindes so lange wie möglich glauben wollte und nicht erwachsen werden wollte. An die ersten Handys, an Disketten und Snake auf dem Handy, an die alten Star Wars Filme, wo Han zuerst geschossen hat und die Gummibärchenbande, an Robin Hood und sowieso alle guten Filme und Bücher, die uns aufgezogen haben und die ich meiner Tochter gezeigt hätte. An Serien wie Die Simpsons, die uns bis jetzt begleitet haben. An die Spiele, die es nicht mehr gibt und an die Spielzeuge, die wir nicht mehr in die Hand genommen haben und ich für meine Tochter wieder raus gekramt hätte. Was hat sich bloß verändert, das uns die Realität alle Träume genommen hat? Wir haben uns verändert. In diesem Moment habe ich mich nicht nur verändert, Cornelia hat sich in meinem Verständnis auch verändert. Sie ist vor mir erwachsen geworden. Ich bin jetzt erst erwachsen geworden und sehe die Welt mit anderen Augen; mit einer weiteren Ebene. Plötzlich bin ich vielleicht Vater.

Ich bin nicht lebensfähig. Ich verdiene kein Geld, ich mache keine Ausbildung und kein Studienabschluss, ich weiß nicht wie ein anständiger Hausputz geht und hänge an der Flasche wie ein Baby und hänge meinen Tagträumereien hinterher. Ich merke nun Cornelia ist mir vielleicht doch zwei Schritte voraus und erwachsener und realistischer als ich in dieser Situation; ob es an den Jahren liegt, die uns trennen? Ist sie schon verklärter aufgewachsen? Ich bin vierundzwanzig und sie ist achtzehn. Ich bin im Schatten des Mauerfalls geboren und mit Visionen einer größeren Welt aufgewachsen. Sie hingegen ist in die verklärte Welt hineingeboren. Habe ich etwas verpasst? Habe ich etwas falsch gemacht? Hätte ich schon viel früher die Abfahrt nehmen müssen von der Traumachterbahn der Vergangenheit? Ich muss es einsehen. Ich bin kein kleines Kind mehr und darf mich auch nicht mehr so verhalten. Ich muss lernen Verantwortung zu übernehmen und der Realität ins Auge blicken. Aber wie? Und wo soll ich anfangen? Es gibt so viele Baustellen, die ich über die Jahre vernachlässigt habe. Es ist gerade, als würde man mir mit einem Brett ins Gesicht schlagen. Mit einem Male sehe ich klar und sehe keine Traumschlösser und bekomme nur Kopfweh davon. Wir diskutieren und reden uns in wilde Raserei. Bis jetzt gab es in unserer Beziehung nur an der Oberfläche leichte Haarrisse und nie Streit. Wir sind jedem Streit aus dem Weg gegangen. Ab dem heutigen Tag bricht alles durch. Jeder Streit, der von uns aufgestaut wurde, bricht jetzt an die Oberfläche und zeigt sein zerstörerisches Potenzial. Alles was wir bis jetzt herunter geschluckt haben und verdrängt haben, kommt hoch. Die Wut steigt auf und wandelt sich bei Cornelia in brutale Ehrlichkeit. Ich resigniere nur angesichts der Wahrheiten. Sie fragt nochmal gerade heraus und zerstört mich nach langen Schachtelsätzen voll Hass und Vorwürfen mit einfacher Ehrlichkeit und endet so ihren langen Vortrag: „Wie willst du für mich und das Baby sorgen? Bist du bereit ein normales Leben zu führen oder strebst du weiter deinen Tagträumereien hinterher? Kannst du das Schreiben aufgeben? Kannst du überhaupt für mich und das Baby sorgen?"

Kurz muss ich mich fassen, schlucken. Ich gestehe: „Nein. Das kann ich nicht. Ich kann nicht für dich und das Baby sorgen. – Ich kann es einfach nicht. Ehrlich, es tut mir leid. Furchtbar leid. Das ist alles einfach zu viel für mich." Alle Gedankenspiele von gerade in Richtung Baby ergeben keinen Sinn mehr. Sie entpuppen sich als Tagträumerei und verpuffen vor meinen Augen. Ein passendes Wort von ihr. Tagträumerei. Die Realität hat mich. Ich bin erwacht und muss der Realität ins blanke Gesicht blicken und erschrecke dabei. Ich kann keine Verantwortung übernehmen. Das ist die Wahrheit. Nicht mal für mein eigenes Leben. Ich hänge in Tagträumereien fest. Wie soll ich da die Verantwortung für ein anderes Leben tragen? Ich bin doch selbst noch ganz Kind. Wie konnte ich da ein Kind zeugen? Vielleicht ein Kind zeugen? Ich weiß ja noch nicht mal, ob es mein Kind ist. Wenn ich wirklich ein Kind gezeugt haben sollte, tut es mir leid. Das arme Ding. Cornelia hat sich aufgesetzt und sich zu mir gedreht. Sie guckt schockiert, als wären ihr gerade dieselben Gedanken durch den Kopf gegangen. Ich sage im Anschluss nur: „Im Ernst du kannst mich niemals, niemals, ja niemals bitten mit dem Schreiben aufzuhören. Wusstest du, dass ich erst gar nicht lesen lernen wollte. Meine Mutter musste mich erst mit einem Buch durch das ganze Haus jagen, damit ich anfange zu lesen. Es war ein wahrer Kampf. Und heute schreibe ich selbst Geschichten und kann vom Lesen nicht genug bekommen! Unfassbar, oder?" „Hättest du doch nie angefangen zu lesen.", platzt es frustriert aus ihr heraus und unterbricht meine Offenbarungen. „Bist du irgendwann in der Lage deine Fantasiewelt zu verlassen?", fragt sie ganz kaltherzig weiter. Ich blicke sie nur fassungslos an. Der Film beginnt. Mit der wunderbaren Szene eines Nicholas Cage, der singend seinen Einkaufswagen mit Alkoholflaschen jeglicher Art füllt. Die feste Entscheidung begleitet ihn dabei sich tot zu saufen. Es ist eine Entscheidung, die er ganz bewusst getroffen hat. Später im Film kommt heraus ihn hat seine Frau verlassen, weil er zu viel trinkt - oder er so viel trinkt, weil seine Frau ihn verlassen hat. Ganz genau weiß ich das jetzt auch nicht mehr.

„Ich gehe jetzt. Mir ist nicht gut. Ich möchte in meinem eigenen Bett schlafen. Wenn ich jetzt gehe, erwische ich vielleicht noch

70

die letzte Bahn.", meint Cornelia nur und würdigt mich keines Blickes mehr. Ich stehe mit ihr auf, bringe sie noch zur Tür und verabschiede sie. Dabei sehne ich mich noch verzweifelt nach Augenkontakt oder einer letzten Umarmung. Vergebens. Irgendwas ist gerade zerbrochen. Sie schaut die ganze Zeit auf den Boden. Ich sage noch sowas wie: „Die nächsten Tage muss ich wieder für die Zeitung arbeiten und dann kommt Jan. Ich schreibe dir dann zwischendurch." „Ja. Ok. Ich hab in nächster Zeit auch viel zu tun. Muss noch ein Kleid für den Abiball besorgen. Ich melde mich, wenn ich wieder Zeit habe."

Dann war sie weg. Ich mache mir eine Flasche Wein auf, setze mich vor den Fernseher und schreibe meine Gedanken in mein Notizbuch, weil ich doch nichts anderes kann. Ein guter Text kommt dabei aber nicht heraus. Nicht mal eine Kurzgeschichte. Nicht mal ein Gedicht. Ich schreibe nur wie es mir gerade geht. Beschissen. Dazu reicht auch ein Wort.

## Abschnitt 2

Sein Kommen wird fast zu einer Zeremonie. Ich bin froh um die Abwechslung und freue mich auf die kommenden Abende mit Jan und die Partys, die wir feiern. Wir haben aber auch viel zu feiern. Jan hatte in der Zwischenzeit Geburtstag und ist endlich wieder in der Stadt. In den letzten Tagen war er bei seinen Großeltern. Sollte ich Jan beschreiben, fehlen mir erst einmal die Worte. Ich kann zwar sagen er war in seinem jungen Leben länger im Ausland als er Zeit in unserer Wirklichkeit verbracht hat, aber das ist auch nur wieder absurd. Er hat dieses verschlagene Frettchengesicht und so wie ich ihn immer damit aufziehe das er aussieht wie ein Frettchen, zieht er mich bei jeder Gelegenheit damit auf das ich aussehe wie ein Gorilla.

Auf jeden Fall ist er jetzt auf dem Weg und wird die nächsten Abende bei mir auf der Couch verbringen. Hatte er überhaupt jemals eine eigene Wohnung in unserer Studentenstadt? Im ersten Semester hat er vor meinem Bett auf dem Boden in einem Schlafsack gepennt. In meiner zweiten Wohnung war er glaube ich nur als Gast anwesend. Da hatte er eine eigene Wohnung, die nur wenige Straßen von meiner entfernt direkt in der Innenstadt lag. Aber auch da waren wir fast jeden Abend zusammen, haben bis in die Puppen gefeiert. Ich hatte den zombiesicheren Hinterhof, in dem wir jede Nacht mit Michael zusammen kifften. Und nun ist Jan wieder zu einem gern gesehenen Gast auf meiner Couch geworden. Nach langer Abwesenheit ist es wie die Rückkehr des verloren geglaubten Sohnes, wir schlachten die Schweine für ihn. Philip und Jan haben sich über die Zeit, die Jan immer mal wieder auf meinem Sofa landete, auch angefreundet und die Vorfreude beider sich nach dieser langen Zeit wiederzusehen, ist fast genauso groß wie bei mir. Es ist Nachmittag und für heute habe ich Cornelia erst einmal abgesagt. Ich kann sie heute nicht um mich haben. Alle Probleme sollen heute vergessen sein. Wir haben uns vorgenommen, wir feiern wie zu alten Zeiten. Da kann ich keine Frau an meiner Seite haben, die an mir hängt wie ein Parasit. Ich brauche ein paar Tage, um die ganze Sache zu verarbeiten. Mittlerweile telefonieren wir wieder, schicken uns SMS und Nachrichten über Facebook. Die Lage hat sich soweit entspannt das ich jetzt ohne schlechtes Gewissen feiern will, deshalb bleibt Cornelia bei sich zu Hause und ich bei mir. Wir können eine gemeinsame Zukunft, wie auch immer diese dann aussehen wird und die intensive Zeit miteinander nicht einfach so wegwerfen. Ansonsten wäre ich wahrscheinlich mittlerweile wahnsinnig geworden. Aber genug von Cornelia.

Für einen kurzen Moment ist die Zeit in unserer WG stehen geblieben, hat sich zurück gedreht und wir beide, Jan und ich, sind wieder die unerfahrenen Frischlinge an der Universität und trinken wie die Löcher, weil wir gerade einen Korb von hübschen Frauen bekommen haben. All der Mist, den wir über die Zeit erlebt haben und der uns voneinander trennen wird, scheint vergessen. Er klingelt Sturm und Philip und ich sind ganz aus dem Häuschen. Ich höre ihn die Treppe hoch stapfen und den Flur entlang schlürfen, dann steht Jan vollgepackt vor meiner Tür und hämmert wie wild dagegen, dass die Tür im Schloss wackelt. Ich öffne stürmisch und wir fallen uns vor Freude in die Arme. „Oh mein Gott!", kommentiere ich unsere überschwängliche Umarmung. „Was hast du so gemacht? Wie war´s in Ungarn?", frage ich und erhalte nur ein kurzes: „Alter, einfach spitze." Er stellt seine Koffer bei Seite und ist froh uns wiederzusehen. „Rieche ich da etwa Gras?", fragt er nachdem er sich mit Philip brüderlich umarmt hat. „Alter! Ja Mann. Wir haben einen verfuckten Dealer im Haus! Wir müssen nie wieder Schuhe anziehen, um Gras zu kaufen! Wir müssen uns nicht einmal mehr Klamotten überziehen, um Gras zu kaufen. Das ist wie Homeshopping; nur besser!", platzt es mir vor Vorfreude heraus. „Weil ihr Gras kauft und keinen nutzlosen Scheiß oder wie?", unterbricht mich Jan. „Bist du fertig geworden mit deinem Kram? Können wir dann endlich anfangen zu kiffen?", frage ich Philip herausfordernd und halte den Joint in die Luft wie eine Reliquie. Für Jans Besuch habe ich mir selbst auch mal wieder Gras besorgt und die ersten Joints gehen auf meine Kosten. „Klar, verdammt!", meint Philip und geht voraus auf den Balkon. Jan hinterher und fragt: „Hast du deinen Bart ab?" Ich als Letzter und erkläre, mein Bart habe gestört.

Die Sonne steht an diesem Sonntag tief, blendet uns. Der Park hinter unserem Haus im Blick des Balkons liegt verwaist da, denn trotz des Sonnenscheins regnet es. Die Kinder, die sonst immer hier toben sind vor dem Regen in die Häuser geflohen. Wir sehen von hier oben nur vereinzelte Hunde mit ihren Herrchen und Leute mit Schirm, die unter Bäumen spazieren gehen. Jetzt haben wir endlich die Gelegenheit, all die vergangenen Monate nachzuholen, ohne das irgendein Wirtschaftsstudent kommt und einen von uns mit nervigen Fragen auf die Schulter klopft. Als erste Reaktion beugt sich Jan über das Balkongitter und wirft einen Blick in das Zimmer unter uns. Der Chinese ist nicht da. „Kannst nur von Glück reden, das er nicht da ist. Wir haben ihn schon bei den üblichen Blicken über das Balkongitter Dinge tun sehen, die kein anderer Mann sehen sollte.", klärt Philip auf ihn auf. Dann fragt Jan organisatorische Dinge, die ihn wohl schon die Fahrt hier hin beschäftigen. Schließlich ist heute Sonntag und die Geschäfte haben zu. Deshalb fragt er fast als Erstes: „Was haben wir denn alles an Alkohol da?" „Zwei Flaschen Rum, eine Flasche Gin, Wein und Bier. Natürlich Gras für eine ganze Kompanie.", kommentiert Philip und merkt dabei an, das ganze Zeug ist nur für ihn und mich. Der Rest bringt seinen eigenen Alkohol mit und auch Jan holt aus seiner Tasche eine riesige Flasche Wodka. „Ausgezeichnet. Ich habe übrigens Michael und Daniel Bescheid gesagt, die bringen auch noch was für die Allgemeinheit mit, falls wir unsere Vorräte aufgebraucht haben. Die kommen irgendwann nachher. Ist Sarah noch gar nicht da? Ich dachte eigentlich, der muss ich nicht Bescheid sagen, da sie eh schon hier ist.", meint Jan. „Ja. Die kommt noch. Die war die

74

letzten vier Tage in Folge nicht mehr zu Hause und wollte mal schauen, ob ihre Wohnung noch steht.", Philip nimmt die ersten Züge und reicht den Joint weiter. Heute haben wir eine Party im engeren Kreis geplant. Nur die üblichen Verdächtigen kommen und das reicht auch für den ersten Abend. Die nächsten Tage sind schon groß verplant. Obwohl ich mir abgewöhnt habe Pläne zu machen, wird bestimmt die ganze Welt in den nächsten zwei Tagen meine Wohnung überrennen und in irgendeiner Discothek wird zum krönenden Abschluss gefeiert, bevor Jan wieder aufbricht, um die restliche Welt zu erobern. Aber bis dahin trinken und feiern wir und kiffen und trinken, als würden wir dafür bezahlt und reden nur Stuss.

„Voll krass! Daniel hat jetzt grüne Haare!", platzt es mir heraus, bevor ich meinen ersten Zug nehme. Philip korrigiert mich: „Er hat grüne Strähnchen." Jan lacht nur: „Ja. Typisch Daniel." Ich inhaliere einige Züge und gebe den Joint weiter und sage, während ich den Husten unterdrücke: „Daniel wird irgendwann noch zu Tode vergewaltigt, weil er einfach nicht Nein sagen kann. Ich habe gehört, er war auf einer Party und Leute haben gefragt, ob sie seine Haare grün färben dürfen." „Und er hat einfach nicht Nein gesagt. Deshalb haben wir uns gedacht, irgendwann wird er gefragt, ob man ihm Sachen den Arsch hoch schieben darf und er sagt auch da nicht Nein.", unterbricht mich Philip. Wir lachen und sind froh endlich wieder zusammen zu stehen und zu lachen. Eigentlich will Jan warten bis alle da sind, um uns seine Geschichten zu erzählen, aber er kann mit dieser einfach nicht warten. Jan erzählt also von seiner Zeit in Ungarn und erzählt er habe ein jüdisches Mädchen kennen gelernt. Natürlich habe er es in der Minute, in der sie es sagte auch schon wieder vergessen und so kam es zu einer witzigen Peinlichkeit. Sie erzählt nur Geschichten von einer Seite ihrer Familie und wie es war mit ihnen aufzuwachsen und Jan fragt sie unschuldig, warum sie nur Geschichten über die eine Seite ihrer Familie erzählt? Ist die andere Seite komplett gestorben oder wie, fragt er gerade heraus wie er es immer tut und nicht anders kann. „Nein. Umgebracht in Auschwitz.", wiederholt er ihre Worte für uns auf dem Balkon und wir können unser Lachen nicht zurückhalten. „Du bist wirklich manchmal ein Idiot.", kommentiere ich die Sache. Auch seine Freundin hätte die ganze Sache witzig gefunden und habe angefangen zu lachen, als Jan sich tausendmal dafür entschuldigte. Sie hat denselben schwarzen Humor wie wir, das finden wir schon mal super.

Die drei fehlenden Chaoten kommen nacheinander eingetrudelt und immer gehen wir raus auf den Balkon und ziehen uns zur Begrüßung einen Joint durch, lachen und albern herum. Die Gläser füllen sich und die Stimmung steigt. Erst unterhalten wir uns alle auf dem Balkon über die verschiedensten Themen. Später haben wir einige Themen durch. Der geplante Stratosphärensprung vom wagemutigen Felix Baumgartner, die aus den Fugen geratene öffentliche Diskussion über das Mohammed-Video oder der neueste 9gag-Post und je weiter der Abend voranschreitet, desto betrunkener werden wir. Irgendwer von uns wirft ein Thema auf und die anderen stürzen sich darauf wie gefräßige Hunde. Je weiter der Abend voranschreitet, desto interessanter und tiefgreifender werden die Themen unserer Diskussion, desto betrunkener werden wir. Die heutige Jugend ist doch wahnsinnig. Das ist eine These von Philip. Auf Twitter würden sie schreiben: „Ich habe gerade einen riesen Scheißhaufen ins Klo gelegt." Auf Instagram würden sie ein schwarz weiß Foto von ihrem Scheißhaufen veröffentlichen und bei 9gag gäbe es innerhalb der nächsten halbe Stunde zweihundert Rage-Comics zu dem Thema Scheißhaufen. Ich war ja der Meinung, dass das Internet die Menschen nicht dümmer macht. Das Internet macht es nur einfacher die Dummheit der Menschen zu erkennen. Mithilfe des Internets werden die Wege seine Dummheit zu präsentieren einfacher. Es macht es auch einfacher, die Dummheit anderer zu sehen. Jetzt sitzt jeder Dummkopf an seinem Rechner und twittert, drückt irgendeinen Gefällt mir Button oder folgt irgendwelchen Aussagen. Damals war das alles nicht so einfach, deshalb verurteilt man schnell die wahnsinnige Jugend von heute. Man bekommt es ja viel einfacher mit. Wo damals noch eine dumme Aussage nicht über die Dorfgrenzen hinausging, kann es heute die ganze Welt innerhalb einer halben Sekunde nachlesen.

Irgendwer steht am Herd und setzt Wasser auf zum Nudeln Kochen, während die anderen Chaoten weiterhin auf dem Balkon sitzen und herumlungern. Ich mache irgendwelche Musik an und bekomme immer wieder Musikvorschläge. Wir verschwenden einfach nur unsere Zeit. Endlich sind wir alle wieder zusammen und es ist bald wieder so, als hätten wir uns vielleicht nur einen Tag nicht gesehen. Jan will etwas ernster werden und beginnt eine Geschichte über seinen Aufenthalt in Osteuropa, aber immer wieder kommt er ins Stocken, dass wir laut lachen müssen. Ich weiß nicht wie oft der bald verzweifelte Jan versucht seine Geschichte einzuleiten, aber immer mit dem gleichen Spruch, das es bald schon zum Selbstläufer wird und von uns gar keine weitere Unterbrechung benötigt, weil er selbst schon in Gelächter verfällt.

Daniel erzählt auf dem Balkon zwischen anderen Anekdoten seine Saint Martin Geschichte: „Das glaubt ihr mir nicht. Mir wurde vorhin ein Mantel geschenkt. Ich lief da rum auf dem Weg zu meiner Wohnung und ein Mann in so einem Sportwagen hielt an, stieg aus und fragte, ob ich einen Mantel haben möchte. Ich sage erst einmal nichts." „Du kannst ja auch nicht Nein sagen!", unterbricht Phil ihn lachend. „Hat er gesagt, warum er dir einen Mantel schenken wollte?", fragt Sarah. „Hab ich wohl vergessen zu fragen.", gibt Daniel zu. „Hast du den Mantel behalten?", fragt Michael. „Mit Sicherheit. Er kann doch nicht Nein sagen!", wiederholt Phil lachend. „Genau. Ich hab ihn dann einfach behalten. Der Mantel sieht sogar ziemlich gut aus. Der Mann hat den Kofferraum geöffnet und einfach so einen Mantel herausgeholt, mir den Mantel mit den Worten *Hier nimm* gegeben. Mehr nicht. Hat mich wohl für einen Obdachlosen gehalten.

Dann ist er wieder in seinen Porsche gestiegen und davongefahren."
Daniel hat gerade erschreckende Ähnlichkeit mit einem Obdachlosen.
Mit seinem grün verfärbten, strähnigen Lockenkopf und dem Löwen-
bart, seinen abgerissenen Klamotten und dem Rucksack und Schlafsack auf dem Rücken würde ihn jeder für einen Obdachlosen halten.
Dabei kam er nur von einer Chemikerkonferenz und hat in der Nacht
eine Feuerübung mitbekommen und sowieso viel zu wenig geschlafen. „Du erlebst wieder eine Scheiße!", murmelt Jan und sofort beginnen wir die verschiedensten Theorien aufzustellen und zu sammeln, warum der Mann den Mantel wohl los werden wollte. Insgesamt kommen wir auf den Nenner, der Mantel ist womöglich ein
Beweisstück für einen brutalen Mord und soeben hat der Mann ein-
deutiges Beweismaterial verschwinden lassen. Oder in den Taschen
sind Drogen eingenäht und Daniel wurde mit einem Drogenkurier
verwechselt. Das sind unsere wichtigsten Theorien.

Wir erzählen an diesem Abend von der Präsidentschaftswahl
in Amerika. Wie jeder den Abend verbracht hat und besprechen die
Konsequenzen der Wahl für die Weltpolitik. Bis heute weiß ich nicht,
warum das so ein wichtiges Ereignis für Deutschland sein sollte, das
jeder dritte Sender darüber berichtete. Wir alle sind uns da uneinig.
Einige sagen mit Mitt Romney hätte es verdammt übel werden können. Vielleicht. Ich habe zwar einige Begründungen von meinen Mitbewohnern gehört und aus der Presse, aber alle konnte ich auf eine
Kernaussage zurückführen: Die Welt ist gespannt darauf wie sich die
amerikanische Bevölkerung verhält, ob sie wirklich so dämlich ist wie
angenommen. Jan kommentiert zur Wahl in den Vereinigten Staaten:
„Wenn die Amerikaner den Republikaner gewählt hätten, hätte ich
jeden Respekt vor ihnen verloren. Wie kann es nur sein das so viele
Amerikaner dämlich genug waren Mitt Romney überhaupt zu wählen
das er am Ende so viele Stimmen bekommt?" „Ich glaube, der Groß-
teil der Amerikaner ist einfach dumm. Sie lassen sich durch ein Lächeln beeindrucken und übersehen die offensichtlichen Fakten.",

versuche ich eine Erklärung. „Ich glaube ja die Amerikaner haben in der Schule neben dem Fahnengruß noch eine geheime Tradition am Morgen. Sie stellen sich alle in einer Reihe auf und werden dann mit dem Kopf zuerst auf eine Steinplatte gehauen. So bleiben die nächsten Generationen auch weiterhin dämlich."

Mit solchen lustigen Erzählungen vergeht der Abend wie im Flug und lässt uns alle unsere Probleme vergessen. Wie ich später noch mitbekomme, rangeln wir alle nämlich mit unseren Problemen und sind froh über diese Möglichkeit ein wenig Dampf abzulassen. Philip hat Post von der Polizei bekommen. Eine Klage wegen Betrug. Die Polizei und die Banken verstehen das ganze Konzept von Bitcoins nicht und wollen es vielleicht auch nicht verstehen, deshalb gab es aufgrund von Unstimmigkeiten beim Buchungsverfahren eine Anzeige wegen Geldwäsche. Zu diesem Zeitpunkt hat Philip den Brief bei sich herumliegen und hatte noch nichts einleiten können. Später wird diese ganze Sache noch eine Nummer größer werden und Philip richtige Nervenzusammenbrüche verursachen, dann wird er auch mit mir darüber reden und ich werde ratlos danebenstehen. Seinen Humor wird er dadurch aber nicht verlieren, er wird Witze machen er könnte jederzeit in die Schweiz abhauen. Seinen Schweizer Pass hat er ja immer bei sich. Aber nichts mehr dazu. Sarah hatte sich wohl für ein Masterarbeitsthema angemeldet und nun wurde sie für ein Projekt vorgeschlagen das nicht ihren Wünschen entspricht. Es gab ein Missverständnis zwischen ihr und dem Professor. Da muss sie nächste Woche irgendwie raus. Daniel geht es eigentlich gut. Nur, dass fremde Leute ihn für einen Penner halten nagt ein bisschen an ihm. Obwohl ich mir nicht vorstellen kann das überhaupt irgendwas an Daniel nagt. Hat er überhaupt was zum dran nagen in seinem Chemikerhirn außer Formeln und Gleichungen? Jan hat seine Jüdin verloren. Der Nachteil daran ständig auf Reisen zu sein ist, du bist ständig auf Reisen und bist nirgends zu Hause. Deshalb ist er gerade nur froh hier für ein paar Tage Unterschlupft zu finden. Michael ist einfach nur traurig. Für ihn beginnt bald das wahre Leben. Nach dem Bachelor ist für ihn Schluss. Vielleicht übernimmt ihn sogar die Firma in Berlin, dann sehen wir uns bald gar nicht mehr so oft. Deshalb sind wir alle nur froh zusammen zu sein, auch wenn es das letzte Mal sein könnte.

Während Philip in irgendeinen Nudeltopf stochert, um uns etwas Köstliches zu essen zu machen und ich Gläser spüle, necken wir uns beide und werfen uns die üblichen Beleidigungen zu wie Spielbälle, die anderen Chaoten sitzen in meinem Zimmer vor dem Fernseher. Jan steht im Türrahmen zwischen der Küche und meinem Zimmer und meint schließlich bemerkenswert: „Ihr seit wie ein altes Ehepaar. Nur ohne Sex." Alle lachen. Michael hat an meinem Schreibtisch inzwischen zwischen Seminarzetteln und meinen Notizen einen neuen Joint mit meinem letzten Gras gedreht, alle schieben sich an Philip und mir vorbei durch die Küche durch hinaus auf den Balkon, wir dann hinterher. Wobei ich Philip auf den Hintern haue. „Beweg dich." Von Sarah höre ich: „Hey, das ist mein Besitz." Ich schaue nur rüber zu Sarah: „Jaja. Jetzt. Aber wenn du weg bist, dann geht die Post ab!" Alle lachen. Irgendwer zündet die Spitze des Joints an und nimmt den ersten Zug. Jan und Philip albern herum, Sarah steht rauchend daneben und ich philosophiere mit Michael und Daniel über den Unterschied zwischen der Street-Fighter und der Tekken-Reihe, als ich plötzlich aus dem Augenwinkel höre: „Alter. Und wenn er mega zu ist, kommt er so an und macht pauwpauwpauw. Das nervt doch." Ich wende mich dem anderen Gespräch zu und sage: „Du musst es auch richtig erzählen. Du streckst immer, wenn du mega breit bist deinen Bauch heraus und faselst irgendwas vom Bierbauch und der Brutstätte des Bösen…" „… da verstehe ich es nur als meine Pflicht mit meinen Kampfschiffen die Welt zu verteidigen… oder so.", und merke selber wie ich den Faden der Geschichte beim Erzählen verloren habe und kichere nur noch blöd. „Gerade hat es noch in meinem Kopf einen Sinn ergeben." „Es nervt einfach. Lass deine Finger bei dir.", meint der betrunkene Phil. Jan piekt ihn daraufhin einfach mal in den Bauch, auf dieselbe Art wie ich es immer tue und auf dieselbe Art, die Philip gerade kritisiert hat. „Ich nehme das von gerade zurück. Ihr seid wie ein altes Ehepaar. Nur mit Sex - Was ist denn los? Ich bin für wenige Monate weg und ihr neckt euch wie zwei Schulkinder, die ineinander verliebt sind."

Um seine verrückte Aussage zu unterstreichen, kuschelt sich Jan unzusammenhängender Weise an die breiten Schultern von Philip und zieht meine Hand zu sich auf seinen Bauch und mich näher heran, meint: „Ihr solltet doch nicht ohne mich anfangen unsere Dreiecks-Beziehung auf eine neue Stufe zu stellen! Ich wollte dabei sein!" Alle lachen diesmal. Alle bis auf Sarah, die gerade in ihr Handy starrt und mit irgendwem SMS – Verkehr hat. Freunde wissen so viel voneinander. „Achja. Ich vergaß: Du bist ja gar kein Beziehungstyp.", platzt es Jan dann heraus und alle lachen noch mehr. Sarah schaut hoch und lacht halbherzig mit. Freunde wissen so viel voneinander und so viel kann davon verletzen. Ich habe Sarah dabei genau im Blick. Sarah meinte mal, sie wolle nie zwischen mir und Philip stehen. Sarah wollte die Wohngemeinschaftsatmosphäre nicht zerstören. Schließlich könne sie noch immer gehen und Philip und ich würden weiterhin zusammen wohnen müssen. Deshalb hat sie sich nie mit mir eingelassen. Das ist nett von ihr gewesen. Doch sie konnte nicht wissen, dass sie ihre eigenen Vorsätze auf einer anderen Ebene nicht einhalten wird. So habe ich es auch Cornelia einmal erzählt, als sie mich mal fragte was zwischen mir und Sarah los ist. „Nichts ist zwischen uns los. Ich bin nur Sarahs Vertrauter. Sie kommt zu mir, wenn sie Sorgen hat.", gestand ich Cornelia. Philip und Sarah sind zwar mittlerweile ein glückliches Pärchen, auch wenn Phil es nie so zugeben wird, aber es sah auch mal anders aus. Ich bin mit der Zeit in gewisser Weise Sarahs Kummerkasten geworden. Dadurch hat sie das Verhältnis von Philip und mir untergraben, denn nun bekomme ich nicht nur von Philip jegliche Sorgen zu Sarah aufgedrückt, auch andersherum schüttet sie mir ihr Ohr aus, wenn es nicht mit Philip klappt wie sie es sich erhofft. Philip weiß ich werde von Sarah als Kummerkasten angesteuert, wenn sich beide streiten - auch heute noch. Das stört ihn nicht. Sie stört das auch nicht.

Aber wer hat mich gefragt? Ich fühle mich als Doppelagent zwischen den Stühlen und fühle mich unwohl, wenn der Eine über den Anderen hinter dem Rücken herzieht und gerade jetzt habe ich Mitgefühl für Sarah. Wir haben vor drei Monaten zu dritt auf dem Balkon gesessen und über Liebe und Romantik philosophiert. Sarah meinte damals: „Ihr sollt ja nicht die ganze Zeit romantisch sein, darüber hat niemand geredet. Es gibt doch bestimmt eine Frau in eurem Leben, die glücklich wäre über ein bisschen Romantik. Bei dir ist es zum Beispiel Cornelia." Ich antwortete: „Ich weiß ja nicht wie Phil das sieht, aber ich bin ein gebranntes Kind. Ich werde mir nicht mehr so schnell die Finger schmutzig machen, nur um nachher wieder alleine dazustehen. Ich wüsste wie ich eine Frau rumkriegen kann, das sie mich liebt und alles. Aber nur weil man etwas gut kann, heißt das doch noch lange nicht es auch zu tun. Ich weiß zum Beispiel nicht wie ich es mit Cornelia weiter halten werde. Sie ist nur eine flüchtige Bettbekanntschaft und hat vielleicht das Potenzial für was festes, aber wer kann das jetzt schon sagen. Mal schauen wie es sich entwickelt." „Das ist doch quatsch. Ich sehe doch wie du Cornelia anschaust.", korrigierte mich Sarah. Philip hatte es damals dann geschafft Sarahs Herz einen weiteren Kratzer zu verpassen, nur durch ein paar Worte. Worte sind wie Funken, die im richtigen Moment einen großen Waldbrand bei deinem Gegenüber verursachen können, das verstehen die meisten Menschen nicht. Er damals: „Mein lieber Mitbewohner hat recht. Auch wenn man Flugzeuge in ein Hochhaus fliegen kann, sollte man es nicht andauernd tun. Ich weiß ja nicht so recht. Ich muss gestehen, mir gefällt nicht auf welches Thema wir uns einschießen. Aber ich habe das Gefühl dir etwas sagen zu müssen, bevor du wieder auf Gefühle zu sprechen kommst. Ich liebe dich nicht." „Ich will nicht das du dir falsche Vorstellungen machst." Ich machte mich an dem Abend wie ein geölter Blitz vom Balkon und in mein Zimmer. Nachher wurde ich von Sarah als Kummerkasten benutzt. „Wenn ich dich richtig lieben würde, würde ich mich viel mehr anstrengen. Tut mir ja leid aber ich liebe dich nicht. Wenn du mir wichtig wärst, würde ich Berge versetzen. Aber das bist du mir nun mal nicht. Es gibt eine Liste von Leuten, für die würde ich eine Kugel abfangen, aber du gehörst nicht dazu. Ich kann verdammt romantisch sein, ich will es nur bei dir nicht. Bei dir spüre ich nicht was wahre Liebe ist. Wenn ich die wahre Liebe jemals fühle, werde ich es bemerken und der Schalter wird umgelegt. Dann bin ich romantisch. Ich kann nämlich romantisch… bei dir fühlt es sich einfach nicht richtig an.", gestand Philip ihr. Die Unterhaltung erhielt ich als heulende Rekapitulation, mit feuchten Augen widerholte Sarah jeden seiner verletzenden Sätze: „Wieso bin ich nicht auf der Liste? Was haben die Mädchen vor mir getan, um auf diese Liste zu gelangen? Ich meine, ich habe keine Ansprüche an ihn gestellt, außer vielleicht hin und wieder zu knuddeln und hier und da ein Küsschen abzustauben, aber nicht mal in der Öffentlichkeit. Weil ich ja weiß wie sehr er es hasst festgelegt zu werden. Ich meine, er hat mir von Anfang an gesagt was ich für ihn bin und für was er mich missbraucht, aber darf ich denn nicht mal ein bisschen hoffen? Alles was er mir heute sagte war nicht neu. Ich weiß, dass er mich nicht liebt. Ich weiß, dass wir nur Freunde sind mit Zusatz, aber muss er auch noch meine Hoffnung zerstören?"

Ich kann ihr in solchen Momenten nur ein Taschentuch hinhalten und mit der Taschentuchpackung im nächsten Nervenzusammenbruch abgeworfen werden. Irgendwann habe ich es aufgegeben mich da einzumischen. Jedes Mal versucht sie es mit Liebe und Zuneigung. Versucht ihm ein Versprechen ab zu quatschen. Da es ihm betrunken in seiner anhänglichen Art meistens scheiß egal ist, willigt er ein. Und wenn er betrunken überraschender Weise schmerzhaft ehrlich ist, wie an diesem Abend, bricht er mit ihr und das bricht ihr das Herz. Er hat zwar eine hohe Toleranzgrenze, aber wenn Sarah jede Minute angerannt kommt und Küsschen haben will, bricht bei ihm der standhafte Damm der Toleranz und er wird unfreundlich. Sehr unfreundlich. Phil steht einfach nicht auf die üblichen Küsschen und Knuddeleien, die man in einer Beziehung macht. Sie sind ja auch nicht richtig in einer Beziehung, wenn man Philip fragt. Wenn sich nicht schnell etwas geändert, wird Sarah irgendwann durchdrehen bei der Achterbahnfahrt der Gefühle.

Sie ist von Jans Kommentar wenig beeindruckt. Ich beobachte sie wie sie anfängt an ihren Fingernägeln herum zu kauen. Es verletzt sie das Philip keine Beziehung mit ihr haben will und es verletzt sie noch mehr, dass alle wissen davon. Freunde wissen so viel voneinander und so viel kann verletzen. Ich frage mich jetzt, warum müssen wir uns als Freunde nur so tief verletzen. Wir wissen voneinander einfach zu viel und so viel kann davon verletzen. Trotzdem hauen wir einen Spruch nach dem anderen heraus und achten meistens nicht darauf was wir sagen. Manchmal hauen wir sogar Sprüche heraus, weil wir wissen es verletzt einen unserer Freunde. Warum müssen wir uns damit verletzen? Es gehört dazu. Wir schicken uns zum Beispiel auch kurze SMS, um uns gegenseitig davon in Kenntnis zu setzen das Titten auf einem bestimmten Kanal zu sehen sind. Sarah schreibt einen Abend einmal: „Titten auf RTL2!" Auch wenn wir gerade dabei sind irgendeinen Artikel zu schreiben oder etwas für Seminare auszuarbeiten, wir schalten um oder geben dem Anderen kurz Bescheid. Wir schalten dankbar um. Das ist die andere Medaille von Freundschaft. Das ist schön, sowas wünscht man sich doch. Es lenkt ab vom Alltag. - Das ist es. Wieso wir uns Titten als Kurznachricht schreiben und wieso wir uns gegenseitig mit Berührungen, Blicken und Worten verletzen, kann also in wenigen Worten erklärt werden, wenn man nur kurz darüber nachdenkt, ist es fast offensichtlich. Wir machen es, damit wir leben. Es ist zwar ein scheiß Gefühl von seinen Freunden verletzt zu werden, aber es ist auch ein Gefühl das beweist du lebst.

Oder die Titten als Kurznachricht. Nur ein Beispiel für Momente, wo wir uns ein Lächeln auf die Lippen zaubern. Ansonsten haben wir nämlich nur unsere Seminare, unsere Uhrzeiten und Termine und unser scheußliches Leben und müssen unsere Maskeraden aufrechterhalten. Wir spielen nach den Regeln und sind schick gekleidet, achten auf unsere Aussprache und unser Verhalten, stehen immer rechtzeitig morgens auf, helfen alten Frauen in die Straßenbahn und so weiter und so fort. Irgendwo müssen wir tief durchatmen können und leben dürfen. Gefühle zeigen. Scheiße Labern. Witze auf Kosten anderer raushauen. Verletzen ohne schlechtes Gewissen. Das geht nur mit Blicken, mit Berührungen oder in der Gruppe, wenn sich jeder beleidigt. Unsere WG ist da vielleicht extremer, offener und offensichtlicher, ich glaube aber, so geht es in jedem Freundeskreis zu. Die Anspannungen heutzutage sind unbeschreiblich. „Wissen wir. Wissen wir.", schreiben wir uns auf die Tittennachricht zurück, wenn wir schon auf demselben Kanal sind und dann schicken wir uns gegenseitig Nachrichten darüber wie und in welcher Weise wir die Titten faszinierend finden und führen eine Tittenbewertung durch.

Der Abend geht heute langsam zu Ende. Mittlerweile dröhnt psychodelische Musik aus den Boxen, Sarah und Philip verdrücken sich bei Morgengrauen in ihr Zimmer und Daniel und Michael sind auf dem Weg nach Hause. Wir haben gelacht und gefeiert und die Partygäste gehen entweder mit der ersten Straßenbahn in ihr eigenes Leben zurück oder verschlafen den nächsten Tag auf meinem Sofa. Das reicht ihnen immer, für mich und Jan reicht das nicht. Für uns hat der Abend erst jetzt begonnen. Jan kann es gar nicht mehr abwarten und beginnt, als die Tür im Schloss zugefallen ist zu reden. Er bestimmt damit die Themen für die nächsten Stunden, die wir beim Call of Duty zocken besprechen werden. „Also. Jetzt erzähl mal. Wir haben uns ja schon lange nicht mehr gesehen, um vernünftig miteinander zu reden. Du schreibst ein neues Buch? Du bist homosexuell und wirst Vater?" „Wo hast du das denn her?", frage ich ertappt. „Von

Sarah. Sie hat dich schreiben sehen." „Ok. Hast du schon mal davon gehört, dass man auch nur so schreiben kann? Ich schreibe kein neues Buch. Dazu fehlt mir derzeit die Ausdauer. Sowieso war das bestimmt ein Text für die Zeitung. Nichts anderes." „Du schreibst mittlerweile für die Zeitung?" „Ein Sommerpraktikum."

Wir reden mehrere Stunden, aber eigentlich brauchen wir mehrere Tage, um zufrieden auseinander gehen zu können. Das mit dem homosexuell sein ist quatsch. Woher er das mit der Vatersache wissen soll, keine Ahnung. Alles nur Blödsinn von seiner Seite aus. Einmal hat er das Gespräch eingeleitet mit der Aussage: „Du hast also deine letzte Freundin erschossen?" Oder: „Wie war Heroin so?" Ernsthafte Themen hat er mir noch nie zugetraut. Da hat er immer einen großen Bogen drum gemacht oder wie heute versucht alles ins Lächerliche zu ziehen. Vielleicht hält er mich auch einfach für dumm. Er traut mir so einiges nicht zu, habe ich manchmal den Eindruck. Was er mir zutraut ist zu schreiben. Das ist auch unsere gemeinsame Leidenschaft. Wir können endlich, wo jetzt alle anderen schlafen gegangen sind, über sein erstes Manuskript reden und allgemein über das Schreiben. Das habe ich vermisst. Für sowas haben wir, wenn wir unsere Nachrichten über Facebook austauschen, meistens keine Zeit. Vielleicht springt für mich dabei ja auch noch eine Idee heraus, mit der ich mein nächstes Buchprojekt aufwerten kann. Ich möchte nur noch einen bedeutenden Roman schreiben, dann kann ich in Ruhe sterben. Das erzähle ich. Er findet das nicht witzig. Das ist keine Sache, die man mal eben auf die leichte Schulter nehmen kann. Und sowieso, was bedeutend ist und was nicht, das entscheidet immer noch das Publikum und die Zeit, nicht ich. Ich werfe ein, die Verlage und die Verleger haben da auch ein gewisses Mitspracherecht. Wir lachen, weil wir wissen wie wahr das alles ist. Aber es nicht so wie ich es mir erhofft hatte. Ich glaube, wir beide haben uns verändert. Das letzte Mal das wir so intensiv miteinander sprechen konnten, das war ein halbes Jahr her. Damals war es irgendwie ehrlicher.

In der Anfangsphase unseres Studiums haben wir noch viel aufeinander gehockt. Da war zum Beispiel das eine Mal, wo er bei mir zu Hause in der Heimat war. Ich wollte ihm unbedingt zeigen, in welchen Kneipen ich aufgewachsen bin und was für schräge Leute ich kenne. Mutter nahm mich bei dem Besuch von Jan noch kurz zur Seite und meinte: „Du hast Besuch. Du benimmst dich also, ja? Es wäre ganz schön peinlich, wenn du so betrunken bist das du den Weg nicht mehr alleine in dein Bett findest." Natürlich ist der Abend eskaliert und wir haben den Weg ohne Hilfe nicht mehr nach Hause geschafft. Wir waren beide mega betrunken, als wir nach Hause kamen. Von da an hasste meine Mutter Jan, weil sie der Meinung war er war daran schuld. Dass ich mit ihm freiwillig von einem Laden zum anderen gerannt bin, habe ich aber verschwiegen. Jan und ich machten meine Heimatstadt unsicher und rannten wie bekloppt durch die Bars und erstickten beinahe an der Vorstadtluft. Wir saugten jeden Kubikmeter in uns auf wo wir ihn nur finden konnten und als wir erfuhren ein Abiturientenball findet in der Stadt statt, entschieden wir uns eines unserer wilden Spiele zu spielen wie wir es immer taten und danach oft genug noch getan haben. Wir waren uns schnell einig, welches Spiel wir spielen. Schon bei der ersten Person stellten wir uns als schwules Pärchen händchenhaltend vor. Damit wollten wir die trockene, angestaubte Luft durchbrechen. Das taten wir immer, wenn unsere versteifte Gesellschaft uns langweilte, dann teilten wir nur kurze Blicke miteinander und stiegen auf die Albernheit des Anderen mit ein. Wenn einer von uns aus dem nichts heraus behauptete, mein Kumpel ist taubstumm, spielte der Andere den Tauben und macht den restlichen Abend absurde Handzeichen. Behauptet einer, er wäre ein Albino aus dem mittleren Afrika und alle stehen ungläubig da, muss der Andere es schaffen sie zu überzeugen. Unser Klassiker ist aber, andere Leute in ihrer Wohlfühlzone mit unserer Schwulennummer zu treffen. Dass es immer noch so eine große Sache ist, ärgerte uns einfach. Aber die Frauen fuhren darauf irgendwie ab, wir erhaschten damit ihre Aufmerksamkeit. Es geht uns dabei nicht einmal um die große Chance bei den Frauen. So auch auf dem Abiball, wo ich direkt meiner Exfreundin in die Arme gelaufen bin und die Nummer durchziehen musste. Später hatte ich noch übelst betrunken ein Gespräch mit meinem ehemaligen Schulleiter über meine Zukunft und was ich mir von meinem Leben vorstelle und so weiter und so fort, wie es mit meinem Studium laufen würde und ob und wie es sich lebe. Man habe ja einiges über mich gehört. Ich nicke nur und bin mir in diesem Augenblick bewusst dieser Abschnitt meines Lebens ist vorbei. Ich war mir noch nie einer Sache so bewusst wie zu diesem Zeitpunkt und war nur froh ihm nicht auf die Schuhe gekotzt zu haben. Damals war mein Schulleiter noch stolz auf mich, aber als er bei einem späteren Besuch von mir sieht was aus mir geworden ist, hat er nur enttäuschende Blicke für mich übrig.

Aber das ist eine andere Geschichte, das geschieht später und wird noch berichtet. Wochen später nach dem Abiball kamen Jan und ich auf dem Balkon nochmal auf unser wildes Abenteuer in meiner Heimatstadt zu sprechen und Philip war mit uns auf dem Balkon. Wir haben Philip davon erzählt und ich schwärmte von den Bars und den crazy People, die die Straßen unsicher machten und dem spontanen Auftritt auf dem Abiball und allem; da ich so feurig von alten Zeiten erzählte, platzte mir eine Einladung heraus. „Kommt doch mit! Ich zeig euch meine Bars! Wir machen die Stadt noch einmal unsicher – diesmal mit Phil!" Wir redeten wie wild gewordene Affen, das ich gar nicht darüber nachdachte die besten Bars existieren seit ein paar Wochen nicht mehr und meine Heimatstadt ist zu einem faulen Haufen verkommen. Der Gedanke kam mir erst, als wir drei im Regionalzug saßen und auf halber Strecke waren und allen unseren Mitreisenden eine kostenlose Comedynummer boten, weil wir mal wieder frei Schnauze redeten. Ich schaute beide nur an, sagte gerade heraus und durchbrach unseren üblichen Blödsinn: „Was wollen wir eigentlich hier?" Der halbe Zug hat sich schlapp gelacht. In einem Rockcafé, die letzte Bastion gegen das Kleinbürgertum, haben wir noch ausgelassen gefeiert, aber das versprochene Highlight wurde es nicht mehr. Dieses Desaster haben mir Philip und Jan immer noch nicht verziehen und halten es mir noch heute vor. In diesem Moment war mir aber klar geworden die Heimatstadt hatte sich verändert und ich habe mich verändert und diese zwei Welten waren nicht mehr vereinbar. Als hätte ich noch eine weitere Bestätigung benötigt. Ehemalige Klassenkameraden, die sich im Vorgartengefängnis wohl fühlen und sich vor der Welt verstecken und Angst vor dem Fliegen haben passen nicht zu Leuten, die brennen und nach der Welt brennen. Es hat nicht gepasst und am Ende saßen wir da und mussten drei Stunden am Bahnhof totschlagen bis der nächste Zug uns wieder in die Studentenstadt bringen konnte.

Nach diesem Desaster habe ich auch prompt ohne zu Überlegen Jans Einladung angekommen einen Urlaub in der Familie in Budapest zu machen und auch dort zogen wir durch die hell erleuchteten Straßen von Budapest, … aber das ist auch eine andere Geschichte, die ich ausnahmsweise einmal nicht erzählen werde. Ich habe mit leuchtenden Augen die Energie von Jan aufgesogen und habe mich geistig an ihm gemessen, mich abgemessen und mich für nicht würdig empfunden. Wir hatten solchen Spaß und immer bin ich ihm nur hinterhergelaufen und hing an seinen Sohlen, während er die nächsten Ideen hatte. Ich frage mich wie es wohl war, als Jan noch nicht zielstrebig durch die Welt schritt, als er noch in den Babyschuhen war. Wie war er ganz früher? Und wie waren die anderen? Ich hätte nur zu gerne gesehen wo Philip aufgewachsen ist und bei welchem Haus er aus dem Fenster klettern musste um abzuhauen, weil der Vater seiner Freundin ins Zimmer stürmen wollte und wo er sein erstes Bier getrunken hat, wie er wohl war mit seinem ersten Computer und den Augen am Bildschirm vor Begeisterung. Sowieso hätte ich sie alle viel früher kennen lernen wollen… diese Halunken des Lebens, die alle ihren eigenen Weg im Leben gefunden haben, bevor sie ihren Weg gefunden haben. Mit der punkigen Sarah durch die Straßen des 90iger Jahre Berlins zu streifen, als Berlin noch nicht zu einem Hipstermeer verkommen ist, mit Philip zum Beispiel die Alpenberge herunter snowboarden, als wir noch nichts von Klimaerwärmung gehört hatten, sowieso mit Jan einen weiteren Abschnitt in seinem Leben mitbekommen, weil man mehr von ihm wohl nicht bekommt, bevor er wieder weiter zieht und zielstrebig den Erdball entlangläuft, mit Michael oder Daniel auf Dorffesten randalieren … das wäre eine Jugend gewesen. Aber so war mir der eigene Vorstadthorror vorbehalten und ich lief alleine durch die Nacht und jaulte den Mond an, während meine Schulfreunde wenige Straßen weiter auf ihre Fahrräder stiegen und nach Hause fuhren und froh waren ins Bett zu gehen. Versteht mich nicht falsch. Ich hatte auch so meinen Spaß, aber ich wurde immer nur komisch angeguckt. Mit verständnisloser Miene hat man mir hinterher geblickt, als ich die Straßen nachts unsicher gemacht habe und Laternen ausgetreten habe, Mülltonnen umgeworfen habe und solche Sachen, um dem Gefühl des am Leben seins nachzujagen und gegen das Ertrinken anzukämpfen. Mit dieser Truppe um Jan hatte ich dieses Gefühl nie.

Das ist auf jeden Fall nicht mehr der Jan, den ich von damals kenne. Es ist jetzt der neue, verbesserte Jan. Eine Ausgabe, die keine Verbesserungen mehr benötigt. Er schreibt nun seine eigene Geschichte, er weiß jetzt wohin ihn sein Weg führt und ist bereit loszuschlagen. Er hat die Welt gesehen. War in Ungarn, in Weißrussland und in Polen, war im Pazifik und sonstwo, wo die Armut herrscht und denkt, er weiß was Sache ist. Feuer sprüht aus seinen Augen, wenn er über die Dinge spricht, die er hasst. Jeder Muskel von ihm bewegt sich in anderen Bahnen. Ich bin dagegen einfach nur stehen geblieben in seinem Verständnis vom Reisen. Habe innegehalten und die Welt einmal aus weiter Ferne betrachtet, meine Nase in Bücher gesteckt und habe eine Abiturienten geschwängert, mir neue Drogen angelacht. Um Weltliteratur zu schaffen, muss man eben nicht die ganze Welt gesehen haben. Das ist meine Meinung und als ich es anspreche, bekomme ich von Jan direkt wieder einen Einlauf. Ich soll doch auch mal die Welt sehen. Das Leben findet nicht in meinen Büchern statt, es erwartet mich da draußen. Er hat Eindrücke gesammelt für drei Leben und ich bin in seiner Vorstellung nur eingefroren. Ich bin einfach froh, dass er wieder da ist. So könnte man unsere Standpunkte bezeichnen. Seit seinem letzten Besuch haben wir uns nur kurze Nachrichten geschrieben über Facebook und sonst keinen ernsthaften Kontakt gehabt. Wir haben uns zwar geschrieben was gerade wo los ist und solcherlei Dinge, aber nie haben wir so gesprochen wie heute Abend. Wie soll man das auch über die ganze Welt hinweg schaffen? Er ist ein Jahr älter geworden. Ich bin froh, dass er mir keine ernste Frage zum alt werden stellt.

Zum Beispiel sowas wie: „Wie war es für dich, alt zu werden? Was hat sich für dich verändert?" Ich könnte dazu nichts Positives sagen. Dreiundzwanzig, so alt ist er geworden, ist schließlich ein seltsames Alter. Die Fragen könnte ich nicht beantworten, obwohl ich das schon durchgemacht habe. Bei einigen Fragen würde ich ihn mit meiner Antwort nur erschrecken. Ich meine einige meiner ehemaligen Schulfreunde sind schon verlobt oder werden Eltern und ich habe gerade erst von meiner Freundin erfahren, dass sie schwanger ist. Vielleicht von einem anderen Kerl. Jetzt gerade, mit vierundzwanzig Jahren, ist alles beschissen. Das Zeitgefühl das ich als Kind einmal hatte, ist jetzt irgendwie aus den Angeln gehoben und ich fühle mich in der Luft schwebend. Als würde die Zeit still stehen. Das Zeitgefühl als Kind war einfach anders. Es gab nur das Warten auf den Vater, wenn man ihn zur freudigen Begrüßung mit Miniarmen um den Bauch fassen wollte und die unendliche Zeit, die wir zusammen mit Lego spielen vergeudet haben. Es war ein gutes Vergeuden. Jetzt, als Erwachsener ist alles umgekehrt. Du bist jetzt alt, hast vielleicht schon selber Kinder und denkst nur an die fehlende Zeit mit deinen Kindern und nicht an die schönen Momente, weil du dir einfach selbst Sorgen machst. Sorgen, ob du alles richtig gemacht hast. Aber diese schweren Themen lassen wir nur angekratzt liegen. Für heute Abend sind diese Themen zu mächtig. Darüber kann ich auch nicht einfach so mit Jan reden, es würde Vorbereitungen bedürfen und darüber bin schon fast froh. Er würde darin nur wieder einen Hacken finden mich nieder zu machen oder sich über alles zu stellen was ich je gemacht habe und väterlich den Kopf schütteln. Er würde nur seine Erfolge für unbegreiflich hinstellen und meine kindlich wegstoßen. Dafür hat er einfach kein Auge.

„Ich erzähle doch nur Geschichten des Alltages und hoffe auf Zuhörer. Es ist immer am Leser mir zu glauben und mich in den Dichterolymp zu heben. Wenn ich über sprechende Wölfe schreibe und ihr mir sagt Wölfe sprechen nicht, ist hier schon alles vorbei. Dann kann ich getrost aufgeben. Die Leser müssen sich auf die Geschichte einlassen, auf eine neue Welt einlassen.", antworte ich Jan in unserer Diskussion übers Fundamentale beim Schreiben. „Ganz nach Sartre? Ohne das Zutun vom Leser wird die erschaffte Welt weiterhin unberührt bleiben. Nur sie können die Geschichte zum Leben erwecken." „Genau. Ich schreibe und erschaffe als Schriftsteller eine andere Wirklichkeit. Wenn die Leser eine Geschichte nicht lesen wollen, bleibt sie unbelebt auf dem Papier stehen. Sie müssen lesen und müssen glauben, damit neue Welten entstehen. Eine Landschaft ist erst dann wunderschön, wenn jemand sie betrachtet. Ansonsten ruht sie im Staub der Zeit. Wenn niemand meine Geschichten liest, bleiben sie unbelebt auf dem Papier zurück. Leser müssen sie lesen und daran glauben, um sie zu beleben. Nur das verlange ich von meinen Lesern. Um eine erfolgreiche Geschichte zu schreiben, ist ihr Vertrauen wichtig. Sie müssen Lesen und Glauben. Als Autor versuche ich alles so authentisch wie möglich zu beschreiben. Ich hoffe mit dem Alter mehr Erfahrung im Schreiben dazuzugewinnen. Die Welten besser zu beschreiben und genauer hervorzuheben, um den Lesern eine schönere Welt zu hinterlassen. Eine Welt, die man mit der Fantasie ausmalen muss. Das erhoffe ich mir vom Leben."

„Geht das nicht zu sehr ins Mythische? Ist das nicht zu religiös? Das ist zu spirituell." „Vielleicht. Was denkst du ist die Aufgabe des Schriftstellers?", frage ich dann. „Er muss seine Umgebung reflektieren, irgendwie. Ach, wir haben doch eh ganz andere Schreibstile.", sagt er und weiter: „Also wenn wir gerade übers Schreiben reden: Ich habe mein erstes Manuskript fertig." „Klasse!", gebe ich ihm unterstützendes Feedback, ohne mich wirklich im Moment dafür zu interessieren. Dafür geht gerade zu viel in meinem eigenen Universum vor. „Ich gebe es dir die Tage mal zum Lesen.", verspricht Jan. „Ok. Wie fandest du eigentlich mein Buch? Dazu hast du noch nie ein Wort verloren. Warum? So schlecht? Wie fühlst du dich, jetzt wo dein Buch fertig ist?", frage ich ihn aufgeregt und schenke mir Rum nach. „Weiß ich wirklich nicht. Wie hast du dich denn gefühlt, als du dein Buch fertig gedruckt in den Händen halten konntest? Ich denke gerade zwar irgendwie ich bin jetzt fertig, aber ich muss es nochmal überarbeiten. Dein Buch fand ich übrigens gut, bis auf die Stelle mit Osttimor." „Das kann ich mir denken. Ich weiß genau, warum du die Stelle nicht gut fandest. - Es sind übrigens zwei verschiedene Dinge den ersten Gedanken an Vollständigkeit zu haben und es dann als richtiges Buch in den Händen zu halten. Aber sag doch mal, wie fandest du jetzt mein Buch?" „Ja. Ganz gut. Sagte ich doch gerade." „Was heißt das denn jetzt: Du fandest es ganz gut. – Was soll das jetzt schon wieder heißen?"

„Willst du Details? Ok, ich nenne dir einige Sachen, die mir gut gefallen haben und einige, die mir nicht gefallen haben. Den ersten Teil fand ich richtig gut. Die Einleitung und die Beschreibungen sind sehr treffend. Habe ich so noch nirgendswo gelesen, erinnert mich ein bisschen an Die Leiden des jungen Werthers, wenn ich einen Vergleich ziehen müsste. Den mittleren Teil fand ich mies. Zeitweise gut geschrieben, aber bei etlichen Seiten vermisse ich eine Form von

Entwicklung oder Sinn. Nur ein Versager, der sich selber hasst. Das war einfach langweilig! Wie schon gesagt, der Teil mit der Reise nach Osttimor war nicht gut. Du kannst nicht einfach meinen Trip in ein Land auf die andere Seite der Welt für deinen Trip verkaufen. Du und eine Reise ans andere Ende der Welt? Am Arsch. Dazu würdest du dich niemals hinreißen lassen. Du hast doch schiss Europa zu verlassen. Wenn du wirklich in Osttimor gewesen wärst, hättest du andere Sachen geschrieben und hättest auch anders über Osttimor geschrieben. Ich finde es auch ziemlich stumpf, wenn du ständig mit Fäkalsprache um dich wirfst. Was soll das? Genauso die vielen Adjektive. Dutzende von Adjektiven, die den Platz für Interpretationen wegnehmen. Wenn du so viel Wert auf die Fantasie des Lesers legst, wäre es sinnvoll auch Platz zu lassen für Interpretationen. Einige Szenen wirken nicht sonderlich authentisch. Als wolltest du so unkreativ wie möglich provozieren – das gelingt dir aber in anderen Kurzgeschichten tausendmal besser. Insgesamt hatte ich beim Mittelteil den Eindruck, du schwärmst für deine Ex-Freundin und dieses Schwärmen hielt zwanzig Seiten an. Einfach elendig.", gibt er mir zu schlucken. Ich trinke mein Glas leer und nicke nur. Er lacht und erzählt weiter: „Weiter im Text. Was waren deine Motive beim Schreiben? Was wolltest du damit ausdrücken?" „Ach! Man könnte sagen, ich habe in meinem Buch nur einige Sachen ausprobiert. Nichts Besonderes. Zum Ende hin, ist sowieso alles zu kopflastig. Ich hatte zwar ein paar Ideen, aber da war nichts weiter hinter. Ich hab einfach drauflos geschrieben. Es ist mein erstes Buch gewesen, verdammt! Ich wollte ja eigentlich schon immer etwas schaffen das die Luft mitnimmt in die Seiten. Es sollte komplex sein, kein Detail auslassen. Im Buch alles einfangen. Unserer Zeit ein Denkmal setzen. Ich wollte alles auf einmal, glaube ich und bin damit untergegangen.", daraufhin muss ich lachen, nehme noch einen Schluck und stelle fest mein Glas ist leer. „Wo waren wir gerade?", frage ich. „Keine Ahnung."

Wir schauen beide vom Call of Duty Spiel hoch und stellen fest, wir sind beide gestorben. „Wie ist das denn jetzt passiert?", fragt Jan. „Keine Ahnung." „Ach. Komm. Das musst du doch noch wissen." „Nichts muss ich wissen. Ich muss nur wissen, wie man einen Joint dreht, wie man anständig Absinth trinkt und wann man eine Nutte bezahlt. Alles andere kann mir gestohlen bleiben.", meine ich überzeugt. „Ach. Komm. Sowas muss man nicht wissen. Ich kauf mir zum Beispiel bald eine Bong, dann muss ich nicht drehen lernen. Ich trinke keinen Absinth, weil Absinth scheiße schmeckt und Nutten bezahlt man doch nicht! Man vergewaltigt sie einfach. Du kannst doch sowieso nur des Diebstahls bestraft werden! Nicht wegen der Vergewaltigung. Verstehst'e? Weil es Nutten sind. Eigentum des Zuhälters. Diebstahl einer Dienstleistung!" „Scheiße! Mann!", platzt es mir nur heraus. „Ich meine ja nur.", grinst Jan. „Ich meine ja auch nur. – Scheiße, bist du ein Arschloch!", meine ich. „Das hat mir irgendwie gefehlt, weißt du?", meine ich ernster und leite damit wieder auf ernstere Themen zu.

„Ich glaube, ich schreibe und habe schon immer geschrieben, um mir meine Fehltritte zu verzeihen und so läuft es immer noch. Ich sehe zum Beispiel dieses junge Ding und möchte über sie herfallen, falle über sie her, obwohl zu Hause meine Freundin wartet. Das Schlimmste ist gerade, ich kann nicht schreiben. – Ach. Egal. Das ist ein zu weites Feld. Da spricht gerade wieder nur der Alkohol aus mir. Vergiss es. - Warum schreibst du?" Es wurde ruhig. Jan antwortete: „Was weiß ich." „Du musst doch wissen warum du schreibst." „Nein. Das tue ich nicht." „Sag mir: Warum schreibst du?" „Deshalb schreibe ich auf jeden Fall nicht. Wir haben eh ein unterschiedliches Schreibverhalten. Wir sind beim Schreiben so verschieden wie es nur verschieden sein kann.", weicht Jan zurück. Das er niemals einen Standpunkt bezieht und immer ausweicht, sich immer ins Unbestimmte zurückzieht und nur die Meinungen anderer kritisiert, ohne eine eigene Meinung zu haben, das geht mir bei ihm am meisten auf die Nerven. Ich kenne ihn zu gut, um seine wenigen Worte wahrhaft auseinander nehmen zu können. Er hat recht. Wir schreiben unterschiedlich. Das war aber nicht die ganze Wahrheit. Ich höre aus seinen letzten Sätzen eine Wahrheit heraus, die mich nie erreichen sollte, die aber unüberhörbar ist. „Ich bin ein neuer Mensch und kann nichts mehr mit dir und deinem Geschwafel anfangen. Es ist etwas komplett anderes, ob du in einem überfüllten Seminarraum steckst mit anderen Kommilitonen und unter Aufgaben vergammelst oder Berge zu besteigen und Menschen in Armut zu sehen. Ich habe mich verändert. Du hast nur dein jämmerliches Leben. Deshalb sind wir unterschiedlich. Du willst dich mit dem Schreiben auslöschen und ich mich lebendig halten." Jan war vorhin vor der ganzen Chaotengruppe der festen Überzeugung, ich könne in unseren Gruppengesprächen nicht mehr mithalten, nur weil ich nicht mehr so oft zur Universität renne wie die Anderen. Weil ich die Vorlesungen an der Universität nicht mehr besuche, mir deshalb das analytische Wissen fehlt und dergleichen, bin ich auf einmal dümmer als alle Anderen. Ich würde den Anschluss zur Gruppe verlieren. Als ich ihm ein paar beleidigende Blicke zugeworfen habe und mich versuchte zu rechtfertigen, hat er ziemlich schnell zurückgerudert und seine Aussage revidiert. Seine feste Überzeugung kann ich trotzdem aus jedem Satz heraushören. „Diese Aussage ist das perfekte Beispiel für die Arroganz der Studenten und ihren Wissenskokon, den sie nur ungerne durchbrechen, um sich auf das Niveau der anderen herabzusetzen. Ich kann jedem nur raten seinen Kokon einmal zu verlassen. Andere Menschen haben eine andere Sicht auf die Dinge und diese Sicht könnte hilfreich sein. Für jede Wahrheit offen sein, auch wenn sie von einem Bettler kommt, das ist wahre Intelligenz.", antwortete ich ihm und verbreitete für wenige Augenblicke stille. „Wo kam das denn jetzt her?", fragt Michael und beginnt freudig zu lachen. „Da hat wieder der Schriftsteller in dir gesprochen, wie es scheint.", meint er wieder. „Trinken wir darauf!", stieß Sarah aus und hob den Becher in die Höhe.

Nach längerem Überlegen bin ich ihm deshalb nicht mal böse. Es ist so wie er sagt. Ich schreibe mich ab und er schreibt, um lebendig zu bleiben. Genau da liegt der Unterschied zwischen uns. Ich stelle mich meinem Inneren und schreibe es von mir ab und er flieht vor seinen Problemen über den halben Erdball und flieht auch in der Schreiberei.

Irgendwann hat sich Jan müde auf die Couch gefläzt und ist eingeschlafen. Ich versuche noch ein paar Worte zusammenzukriegen und in mein Notizbuch zu schreiben, komme aber nicht weit und schlafe über dem Notizbuch ein.

So beginnt also Partysaison in unserer WG. Eigentlich hat sie für mich schon einen Tag früher angefangen. Ich war noch auf einem Schützenfest und muss noch in den nächsten Stunden einen Artikel darüber fertig bekommen. Gestern hatte ich keine Zeit und als Jan auf dem Sofa eingeschlafen ist, war ich so fertig, dass nichts mehr aus meinem Kopf kam. Ich gehe jetzt erst einmal in die Küche und mache den Morgenkaffee, danach mache ich mir Gedanken über den Artikel. Die kräftigen Sonnenstrahlen blenden und die Küche schimmert grell. Sowas ist doch unerträglich nach einer durchzechten Nacht. Mein Kopf dröhnt und die aufgeladene Luft in der kleinen Küche macht es auch nicht einfacher. Ich öffne als Erstes die Balkontür, meine Fenster und hätte am liebsten die Wände eingerissen, um den Morgenwind herein zu lassen. „Machst du mir Toast?", ruft Jan mir hinterher, der ebenfalls wach geworden ist. Ich komme mit dem heißen Toast aus der Küche zurück und habe währenddessen den Kaffee angestellt. „Hier. Ich hab dir deinen scheiß Toast gebracht. Jetzt sei ruhig und iss. Ich muss noch schreiben. - Sei aber vorsichtig. Der Toast ist mega heiß.", gebe ich Jan noch einen freundschaftlichen Rat, bevor ich mich wieder über meinen Laptop beuge und auf die Tastatur starre. „Schreibst du über mich?", höre ich Jan mit vollem Mund von der Couch hoch fragen. „Natürlich. – Wie ein gefräßiges Monster schaut es hoch und verlangt nach meiner Seele. – Wenn du schon auf meiner Couch wohnst, muss ich auch Profit daraus ziehen.", gebe ich lachend zurück und hänge mich an meinen Artikel. Nebenbei spreche ich noch mit Jan und erkläre ihm was ich schreibe. „Ich muss noch was für die Zeitung fertig bekommen. Ich muss über die Dorfschützenfestgemeinschaft schreiben. Bevor du aufgetaucht bist, wurde der Schützenkönig geschossen."

Ich erinnere mich zurück: Das ist keine normale Stadt. Es ist nicht mal eine Stadt. Pff. Es ist nur ein billiger Abklatsch einer Stadt, eine Theaterkulisse für den Untergang unserer Welt. Es endet mit einem letzten Atemzug eines Abends, der voll war mit Lachen und Trinken. Aber vorher haben sich einige von der Redaktionscrew der Regionalzeitung auf den Weg zum Schützenfest gemacht. Ich war mit dabei. Wenn ich jemals in so einer Bruchbude von Häuseransammlungen als Alterssitz lande, verkomme ich. Soviel steht fest. Schützenfeste sind die kulturellen Highlights in dieser ländlichen Gegend, die keiner verpassen darf, wenn er dazu gehören will. Ich will nicht dazu gehören, deshalb habe ich den wichtigen Teil verpasst und schreibe über die Feier. Ich, der mit kurzen Hosen und abgelaufenen Schuhen durch den Zeltmatsch stapfe, während alle Tanzschuhe und Schützenfestgewänder tragen und aufpassen keine Flecken zu riskieren, passe da sowieso nicht hinein. Bei der Masse an Leuten werde ich schon wieder leicht nervös, so ohne Glas in der Hand zittere ich schon wieder. Seit Cornelia die Bombe platzen ließ, ist es nicht ohne Flasche oder Glas in der Hand auszuhalten. Und seitdem habe ich auch kein Auge zugetan. Nicht so richtig auf jeden Fall. Ich betrete also dieses riesige Partyzelt und fühle mich direkt unwohl. Ich arbeite mich zum nächsten Bierstand vor und bestelle mir einen Drink. „Wo warst du? Kommst du auch endlich mal? Hast du dir schon Notizen gemacht für deinen Artikel?", haut man mir auf die Schultern, während ich an der Bar stehe und ich in mein leeres Glas stiere. Es ist einer meiner Kollegen von der Zeitung, einer der Kollegen, die sich für das Schützenfestwochenende frei genommen haben und mit-feiern, nicht berichten müssen. „Ja. Ich wurde gerade nur kurz aufge-halten.", werfe ich dem schwankendem Schützenfesttrachtenträger entgegen. Wenn ein Betrunkener eine Frage stellt, ist es das Einfach-ste ihm einfach zuzustimmen. Ansonsten darf man sich auf unnötige Diskussionen einlassen, die man nicht gewinnt. Schließlich war ich nicht zu spät. Ich hab mich die letzte Stunde nur an einem anderen Bierwagen vor dem Festzelt betrunken, bevor ich hineingegangen bin. Das ist definitiv der Nachteil an meiner Arbeit und ein Punkt, warum ich niemals für die Regionalzeitung arbeiten werde. Du hast zwar auf der einen Seite deine interessanten Artikel über Museums-ausstellungen und Interviews mit regionalen Künstlern, die das Po-tenzial haben groß raus zu kommen, aber auf der anderen Seite hast du die vielen Hasenzüchtungsausstellungen und Schützenfeste über die du berichten musst.

Mit meinem kleinen Notizbuch bewaffnet, kritzele ich mir die ersten Eindrücke von der Seele. Ich wende mich an den Kollegen, als ich ihn die nächste Runde bezahlen sehe: „Mann. Mann. Mann. Du bist ja ganz schön gut dabei. Wie viel hast du denn heute schon getrunken?" Mit einem Blick auf die Preise im Zelt frage ich weiter: „Und wie viel hast du dieses Wochenende für Getränke ausgegeben? Wie viel Geld hast du für Getränke über die Schützenfesttage ausge-geben?", widerhole ich meine Frage, weil es einfach zu laut ist. „Wie-so? Schreibst du darüber? Ich will dir ja nicht vorschreiben wie du deinen Job zu machen hast, aber solltest du nicht mit dem Schützen-könig reden?" „Zweimal bitte.", gebe ich meine Anweisung an das gestresste Thekenpersonal und wende mich mit einem fragenden Blick an meinen schnapsbefüllten Gesprächspartner. Was hat der eben gesagt? Es ist eindeutig zu laut, um sich vernünftig zu unterhal-ten. „Oh. Für mich nicht mehr. Du solltest auch nicht trinken, wenn du noch schreiben musst.", gibt er mir heute schon den zweiten un-gefragten Ratschlag, um meine Arbeit zu unterstützen. „Wolltest du auch? Tut mir leid. Das war nicht für dich gedacht.", stelle ich die Sache klar. Ich nehme die beiden Gläser und weiter: „Wo befindet sich denn der Schützenkönig?" So werde ich den Idioten hoffentlich los, kippe den ersten Drink hinunter und haue das leere Glas auf die Theke, halte das zweite Glas in der Hand. Die Kellnerin gibt das Glaspfand heraus und fragt nach dem anderen Glas-Pfand und ob ich noch mehr bestellen möchte, ich stutze und wende meine Aufmerksamkeit wieder an den betrunkenen Schützenfestgast. „Da hinten steht irgendwo der Schützenkönig. Musst dich mal durchfragen.", gibt dieser zurück und sagt noch, um mich nicht ganz ohne Informationen dastehen zu lassen: „Ich habe dieses Schützenfestwochenende ungefähr vierhundert Euro an Bier und Kurzen ausgegeben. Du darfst mich da gerne zitieren. Es war jeden Cent wert!" „Ist das normal?", frage ich noch im Weggehen und höre seine Antwort nicht mehr. Ich werde von durstigen Menschen von der Theke weggedrückt und kämpfe mich dann durch die Massen. Ich sehe überall die fettgefressenen Fettsäcke in ihren Schützenfesttrachten wie sie zur Musik tanzen und die verschwitzten Leiber gegeneinander reiben, sich die Zungen gegenseitig in den Hals stopfen und in der Ecke kotzen, andere stehen im Akkord hinter den Futterwagen und haben Mühe mit den Bestellungen hinterherzukommen. Viele haben sich eingepisst, weil sie es nicht mehr zur Toilette schaffen. Es ist später Abend, was habe ich erwartet. Bei dem Gezerre und Gedrängel an den Futterwagen denke ich mir, esst ihr euch auch gegenseitig, wenn die Burger und das Wurstfleisch, die Pommes und das Popcorn ausverkauft ist? So muss eine Ebene der Vorhölle von Dantes Göttliche Komödie aussehen, falls man es heutzutage neuschreiben wollen würde.

Da ist es doch nur verständlich, dass ich nach billigem Fusel verlange. Ohrenbetäubende Musik, die dir die Gedärme durchwühlen, eine stickige Atmosphäre, das du schon vom Stehen nass geschwitzt bist und überall betrunkene Leute. Ein Glück für mich, der

Rohstoff Alkohol fehlt auf keiner Dorfdeppenparty, sonst hätte ich es nicht lange durchgehalten. Da ist der Bürgermeister, da der stadtbekannte Arzt und dahinten Anwälte, Polizisten und Nervenärzte, die sich gegenseitig etwas über die Musik zubrüllen und sich gegenseitig betrunken in den Armen liegen. Ach, da trinke ich vorher in der Stadt nur wenig, um nur nicht in den üblichen betrunkenen Singsang zu fallen und noch einen klaren Kopf für die Arbeit zu haben, da meint die Kellnerin in meinem Stammlokal ganz irritiert: „Nichts mehr trinken? Du bist doch sonst immer der mit den meisten Getränken?" Erschrocken musste sie eine Seltenheit miterleben: Tja, der kann sogar ohne Alkohol funktionieren. Weil ich nicht in den üblichen Singsang fallen will, um meine Nerven zu behalten fürs Schreiben, haben wir uns irgendwann in unserer Stammkneipe nichts mehr zu erzählen. Die haben sich nur angeschwiegen, weil ich die Konversation nicht mehr vorangetrieben habe.

„Die?", fragt Jan und wirft mich aus dem Erzählfluss. „Ja, wir haben doch unseren Stammtisch von der Redaktion aus. Der ist dafür da das Praktikanten mal in Ruhe mit den Zeitungsleuten reden können, auch fernab der Arbeit. Aber eigentlich ist es nur eine Entschuldigung, eine billige Begründung zum Trinken. So wie Schützenfeste eine billige Begründung sind sich ohne Niveau zulaufen zu lassen, ist eine wundervolle Tradition, muss ich schon sagen. Der Stammtisch trifft sich einmal in der Woche und da hat man dann die Möglichkeit sich neben dem Berufsalltag kennen zu lernen. So hat man es mir erklärt." „Aha. Na dann. Viel Spaß beim Schreiben.", gibt er zufrieden zurück und geht wie selbstverständlich ins Bad, um sich die erste warme Dusche des Tages zu gönnen, lässt mich mit meiner Schreibblockade zurück.

Die nächsten Tage schauen wir zwischendurch die alte Trilogie von Star Wars und sind einstimmig der Meinung das sind die einzig wahren Filme. Philip lässt noch anmerken: „Wir sind vielleicht nur noch die einzige Generation, die mit einem leeren Kopf an die alten Filme herangegangen ist und noch nichts vom Star Wars Universum gehört hat."

Jan ist zwischendurch verschwunden und trifft andere Leute, ich bleibe und schreibe an meinem Artikel. Als er wieder kommt fragt er mich: „Lass es mich nochmal für Idioten zusammenfassen, damit ich da auch mitkomme: Du hast den Rum gesoffen, den du gekauft hast, weil du den Wodka gesoffen hast, den du gekauft hast, weil du meinen Gin leer gemacht hast?" „Genau.", entgegne ich. „Arschloch." „Bitte, gern geschehen." „Danke – und was soll ich jetzt saufen?" „Ich hab jetzt Whiskey bei mir stehen. Den kannst du saufen!", entspanne ich die Situation und trotzdem geht Jan einkaufen, denn heute Abend gibt es wieder eine Party. Alle Welt kommt. Entfernte Freunde, Freunde und Bekannte, Unbekannte und Leute von unten oder neben uns, das halbe Haus ist sowieso bei uns und feiert mit. Piraten unterhalten sich über die Parteipolitik, Studentensprecher besprechen die nächsten Semester und Wirte aus der Studentenwohnheimkneipe reden über die Renovierung ihrer Bar. Ich geselle mich überall dazu und höre gespannt zu, rede mit einem, der der Meinung ist wir sind Wiedergeborene und wandern durch die Jahrzehnte auf der Suche nach unserer Liebe und er versucht es auch noch wissenschaftlich zu begründen, eigentlich ziemlich interessant. Dann stelle ich einem Piraten einige Fragen und erhalte direkt die Einladung mitzumachen. „Wir zeichnen uns dadurch aus, dass jeder der will mitmachen kann und seine Ideen einbringen will. Wir brauchen immer welche, die sich gut ausdrücken können. Komm doch mal zu unseren Treffen. Ich kann dich gleich in den Emailverteiler eintragen, wenn du willst. Du weißt ja wie das bei uns läuft. Wir vertreten die Meinung, dass das Internet die Zukunft ist und finden die aktuellen Parteien haben diese Zukunft noch kein bisschen betrachtet. Das müssen wir jetzt unternehmen." „Ich hab da was von Grundeinkommen gehört. Ist das nicht auch eine Sache von den Piraten?", frage ich. „Meine Sache ist das nicht. Ich bin gar nicht dafür, aber wenn die Mehrheit das beschließt, ist jeder Pirat verpflichtet es zu vertreten. Basisdemokratisch. Wenn du wirklich ernsthafte Details drüber hören willst, kann ich dich gerne unserem Bundesvertreter vorstellen. Der müsste hier auch irgendwo rumrennen.", kommt er zum Schluss und sucht seinen Kollegen.

„Genau. Die da vorne. Mit der habe ich geschlafen.", klingt ein Partygast ganz stolz. Ich stelle mich daneben und meine: „Das ist nichts besonderes. Mit der hat doch jeder geschlafen. Mit der hab sogar ich geschlafen." Beim ersten Mal hat es ihn völlig aus dem Konzept gebracht, er ist wie ein geköpftes Huhn durch den Raum gehüpft und hat gemeint, ich muss sofort mit ihr sprechen. Jetzt ist er sich ziemlich sicher, reagiert nur wütend. „Behaupte nicht so einen Mist!", versucht er mich von meiner heiligen Mission abzubringen. „Schauen wir mal was passiert, wenn ich es weiter mache.", tuschele ich mit Jan. Der lacht auf und schüttelt sich vor Lachen. „Vielleicht haut er dir ja eine rein!", meint er darauf und lacht noch mehr. Ich wanke zwischen den Leuten und muss feststellen, alle kommen einfach. Jeder kommt auf einen Sprung vorbei und irgendwann in den frühen Morgenstunden wird sich die Party in Grüppchen auflösen und in der Stadt von Bar zu Bar ziehen, in Discotheken verschwinden oder ins Bett hüpfen. Jan schmettert zwischendurch die Internationale vom Balkon wie ich die leeren Bierflaschen, wir schreien in den Nachthimmel und haben einfach unseren Spaß. Alles wieder wie zu unseren besten Zeiten.

Am nächsten Morgen räume ich die Wohnung wieder auf und Jan verdrückt sich in Richtung Stadt, wird heute mit Daniel die Diskotheken unsicher machen. Am nächsten Tag wird es noch die große Abschiedsparty geben, er verlässt uns dieses Mal für ein ganzes beschissenes Jahr. Die längste Zeit, die wir uns nicht gesehen haben, seit wir uns kennen, war die letzten Monate und das hab ich schon kaum verkraftet. Jetzt bricht Jan also wieder auf und macht die Welt unsicher. Zwischen diesen langen Zeiten des sich Nichtsehens hatte ich ihn nur fünf Tage an meiner Seite, was für mich viel zu wenig ist. Der erste Abend war ein Fest unter Freunden. Am nächsten Tag habe ich dann den Zeitungsartikel fertig geschrieben und dann haben Jan und ich den restlichen Tag ein paar Konsolenspiele gezockt, einige davon in den nächsten zwei Tagen durch gezockt, wenn wir alleine waren und die üblichen Filmklassiker geschaut, die wir immer schauen, wenn wir uns längere Zeit nicht sehen und haben dabei gelabert und gelacht, getrunken und gekifft. Immer ist irgendwer zwischendurch aufgetaucht und hat mitgefeiert. Wir hatten uns vorgenommen, die wenigen Tage mit Jan sollten große Tage werden und wir haben es schlussendlich richtig genossen wieder aufeinander zu hocken; - ein letztes Mal vielleicht aufeinander zu hocken. Denn, wem machen wir hier was vor? Die größten Partys und die größten Saufgelage haben wir schon hinter uns und können doch nur noch froh sein diese paar Tage im Jahr zu haben. Wir übernehmen so langsam immer mehr Verantwortung in unserem Leben und müssen den Ernst des Lebens als ständigen Begleiter im Alltag akzeptieren.

Dann sehe ich Cornelia endlich wieder und werde mit dem echten Leben konfrontiert. Es bedeutet für mich eine Pause von den Partys und der Feierei. Sechs Tage habe ich Cornelia insgesamt nicht mehr gesehen. Das tat mir richtig gut, um endlich mal den Kopf frei zu bekommen und auch mal wieder über was anderes nachzudenken. Wir haben uns nur durch SMS verständigt, die aufgeladene Stimmung des letzten Treffens durch ein paar kurze Witzeleien und Kurzstatusmeldungen entspannt. Ich wusste heute wird es wieder besser zwischen uns laufen, als sie mir nachts irgendwann schrieb, sie kann nicht ohne mich schlafen. Sie hat sich daran gewöhnt neben mir und mit mir in einem Bett zu schlafen. Das ist doch ein unheimlicher Liebesbeweis. Dass es mir genauso ergeht, wenn sie nicht bei mir ist, würde ich nie vor meinen Freunden zugeben. In dieser Angelegenheit bin ich vielleicht wie Philip. Ihr gegenüber habe ich es nur angedeutet. Seit wir uns kennen, schlafen wir fast jede zweite Nacht zusammen in einem Bett. Entweder bei mir und genießen die Freiräume oder unter dem Dach ihrer Eltern mit dem üblichen frühen Aufstehen und Frühstück. Fünf Monate sind für uns eine lange Zeit gewesen, die wir die meiste Zeit zusammen verbracht haben. Seltsamerweise verstanden wir uns auf Anhieb gut, wir haben die Phase der roseroten Brille nicht abgelegt, aber viele Phasen übersprungen. Ich habe ihr ein bisschen bei den Abiturvorbereitungen geholfen und sie hat mir geholfen den Kopf frei zu kriegen, die meiste Zeit waren wir im Bett und haben geredet oder miteinander geschlafen. Natürlich war ich für ihre Eltern ein Dorn im Auge, aber nicht lange. Schon sehr früh haben sie gemerkt, dass es ernst zwischen uns wird. Die üblichen Laster habe ich vor ihren Eltern versteckt und auch sie hat in dieser Sache den Mund gehalten. Was ich nur gehört hatte von Philip und Sarah in Bezug auf Cornelia war, sie wirke sehr unreif. Aber sie kennen sie nicht so wie ich sie kenne.

Jetzt muss das ganze Beziehungsmodell überdacht werden. Diese Babysache war im ersten Moment eine Bombe, die die ganze Beziehung mit einem Male in die Wirklichkeit versetzt hat. Ich komme heute Nachmittag von der Redaktionssitzung wieder und freue mich trotzdem fast Cornelia wieder zu sehen. Seit ich davon weiß, frage ich Cornelia jeden Tag per SMS wie es ihr geht. Sie fühlt sich morgens schlecht und hat manchmal Heißhunger auf Gurken. Dabei mag sie eigentlich keine Gurken. Ich frage sie bei der Begrüßung wieder: „Wie geht es dir heute?" „Ganz gut.", antwortet sie kurz. Diesmal möchte ich alles richtig machen und es genauer wissen, will ja in keine Fettnäpfchen treten. Langsam kann ich mich auch an den Gedanken gewöhnen das Leben entsteht. Das ich an einem neuen Leben teil haben kann. Diesmal sind meine Gedanken nicht nur verträumt traumhaft. Ich habe mir auch einen klaren Plan im Kopf zu Recht gesetzt und brenne förmlich Cornelia davon zu erzählen. Es ist ein gutes Gefühl. „Spürst du schon was? Wie fühlt es sich an wachsendes Leben im Bauch zu spüren? Kann man jetzt eigentlich schon etwas spüren?" „Es ist schon merkwürdig. Man weiß ja, dass da ein Mensch in dir wächst. Man ist vorsichtiger und mit jedem Tag fühle ich mehr. Es ist magisch. Kaum in Worte zu fassen. Tut mir leid, ich kann es einfach nicht beschreiben. Man fühlt sich machtlos im ersten Moment. Ich wurde ja nicht gefragt, ob es ok ist. Es ist ja einfach geschehen.", beschreibt Cornelia es fantastisch.

„Wahnsinn.", sage ich nur und reibe staunend an meinem Bauch. Dann reibe ich ihren Bauch und lege vorsichtig meinen Kopf auf ihren Bauch. „Man kann noch nichts hören.", sagt sie nur, bevor ich etwas hören kann und drückt meinen Kopf von ihrem Bauch. Sie ist heute gegen jede Berührung und schirmt sich ab. Dann wechselt sie abrupt das Thema: „Wieso lässt du Jan eigentlich auf deiner Couch schlafen?" „Warum nicht?" „Ich meine Jan könnte sich doch eine eigene Wohnung leisten. Warum landet er trotzdem jedes Mal, wenn er in der Stadt ist bei dir auf dem Sofa? Wo soll das nur wieder enden? Willst du ihn immer auf der Couch schlafen lassen, wenn er in der Stadt ist?", fragt sie. „Wie läuft es eigentlich bei der Zeitung?" „Wie kommst du denn da jetzt drauf?", frage ich zurück. Wenn ich ihr jetzt darüber Frage und Antwort stehen muss wie es bei der Zeitung läuft, antworte ich ehrlich. Meine Ehrlichkeit kann sie doch nie vertragen. Es wird nur wieder zu einem Streit führen. Will sie unbedingt Streit vom Zaun brechen – und überhaupt, was soll die Frage nach Jan? Ja dann schläft Jan halt bei mir auf dem Sofa. So eine große Sache ist das nicht. „Ich möchte es einfach wissen. Wie läuft es bei der Zeitung? Es interessiert mich.", sagt sie. „Nicht so gut. Ich durfte schon wieder einen Artikel neu schreiben, weil sie meine Art nicht vertragen haben. So hätten sie es nie gedruckt."

Darauf ist Cornelia erst einmal still und schaltet von den Nachrichten weg auf ihre Lieblingssoap, irgendeine dieser Telenovelas, die die Mädels schon in meiner Schulzeit geschaut haben. Ich koche für uns und stehe deshalb nun auf, um das Hackfleisch umzurühren. Heute wollte ich meinen berühmten Nudelauflauf machen,

106

dafür muss ich optimaler Weise das Hackfleisch anbraten. Sie fragt mich noch ein paar Sachen, dann ist sie still. „Wann kann man per Ultraschall das Geschlecht erkennen?", frage ich aus der Küche, diesmal ein abrupter Themenwechsel von mir. Sie redet zehn Minuten um den heißen Brei, weicht irgendwie vom Thema ab und fragt noch ob ich für sie ein normales Leben führen könnte. Ich sage ja. Sie fragt, ob ich auch ja gesagt hätte wäre sie nicht schwanger. Ich verstehe sie nicht und sie weicht wieder vom Thema ab, kommt dann aber zu dem Schluss, es wäre jetzt die perfekte Gelegenheit mir zu sagen es ist nicht mein Baby. Mir kommt es in diesem Moment so vor, als hätte sie dabei keinerlei Emotionen. Sie zeigt die Mimik wie ein Fels. Es sei von einem anderen Mann, sagt sie wieder. Sie habe noch einmal nachgerechnet und sie könne zu neunzig Prozent sagen, es sei nicht von mir. Sie fragt aber im selben Augenblick, ob ich trotzdem an ihrer Seite bleibe. Das war ein wenig zu viel. Was soll immer die Fragerei, ob ich bei ihr bleibe? Für mich ist gerade alles in einem Nebel und deshalb frage ich sie, ob ich morgen eine Antwort darauf geben darf. Ich möchte jetzt eine Nacht darüber schlafen. Cornelia nimmt mich in den Arm und sagt irgendwas, sie verstehe das und so weiter und sofort. Dann geht sie nach Hause.

Ich mache erst einmal einen Wein auf und setze mich ans Notizbuch, doch mir will nichts anderes einfallen als das Bild von Cornelia und einem anderen Mann. Im Nachhinein hätte ich vielleicht die passenden Worte zu Cornelia parat gehabt, auf die Frage, ob ich bei ihr bleibe. Aber hinterher ist man sowieso immer schlauer. Ich hätte gesagt: „Sex ist zwar der Grund, warum Menschen mit anderen Menschen interagieren. Liebe ist aber der Grund, warum wir uns an einen einzigen Sexualpartner hängen und Beziehungen sind nur dazu da, um gemeinsam für die Aufzucht von Kindern zu sorgen. Mehr ist da nicht. Weil unser Sex schon lange den Pepp verloren hat, ich dich nicht liebe und das fremde Kind auf dem Weg ist, bleibe ich nicht an deiner Seite." Das habe ich irgendwo aufgeschnappt und jetzt kam es mir wieder in den Sinn. Ich entscheide spontan, der Wein reicht für heute nicht. Ich brauche etwas Stärkeres. Ich gehe also in die Nacht hinaus. Vor die Tür. Ich brauche frische Luft und Einsamkeit. Auf dem Balkon sind wieder Menschen, deshalb einfach weg. Bloß raus. Der frische, kalte Wind wird gut tun.

„Braucht ihr noch was vom Laden?", frage ich die Leute vom Balkon. „Warum?", fragt Sarah zurück. „Weil der Laden gleich schließt und ihr dann für heute nicht mehr einkaufen gehen könnt!" „Ach. Quatsch! Deine Argumentation ist wie ein Hochhaus, nur gar nicht.", meint Philip auf dem Balkon und lacht über seinen eigenen Witz. Er ist fertig mit den Nerven. Anders als ich, aber unzurechnungsfähig. Ich finde es nicht witzig, weil ich gerade nicht in derselben Phase bin wie die bekifften Hohlköpfe. Ich hätte genauso baked sein können wie Philip und Sarah. Ich hätte den ganzen Tag mitkiffen müssen. Das habe ich mir selbst aber verdorben, weil ich für Cornelia voll zurechnungsfähig sein wollte. Jetzt bereue ich diese Entscheidung. Wofür habe ich mich eigentlich so aufgeopfert. Ich habe gestern eine Bewerbung rausgeschickt für einen Nebenjob und habe meinen Stundenplan fürs nächste Semester zusammengestellt mit der festen Absicht alles durchzuziehen. Ich habe alles geplant und mich in die Kurse dieses Semesters reingehängt, so gut wie es gerade noch ging, habe ein Essay herunter geklatscht und… - und wofür? Nur um gesagt zu bekommen das Kind ist von einem anderen Kerl. Woher weiß sie das eigentlich so genau? Die spinnt doch. „Das ergibt keinen Sinn.", erwidere ich Philip nur trocken. „Alter! Hätte ich doch eine Artillerie, dann könnte ich in das andere Hochhaus da drüben schießen!", meint Philip weiter und zeigt auf ein Haus in der Nachbarschaft. „Die Idee hast du von Michael! Das ist nicht neu. Wie dem auch sei, ich frage jetzt zum letzten Mal, braucht ihr was vom Supermarkt?" „Und trotzdem verliert es dadurch nicht an Wahrheit!", meint Sarah daraufhin. „Ach. Ich geh dann jetzt. Bis gleich.", verabschiede ich mich genervt und lasse die beiden Kiffer in ihrer eigenen

Phase hocken, kiffen und lachen. Wieso soll ich jetzt auf die beiden wütend sein? Lass ihnen ihren Spaß, sage ich mir immer wieder und breche auf, um noch etwas einzukaufen. „Was ist jetzt mit Cornelia?", fragt Sarah noch durch die Balkontür, da bin ich aber schon auf dem Weg.

Ich bin auf dem Weg vorsichtig. Man weiß ja nie was in unserer Nachbarschaft in der Dunkelheit lauert. Bissige Hunde, die nachts auf leeren Parkplätzen bissig gemacht werden. Sprayerbanden. Jugendbanden. Das Gebiet um meine Studentenwohnung ist sowieso ein typischer Sozialfall. Eckige Hochhäuser, verdreckte Vorgärten, angesammelter Schrott und vergilbte Balkone, einsame Einkaufswagen und moosbedeckte Häuserwände. Es sagt schon viel über die Gegend aus, wenn das EU-finanzierte Schild, das den menschlichen Charakter und die Sozialkraft der Gegend ansprechen soll, mit Spraydosenfarbe verschmiert ist und man nicht mehr erkennt für welchen Zweck die EU-Fördermittel hier auf dem Fenster geworfen wurden. Vielleicht nur für dieses lächerliche Schild. Ich möchte nicht wissen wie die Hochhauswohnungen von innen aussehen. Sie haben bestimmt schon lange keine Sanierung mehr gesehen, geschweige denn einen Hausmeister. Der Müll vor dem Haus eine Brutstätte für Ratten und der Kindergarten der Nachbarschaft im Dunkeln ein Zufluchtsort für Junkies. Die Jugendlichen lungern auf der Straße herum und machen aus dummer Langeweile krumme Dinger oder besaufen sich den ganzen Tag an Tischtennisplätzen. All das habe ich schon beobachtet. Dutzende Sprachen werden über den Spielplatz geschrien und niemand stört sich daran. Zuhälter mit der geladenen Waffe in der Hose vor Wohnwagen auf leeren Parkplätzen. Gelegenheitsdiebe, die die Gelegenheit im Dunkeln wahrnehmen. Messerstechereien. All das habe ich aus Geschichten über diese Gegend gehört.

An der Kasse eines Supermarkts zähle ich mein Geld und stelle fest, es reicht. Ich bin erleichtert. Auf dem Fließband liegen zwei Weinflaschen, um den Anfang erträglicher zu machen und eine

Flasche Whiskey und zwei Rumflaschen. Die Reihenfolge für heute sieht so aus: Erst die zwei Flaschen Wein. Dann die Flasche Whiskey und wenn ich dann noch auf den Beinen bin der Rum. Dann sollte es auch der nächste Tag sein und die Party geht weiter. Jetzt muss ich erst einmal die Nacht durchstehen. Ich stehe also in der Kassenschlange mit meinem passenden Kleingeld in der Hand, als mich einer von hinten anrempelt. Ich drehe mich um. Sowas kotzt mich an. Ich bin gerade einfach nur sauer auf die Welt. Wie sehr man gegen das Ertrinken ankämpft, man darf unter keinen Umständen vergessen zu atmen. Sich Luft zu verschaffen. Das stand letztens auf einer Cornflakespackung oder ich habe es irgendwo anders aufgeschnappt. Ist ja auch egal. Ich frage also: „Könnten Sie ein bisschen zurück gehen? Ich brauche meinen Freiraum." „Natürlich. Verzeihung.", antwortet Ali wie selbstverständlich und so kommen wir ins Gespräch. Wir gehen zusammen aus dem Laden. Wir reden, bis wir vor seiner Haustür stehen. Ich frage nach ein paar speziellen Tabletten und was sie denn kosten würden, weil wir doch wie zufällig auf das Thema Marihuana kommen und er: „Komm doch erst mal ins Haus, dann finden wir schon das Richtige."

Finde ich super, ich kann nämlich noch mehr vertragen. Bei ihm in der Wohnung zeigt er mir eine Auswahl an Tabletten. Aufputschpillen, um drei Tage durch zu feiern. Hau-mich-aus-dem-Universum-Pillen. Er hat alles da. Dann holt er Ecstasea heraus und ich bin gleich angetan. Der letzte Ecstaseatrip war noch vor Cornelia. Ich solle damit aber vorsichtig sein. Immer viel zu trinken darf man damit aber nicht vergessen. Wir trinken eine meiner Flaschen Wein, währenddessen reden wir und ich haue mir die erste Pille ein. Er meint: „Wenn ich dir einen wohl gemeinten Rat geben darf? Das alles ist auf die Dauer keine Lösung." Für eine kleine Packung Tabletten habe ich ihm die Flasche Rum dagelassen. Ich soll seinen Rat als speziellen Kundenservice ansehen, der wird mir nicht berechnet. Ich soll doch versuchen über Cornelia hinwegzukommen und wenn ich es nicht schaffe, ich wisse ja wo er wohnt. Am besten mit einer anderen Frau. Finde eine nette Frau und vergiss Cornelia. Sie scheint für dich nicht gut zu sein. Bei einem Ecstaseatrip hast du eine halbe Stunde, bis dir auf einen Schlag übelst warm wird und danach schwitzt du wie sau, aber es ist dir egal und du kümmerst dich nicht weiter darum. Deshalb solle man auch die ganze Zeit Wasser trinken, weil man sonst dehydriert. Die Sinne sind verschärft, das Licht brennt, selbst die einfache Luft riecht umwerfend, die Geräusche sind schärfer und alles ist insgesamt einfach besser. Wenn man schon mal Marihuana geraucht hat, könnte ich es so vergleichen: Bei einem Marihuanarausch fühlst du dich aus dem Universum gehauen und über dem Universum, dir ist alles irgendwie egal und zugleich ist alles witzig und du lachst über den blödesten Scheiß; ganz besonders, wenn du mit anderen Leuten zusammen gekifft hast. Bei einem übelsten Ecstasearausch stehst du auf einmal mitten im Universum und jede Kleinigkeit ist besonders und fällt dir ins Auge und jede Kleinigkeit will von dir auch besprochen werden, weil es eben so interessant ist. Irgendwann redest du halt auch über alles und irgendwann kommst du an den Punkt, an dem du auch wirklich über alles redest und wenn ich mit allem alles meine, dann meine ich auch alles.

Das erste Mal, als ich Ecstasea ausprobiert habe, habe ich mit Philip eine ruhige Kugel geschoben. Nichts war los und nichts war irgendwie spannend, deshalb kam er in mein Zimmer und fragte, ob ich jetzt Ecstasea ausprobieren will. Klar. Warum auch nicht. Ich hatte zwei Tabletten davon bei mir rumfliegen und wir beide hatten Langeweile. Ich habe ihn die Tage vorher immer wieder damit genervt, weil ich es nicht alleine ausprobieren wollte. Wir haben den ganzen verdammten Abend und die ganze Nacht auf dem Balkon verbracht, weil uns so warm war und haben alles interessant gefunden und über alles interessante geredet. Er hat mir erzählt eine gewisse Zeit seines Erwachsenwerdens hat er nicht gewusst, dass es ein Leben neben dem Studium gibt. Er dachte es wäre normal nach dem Abitur zu studieren. Seine beiden Eltern haben studiert, seine Geschwister haben studiert und er solle auch studieren, hieß es immer und wenn ich es recht überlege, ich habe auch nie eine Wahl gehabt. Wir alle hatten nie eine Wahl. Unsere Großeltern standen in den Fabriken am Fließband oder sind in Kriegsruinen aufgewachsen und haben Deutschland mit aufgebaut, unsere Eltern saßen in der Finanzabteilung der Fabrik oder haben einen anderen vergleichbaren Job gehabt und als wir auf das Gymnasium kamen, das Abitur anstrebten, hieß es bei uns doch auch nur vor Stolz: „Und? Wo studierst du? Was studierst du? Hörst du: Du studierst, damit du ein sicheres Leben hast!"

Zu Hause in der WG macht sich dann der Tablettencocktail schlagartig bemerkbar. Ich sehe und spüre wie alles wieder lebendiger wird und für einen kurzen Augenblick fühle ich mich richtig schlecht, dann setzt das Wohlgefühl ein. Ich spüre eine unendliche Kraft durch die Venen strömen und muss was unternehmen, sonst habe ich fast schon Angst zu explodieren vor Energie. Die Zimmertür quietscht und quietscht jetzt nur noch in Silben, dass man glauben kann sie redet mit mir. Ich gehe raus auf den Balkon zu den beiden Kiffern und rede die ganze Nacht durch und trinke, bis ich nicht mehr weiß warum ich trinke. Ich kann mich nicht mehr daran erinnern wie ich ins Bett gekommen bin, aber ich träume von einer Hummel und frage mich in der nächsten Minute, warum ich von einer Hummel träume. Aber der Nachteil der Pille macht sich schon nach den ersten Schritten am Morgen schnell bemerkbar. Gestern Nacht habe ich wirklich alle Energiereserven meines Körpers aufgebraucht und bin nur noch eine leere Batterie. Sarah möchte mit mir über Cornelia reden, aber ich stöhne nur. Ich schlafe erst einmal bis zur Abschiedsparty von Jan und wenn ich dann nicht wieder auf den Beinen bin, haue ich mir halt eine weitere Pille rein.

Man weiß man ist am Boden angelangt, wenn man am Ende der Party Zigarettenstümmel vom Boden aufhebt und aufraucht. Die Ab-

112

schiedsparty von Jan hat wild begonnen. Ohne irgendwas gegessen zu haben die letzten Tage saufe ich den ersten Schnaps mit einer Gruppe von Jans alten Schulfreunden, der mir die Kehle verätzt. Irgendwas zwischen 80 Prozent und Chiligeschmack, erklären sie mir. Sie meinen noch stolz, diesen Schnaps hätten sie extra aus Finnland herkommen lassen. Da wird er als Antifrostmittel für Mofas eingesetzt. „Und sowas trinkt ihr freiwillig? Das schmeckt doch scheiße!", kommentiere ich ihre widerlichen Gelüste und bereue zum ersten Mal in meinem Leben Schnaps getrunken zu haben. Das Schlimmste haben sie mir verschwiegen. Beim Kotzen brennt es wieder. Ein scheiß Gefühl.

Die Vibrationen auf der Party sind seltsam. Es erinnert mich an meine ersten Partys, als ich noch sechzehn war und nichts vertragen habe, alles angebaggert habe was nicht bei drei auf den Bäumen war und nicht wusste was ich mit mir anfangen soll. Ich weiß gerade auch nichts mehr. Irgendwie bin ich hier auf dieser crasy Party gestrandet und muss das Beste daraus machen. Wir sind in einer Disco, die beim Eintrittspreis von drei Euro fünf Freigetränke herausgibt. Die lange Schlange umgehen wir, nicken dem Türsteher nur zu und dürfen hineinschlüpfen. Wir stehen auf der Gästeliste. Keine Ahnung wie Jan das hinbekommen hat. In der Disco ist es voll und laut. Philip und die Anderen stehen abgesondert in einer Gruppe herum. Wir kennen so gut wie niemanden hier. Ich kenne zwar ein paar Typen aus AISEC, kenne ein paar aus der Fachschaft, die auch gekommen sind, kenne die meisten aber nur vom Sehen oder flüchtig von anderen Partys. Es sind auch wieder alle gekommen, da verliert man den Überblick. Mit ein paar seiner ehemaligen Schulfreunde bin ich schon in seiner Heimatstadt um die Häuser gezogen wie er es mit meinen Freunden in meiner Heimatstadt auch getan hat, aber das sind alles Arschlöcher und fragen alle nach meinem Studium und wo ich meine süße Freundin gelassen habe. Ich werde von Sarah dabei erwischt wie ich ein Mädchen anspreche. Anstatt mich wieder zu zwingen jeden vorzustellen und Sarah wieder ihr übliches Ding durchzieht um mich zu blamieren, zieht sie mich nur genervt am Arm weg und will mit mir reden, entschuldigt sich bei dem Mädchen und zieht mich über die gesamte Tanzfläche nach draußen in den Raucherbereich, wo der Bass nur halb so laut wummert.

„Was soll das schon wieder mit dem Mädchen?", fragt Sarah. „Hast du schon mit Cornelia gesprochen? Sie hat mir erklärt was los ist und wartet auf eine Nachricht von dir. Du hast doch gesagt du meldest dich. Sie ist schwanger. Sie ist schwanger und macht sich Sorgen und ich mache mir auch Sorgen. Was war gestern los? Ist alles bei dir in Ordnung?" „Darf man sich nicht mal einen Tag Zeit nehmen und über alles nachdenken?", frage ich und suche in meiner Tasche nach einem Feuerzeug. „Hast du mal Feuer?", frage ich Sarah. „Wieso? Du rauchst doch gar nicht mehr.", antwortet sie mir und gibt trotzdem eines ihrer Feuerzeuge raus, um direkt wieder in einen Redeschwall der Vorwürfe zu verfallen: „Wie hast du dich eigentlich entschieden? Was hast du dir gedacht? Wie geht es dir eigentlich? Und wieso meldest du dich nicht bei Cornelia? Sie ist ganz fertig mit den Nerven. Das arme Ding will doch nur von dir wissen, ob du sie liebst und sie weiterhin liebst. Sie ist verwirrt, sie ist viel zu jung für diesen ganzen Mist und braucht dich jetzt mehr denn je. Ich hatte heute Morgen ein langes Gespräch mit einer total aufgelösten Cornelia und jetzt sehe ich dich hier mit einem anderen Mädchen quatschen. Was geht in dir vor? Wenn ich dir einen Tipp geben darf, melde dich kurz bei Cornelia, dass du noch nachdenkst. Lass sie nicht warten und wahnsinnig werden." „Hast du auch eine Zigarette?", frage ich. „Hä? Ja. Hier. Was ist jetzt mit Cornelia? Wie wirst du reagieren?", fragt Sarah noch einmal und reicht mir die Zigarettenpackung.

„Keine Ahnung. Hast du schon mal überlebt wie es mir dabei geht? Sie ist von einem anderen schwanger und erwartet trotzdem an ihrer Seite zu bleiben. Ich frage mich sowieso wie kann sie auf

114

einmal so sicher sein das Baby ist nicht von mir? Verdammte Weiber!", sage ich nur und verschwinde mit Zigarette und Feuerzeug durch die Menge. Ich bin voller Wut und will ein bisschen Action, meine Wut herauslassen. Ich streife also durch die Party wie ein tollwütiger Bär, spreche mit jedem wie ein Wahnsinniger *Na wie geht's* und warte nicht mal auf eine Antwort, sage direkt weiter *Wir trinken jetzt einen zusammen!* und zaubere irgendwoher zwei Drinks. Ich rede mir bei einem Mädchen den Mund fusselig und versuche es bei mehreren Mädchen diesen Abend. Nirgends bin ich an diesem Abend richtig angekommen und immer unterwegs, renne von einer Aktion zur nächsten Aktion, von einem Saufgelage zum nächsten Saufgelage. An viel kann ich mich mit ihr nicht mehr erinnern, aber ich weiß noch das sie gesagt hat es wäre schön gewesen mich kennen gelernt zu haben oder meine Bekanntschaft zu machen. Über irgendwas haben wir vorher geredet und die ursprüngliche Fragestellung der Unterhaltung war wie sie hier her gekommen ist und ob sie hier jemanden kennt. Ich habe sie gefragt ob sie in einer Beziehung ist oder sie hat mir gesagt sie sei mit ihrem Freund hier. Keine Ahnung wie es passiert ist. Darauf habe ich geantwortet: „Na klar! Wie kann auch so eine schöne Frau, so ein nettes Mädel Single sein. Bist du denn wenigstens glücklich? Denn wenn nicht, sehe ich da kein Hindernis."

Sie ist glücklich und wir reden noch darüber wie toll ihr Freund ist und das ich mich freue, dass sie glücklich ist. Dann versuche ich sie trotzdem zu küssen und werde von der Security schlussendlich im anschließenden Geschrei und Handgemenge hinausgeworfen. Ich beleidige den Türsteher und verschwinde hinter der nächsten Straßenecke. Dummer Weise habe ich mein Handy in der Jacke gelassen und meine Jacke hängt noch an der Garderobe mit den anderen Jacken von uns. Mein Mitbewohner und seine Freundin werden mich an diesem Abend suchen und die verschiedensten Bars abklappern. Sie werden nur Geschichten von mir hören an die ich mich selbst nicht mehr erinnere und werden irgendwann meine Spur in den weitläufigen Clubs verlieren und mich schon fast für immer abschreiben, aber dazu später mehr. Ich streife also durch die Straßen und halte in einer dunklen Ecke, um zu pissen. Hier sollen irgendwo Bordelle sein, eine Drogenszene und professionelle Hells Angels Kriminalität, aber ich finde nichts davon. Was mich irgendwie frustriert. Ich will doch nur wieder irgendwas Abgefahrenes erleben, um dem Gefühl des am Leben Seins nachzujagen. Damit ich darüber schreiben kann. Ich treibe es in meinem Leben doch sowieso immer nur auf die Spitze, um es im Nachhinein aufzuschreiben. Da kann ich auch aus dieser Situation Profit schlagen und es auf die Spitze treiben. Wenn man etwas versuchen will, dann geh auch bis zum Ende. Wie Yoda sagen würde: *„Do or do not, there is no try."*

Charles Bukowski würde es vielleicht so formulieren: *Wenn man etwas versuchen will, dann geh bis zum Ende. Oder fang gar nicht erst an. Kann sein, du verlierst deine Freundin, deine Frau, Verwandte, Jobs und vielleicht den Verstand. Kann sein, du isst nichts tagelang. Kann sein, du frierst auf einer Parkbank, kann sein Gefängnis, kann sein Verachtung, kann sein Spott, Isolation. – Isolation ist die Belohnung. Alles andere ist eine Belastungsprobe für deinen Willen das alles durchzustehen. Trotz der Ablehnung und Widrigkeiten. Und es wird besser sein als alles was du dir vorstellen kannst. Wenn du es versuchen willst, geh bis zum Ende. Nichts kommt dem gleich. Du wirst alleine sein mit den Göttern. Und die Nächte werden in Flammen stehen.* Nur, was versuche ich eigentlich? Was mache ich hier? Eigentlich mache ich doch nichts Besonderes. Ich versuche nur den Tag zu überleben ohne verletzt zu werden. Das würde ich jetzt sagen. Ich versuche den Tag zu überstehen. Das wäre meine Antwort auf die offensichtliche Frage, die jedem durch den Kopf geht, der mich wankend durch die Straßen torkeln sieht auf der Suche nach Abenteuer. Die Frage: „Warum quälst du dich mitten in der Nacht durch die Stadt, um irgendein Bordell zu finden?"

Ich muss einfach meinen Kopf klar bekommen wegen der ganzen Sache mit Cornelia und ein bisschen Abstand zu der ganzen Babysache kriegen. An den ersten Stopp des Abends kann ich mich noch erinnern. Sarahs dumme Ansprache hat Öl ins Feuer gekippt und meine Sicherung durchbrennen lassen. So verrückt bin ich schon lange nicht mehr gewesen. Ob das an den Pillen liegt? Mir gefällt es gerade. Jetzt, mit durchgebrannten Hirnzellen sehe ich die Sachen seltsam klar. Wie sage ich immer: Nach einem Besäufnis sind die Ereignisse seltsam klar. Gestern habe ich die glorreiche Idee gehabt, nur durch eine andere Frau werde ich wieder zu einem Mann und kann den Betrug von Cornelia vergessen. Deshalb habe ich jedes Mädchen auf der Party angequatscht das nicht bei drei auf den Bäumen war; erfolglos. Das ich so tun soll, als wäre mir egal sie ist schwanger von einem anderen und wenn es das nicht ist, ein schlechtes Gewissen von ihr und anderen zu bekommen, weil es mir egal ist, ist doch scheiße. Scheiß Weiber!

Ich brauche jetzt eine Nutte, sage ich mir im Matsch. Die wird mich jetzt nicht abweisen. Aber wo finde ich jetzt billige Nutten im nächtlichen Regen? Fragen wirkt komisch. Ich kann doch nicht einfach wildfremde Menschen ansprechen: *Entschuldigen Sie. Wissen Sie wo es hier Nutten, Drogen und Gewalt gibt?* So klappt das nicht. Man kann nicht einfach in einen halbwegs schicken Laden spazieren und anrüchige Fragen stellen. Da werde ich nur wieder mit dem Kopf zuerst im Matsch landen. Gerade bin ich noch einem betrunkenen Leidensgenossen die Straße hinterher gestolpert, er kenne eine Bar wo man noch trinken kann. Jetzt habe ich ihn aus den Augen verloren und wühle im Dreck, weil sie mich aus einem Laden geworfen haben und finde Zigarettenstümmel auf dem Boden, die ich aufrauche. Ich suche nach einem festen Halt, um aufzustehen. Ich habe die Orientierung verloren. Nicht nur weiß ich gerade nicht wo oben und unten ist, sowieso bin ich orientierungslos. Wohin mit meinem Leben? Ich folge für den Anfang dem roten Scheinwerferlicht der anrüchigen Straßen am Himmel wie damals die drei Heiligen dem Stern von Betlehem und stolpere durch die Straßen. Ich marschiere dem roten Licht überzeugt entgegen und falle in mich zusammen. Die Straße verschwimmt vor meinen Augen und - nichts. Die Beleuchtung schimmert zwar kräftig, wirft wilde Schleifen und die Fensterläden sind nur noch schwarze Löcher, Spiegel des armseligen Geschehens, ich kann mich nur noch sporadisch auf den Füßen halten. Ich habe keinen Fixpunkt am Himmel, verliere das Gleichgewicht, meine Sicht verengt sich, ich bekomme meine Füße nicht mehr vom Boden und schleppe meine schweren Füße hinter mir her, strecke meine Arme aus und greife nach irgendwas, um mich fest zu halten. Das Dröhnen der Stadt wirkt am Abend wie der müde Herzschlag eines schlafenden Riesens. Es überkommt mich. Die Stadt schwimmt vor meinen Augen. Immer wieder stolpere ich und mit einem Male dröhnen die trüben Farben wie das Kerzenflimmern in meinen Augen, ich stolpere wieder und wäre fast gefallen. Bekomme eine Laterne zu greifen. Die Lichter brennen in meinen Augen und alles riecht wie nach einem ungewaschenen Hund.

Ich stolpere ein paar Straßenzüge entschlossener weiter. Das halte ich so einige Meter durch, dann falle ich jemanden in die Arme und frage auch noch naiv, ohne mich für den Halt zu bedanken: „Die Dinger scheinen alle geschlossen zu sein. Bin ich zu spät? Ich möchte doch nur ficken. Bin ich für Sex auf Bezahlung zu spät?" So meine Worte. Mitten in der Nacht. Auf einer viel besuchten Straße. Voll mit anständigen Leuten und wurde nicht abgewiesen. Ich habe genau den richtigen Kerl getroffen. Einen dieser Verrückten. Wieso habe ich immer so ein Schweineglück, wenn es darum geht Verrückte zu treffen und die Begegnung zu überleben? Genauso war es doch schon gestern Abend, der Tablettenhändler, der mir beinahe in die Hacken lief und dadurch meine Aufmerksamkeit erregte. So konnte ich gestern noch meinen Tablettenvorrat auffüllen, ohne eine rechts und links in die Fresse zu bekommen. Es hätte nämlich auch ganz anders laufen können. Genau. Vom Tablettenhändler habe ich den Tipp bekommen durch eine andere Frau Cornelia zu vergessen. Er war ein weiser Mann. Die Frage meines Gegenübers kommt spontan: „Wie viel Geld hast du dabei?" Es geht immer um Geld, denke ich noch und werde schon mit einer sicheren Handbewegung von der Straße in eine dunkle Zwischengasse gezogen. „Ernsthaft, wie viel Geld hast du dabei? Wie viel willst du ausgeben?" Wenn er mich nicht noch gefragt hätte wie viel ich ausgeben will, ich hätte direkt gedacht er bringt mich in der feuchten Seitengasse für meine dreißig oder vierzig Euro um. „Ich kann dich zu meinem Stammbordell bringen, wenn du willst. Da kann man für ein paar Euro was Anständiges für uns zwei Typen bekommen, nur nichts Ausgefallenes. Ich gucke nur zu und hol mir einen runter, einverstanden? Ich könnte auch ein bisschen Aktion vertragen. Was dagegen? – Wieso treibst du dich eigentlich hier herum und kreischt die Leute an? Hattest Glück auf mich getroffen zu sein. Es sind um diese Uhrzeit ganz seltsame Typen unterwegs.", schließt er seine Rede ab und zieht mich hinter sich her, weiter in die Tiefe der Gasse und ich habe nicht einmal die Gelegenheit ihm zu danken, noch ihn davon abzuhalten mich weg vom hellen Licht in die enge Gasse zu ziehen. Mir ist gerade alles egal. Sex heißt ab jetzt meine Motivation und ist ins Innere meiner Augen eingebrannt, dass ich für nichts anderes mehr Augen habe. Auf sein Stammbordell bin ich gespannt und mobilisiere meine letzten Kräfte, werde mit jedem Schritt in der kalten Luft nüchterner, klarer im Kopf. Mein Ziel für diesen Abend scheint in greifbarer Nähe. Endlich bekomme ich eine andere Frau, mit der ich mir Cornelia aus dem Kopf vögeln kann.

Ganz seltsame Typen. Ja. Da hat er auch recht. Hat er gerade etwas von einem Dreier gesagt? Für vierzig Euro ein Dreier? Wohin will er mit mir? Nach MC Bordell und eine Prostituierte als Familienmenü bestellen? Nur zugucken und sich einen runterholen? Und sowieso, will er mich gerade wirklich nicht überfallen und sucht sich dafür einen ruhigen Ort? Es hat auf jeden Fall ganz den Anschein. Er erzählt mir nämlich allerlei über sein Leben, will mich damit vielleicht ablenken. Seltsame Typen sind unterwegs. In der Tat. Er ist auch so ein seltsamer Typ. Will einem Wildfremden einen Gefallen tun und erwartet nichts weiter dafür als selbst ein bisschen Aktion abzubekommen. Wieso treffe ich eigentlich immer auf solche Verrückten? Ich ziehe sie wahrscheinlich an wie Motten vom Licht einer Atomexplosion angezogen werden. Ich bin wohl ein Mottenfänger mit Blitzelektrizität. Er muss sich aber ebenso gedacht haben ich spinne. Ich schwinge große Reden davon, dass ich dies und das noch tun will in meinem Leben und klinge dabei bestimmt wie ein Irrer. Ich bin aber auch irre. Hätte er gewusst das ich die Nächte durchgemacht habe und nur drei Stunden geschlafen habe, die ganze Zeit über gesoffen habe und gefeiert habe, als gäbe es kein Morgen und jetzt zu einer Nutte will, er hätte mich hier und jetzt standrechtlich erschossen für diese Geldverschwendung. Wenn du keinen mehr hochkriegst, nützt die beste Nutte nichts. Selbst für seine Maßstäbe ist es zu krass, bilde ich mir ein. Ich antworte ihm dann nach längerem Schweigen auf die Fragen, warum ich mich hier eigentlich herumtreiben würde und wieso ich Wildfremde nach Nutten frage: „Ich habe gerade erfahren meine Freundin ist schwanger. Nicht von mir. Von einem anderen Kerl, deshalb bin ich ausgeflippt und hier gelandet."

Wie bin ich im Matsch gelandet? Was war zwischen dem Rausschmiss aus der Disco und dem schicksalshaften Kennenlernen des Fremden? Ich bin von Bar zu Bar und habe mich im Schummerlicht der Nachtgestalten gesonnt und Cocktails geschlürft. Genau weiß ich nicht mehr wo ich alles war. Ich stehe schlussendlich wieder vor irgendeinem Club, da setzt meine Erinnerung wieder ein. Der Türsteher schenkt mir einen wertenden Blick, sagt nur: „Du kommst hier nicht mehr rein." Ich rede auf ihn ein, nichts. Frustriert wende ich mich ab, um dann auf ein Neues anzusetzen: „Ach komm schon. Ich hatte einen scheiß Tag. Ist es, weil ich schon betrunken wirke? Ich trinke immer so viel. Ich trinke sogar noch mehr. Willst du dir das entgehen lassen? Ich vertrage noch einiges. Ich trinke jeden Tag so viel." „Dann hast du ein Alkoholproblem, nichts weiter. Jetzt verschwinde. Hier kommst du nicht mehr hinein." Mir platzt fast der Kragen: „Bist du mein Therapeut?" Ich wende mich wieder ab. Aber nicht für lange. Jedes Mal, um meinen Kopf für ein paar Sekunden klar zu bekommen. Um einen neuen Gedanken zu fassen. Ich will in diesem Club. Es gibt heute Abend kein größeres Ziel mehr für mich, als in diesen Club zu kommen. Es geht wieder um ein Mädchen. In einer Bar habe ich ein Mädchen aufgerissen und sie wollte unbedingt in diesen Club. Sie ist auch hineingekommen, der Türsteher lässt mich nur nicht mehr rein. Trotzdem rede ich auf den Türsteher ein und weiß gerade gar nicht, dass ich es damit nur schlimmer mache. Man diskutiert nicht mit einem Türsteher. Da kassiert man nur Schläge. Aber erzähl das mal einem, der nichts mehr zu verlieren hat. Ich darf dies nicht und jenes nicht, soll mein Leben auf die Reihe bekommen und soll mich jeden Tag melden, sonst macht Cornelia sich furchtbare Sorgen. Am Arsch! Und jetzt der Türsteher: „Du kommst hier nicht rein."

Für heute gebe ich noch nicht auf. Bin nicht einverstanden damit, dass der Türsteher mich versucht zu ignorieren. Ich versuche es erneut. Jedes Mal, wenn ich mich wegdrehe, hole ich einmal tief Luft und kann neue Gedanken fassen. Dieses Mal sehe ich alles ganz klar. Alles leuchtet in einer Farbe und strahlt förmlich. Ich weiß jetzt was los ist. Also wende ich mich noch einmal als letzten Versuch an den Türsteher. Dieses Mal weniger um ihn zu überreden, als ihn zu belehren. Mir reicht es einfach. „Willst du mich verarschen? Du machst gerade einen Fehler. Ich bin nicht der übliche Wochenend-Trinker. Ich bin nicht mit den Leuten zu vergleichen, die hier am Wochenende hinein torkeln und ihr erspartes Geld für zwei Mischbier ausgeben, um auch mal etwas zu erleben. Ich trinke, weil ich eine Wut auf die Menschen habe! Weil ich andere Menschen nicht ertragen kann. Weil ich sie verfluche. Weil ich Menschen keine körperliche

Gewalt antun will. Ihr seid doch nur fleischgewordene Monster. Große Tiere mit Verstand! Man müsste euch schon mit der Nase in eure Scheiße drücken, damit ihr versteht! Aber auch das nützt nichts. Wenn man es tut, steht ihr daneben und jubelt über die gute Kunst. Manche von euch verdienen eine Tracht Prügel. Weil ich nur auf die Nase bekomme, wenn ich versuchen würde zu zu schlagen, trinke ich. Das macht es einfacher mit euch zu leben - und das willst du mir jetzt verbieten? Ich habe keine Nerven mehr das man mir etwas verbietet.", währenddessen kann ich mich kaum noch auf den Beinen halten, schwanke und torkele von einer Seite auf die Andere. Ich wäre beinahe gefallen. Er hat sich extra für das heruntergebeugt, was jetzt kommt. Er haucht mir dicht vor meiner schwankenden Nase den Ernst der Lage ins Gesicht: „Geh woanders hin. Geh und trink woanders. Aber geh einfach oder ich raste aus." „Du führst dich hier auf wie Gott in Frankreich. Du willst mir verbieten zu trinken. Du sagst mir, ich hätte ein Alkoholproblem. Und dann kannst du doch nur Gewalt anwenden, wenn man dich mit der Wahrheit konfrontiert. Lächerliche Menschheit.", sage ich zu mir beim Weggehen und stolpere frustriert durch die Straßen, die feste Entscheidung getroffen etwas dummes zu tun, treibt mich weiterhin an. Daran kann ich mich auch noch erinnern. In einen anderen Laden komme ich noch rein, werde da aber fast genauso schnell wieder hinausgeworfen und bald danach finde ich meinen Hells Angels Anwärter mit den Connections zu billigen Nutten.

„Das ist natürlich scheiße.", sagt der Hells Angels Kerl noch brüderlich. Er hat mir zwar mittlerweile seinen Namen gesteckt, aber daran kann ich mich nicht mehr erinnern. Sowieso habe ich gerade kein gutes Namensgedächtnis. Ich finde es wichtiger, dass er Hells Angels Anwärter ist. Das kann ich mir einfacher merken. Dann biegt er mit mir im Schlepptau um noch eine Ecke und schubst mich gegen die Wand. Ich denke, ok das war´s jetzt mit mir. Dann fragt er: „Darf ich dir was zeigen? Das wird dich ein bisschen ablenken." „Klar.", erwidere ich verstört. Angesichts seiner nachfolgenden Erklärung kaum verwunderlich das ich erschrocken bin. Er meint: „Es ist mega wichtig das du nicht total ausflippst und schreiend wegläufst wie ein Mädchen. Ich habe da etwas das wirst du ganz bestimmt geil finden. Da bin ich mir sicher!" Oh Gott, was kommt jetzt? Habe ich seltsame Signale verschickt? Ich bin nicht schwul, wenn er das denkt. Entweder hält er mich für schwul und will mir seinen Penis ins entsetzte Gesicht schlagen oder … ja oder? Es gibt kein oder. Ich werde hier vergewaltigt. Ich wusste es. Irgendwas Schlimmes passiert hier. Es war auch zu schön, um wahr zu sein. Er redet weiter: „Hier. Schau mal. Ich bin gestern bei den Hells Angels zur Probe aufgenommen worden wie du mittlerweile weißt. Geil, oder? Ich kenne da jemanden, der hat das klar gemacht. Jetzt soll ich als Aufnahmeritual einen Menschen killen." „Einen bestimmten Menschen oder irgendeinen Menschen?" „Nein. Beruhig dich. Nicht dich. Aber den Namen kann ich dir leider nicht stecken. Das verrat ich nicht." Noch einmal Glück gehabt.

„Ist die echt?", ist meine erste Frage danach. Wann sieht man auch schon mal eine echte Waffe? „Wau!", platzt es mir nur heraus. Dann kommt mir in den Sinn, lange wirst du nicht bei den Hells Angels bleiben, wenn du jedem Dahergelaufenen die Knarre an den Schädel halten musst, um zu imponieren. „Darf ich mal?" Er reicht mir seine Waffe herüber. Sie ist schwerer als angenommen und aus kaltem Metall. Er zeigt mir wie ich sie entsichere, warnt mich aber: „Vorsicht. Sie ist noch geladen." Ich wiege beeindruckt die Waffe hin und her. Hebe sie hoch, lege an. Sie ist kalt und schwer, so habe ich es mir nicht vorgestellt. Ansonsten kaum vorstellbar, das, wenn ich diesen kleinen Hebel abdrücke, Kugeln mit so hoher Geschwindigkeit davonfliegen, dass Menschen sterben. „So. Genug gespielt.", meint er plötzlich und nimmt mir die Waffe wieder weg. Was ich nicht weiß, die Waffe wurde schon mal benutzt. Ein unliebsamer Drogenkurier wurde diese Nacht aus dem Weg geräumt. Morgen wird es in allen regionalen Zeitungen stehen. Sogar in meiner

Zeitung. Dann werde ich aber mit dem Kopf in meiner Kotze aufwachen, bestimmt. Jetzt soll die Waffe aus dem Verkehr gezogen werden. Er sieht bei mir die Gelegenheit. Durch irgendwelche Gassen und Seitenstraßen stolpere ich ihm hinterher. Ich werde den Weg niemals alleine zurück finden. Er hat mir aber freundschaftlich versichert: „Ich bringe dich zurück zum Bahnhof, wenn wir hier fertig sind."

Ich kann mein Glück noch gar nicht fassen. Das Haus mit den Nutten steht an irgendeiner Straßenecke, auf den ersten Blick ist es unauffällig. Mit Türschlitz und geheimen Klopfzeichen zur Erkennung wie in alten Gangsterfilmen. Das ist nur eine verdächtige Sache, die mir beim näheren Hingucken auffällt. Wir gehen an Gestalten vorbei in den Hinterhof und dann durch eine andere Tür. Wir haben abgemacht zusammen hineinzugehen und für zwei zu bezahlen. Er will unbedingt zusehen. Mir ist alles recht, wenn ich nur eine andere Frau bekomme, die mich wieder zum Mann macht. Er hat auch einen ganz miesen Tag gehabt. Das kann ich ihm mittlerweile ansehen. Er will jetzt ein bisschen auf meine Kosten feiern. Er will zusehen und ich soll sowieso Spaß haben. Das ist doch nur fair, denke ich. Er bringt mich doch schließlich hierher und auch wieder zurück, wieso soll er dann nicht auch etwas davon haben. Ohne ihn hätte ich jetzt nichts. Für mich klingt das im Moment einfach richtig, fast menschlich. Er ist durch die Flure gerannt und bei speziellen Türen stehen geblieben, frustriert ist er jedes Mal weiter, wenn er bemerkt die Tür ist zu und das Mädchen dahinter beschäftigt. Ich laufe nur hinterher und stolpere mir meinen Weg an Schrankmännern vorbei, die wie kleine Kinder vor den Türen auf ihre Belohnung warten. Wir hetzen weiter. Über den rotverlegten Teppich von Stockwerk zu Stockwerk, überall stehen leichtbekleidete Frauen entweder in der Tür und warten auf Kundschaft oder die Tür ist verrammelt und davor warten andere Männer. Ich laufe nur hinterher und blicke von links nach rechts, denke mir bei jeder: Die sieht gut aus. Die hätte ich genommen. Wieso laufen wir noch, wenn ich schon längst ficken könnte? Die würde ich jetzt nehmen. Die will ich. Die auch. Er aber läuft weiter voraus und meint jedes Mal, wenn ich langsamer werde und stehen bleiben will: „Die nicht. Ich kenne eine bessere."

So rennen wir von Tür zu Tür. Durch die Flure und durch die Stockwerke strumpel ich ihm hinterher. Ohne irgendeine Vorwarnung stolpere ich dann in meinen Begleiter rein. Er ist abrupt stehen geblieben und unterhält sich, ich entschuldige mich nur lallend und gehe einen Schritt zurück, rumpel jetzt mit einer Frau zusammen, die an einer Tür auf Kunden wartet. Sie wartet auf so einen wie mich. Ich entschuldige mich auch bei ihr. Sie ist eigentlich ganz niedlich. Ein bisschen älter, aber das ist nicht schlimm. Sie fragt noch: „Willst du haben Spaß?" Ich nicke. Wir betreten den Raum. Sie hat eine gotisch versteifte Außenfassade, dieses typisch osteuropäische Innenleben. Sie schließt die Tür und fragt: „Erstes Mal?" Ich nicke nur, sage: „Mit einer Nutte." „Dann ausziehen und setzen. Aber erst brauche ich Geld." „Wie viel?" „Wie viel haben?", fragt sie darauf und ist der Mittelpunkt meiner Welt. „30 Euro. Machst du es denn auch für 20 Euro?", frage ich jetzt gierig. „30 ok.", sagt sie. „Ok.", sage ich scharf, verschwende keinen Gedanken an die Außenwelt, an die komplexe Welt außerhalb meines Paradieses. Ich habe alles ausgezogen und stehe nackt vor ihr, nackt mit Socken. Sie trägt noch ihren BH und ihren Tanga, greift aber mit der Hand nach meinem Schwanz und zieht mich daran auf die Krankenliege. Die Liege war mir in der Aufregung gar nicht aufgefallen. Es ist fast das einzige Möbelstück im Raum. Ein kleiner Stuhl steht auch noch da, der nun mit meiner Kleidung vollgelegt ist, ansonsten ist da noch ein Waschbecken. Ich setze mich mit meinem nackten Arsch auf das eine Ende der Krankenliege, sie kriecht auf mich zu vom anderen Ende der Liege, drückt mich hinunter und spielt an mir herum. Im ersten Moment habe ich Angst von der Liege hinunterzufallen. Immer und überall werde ich jetzt wegen der unvergesslichen Nacht erinnert an die Handseife, an ihren künstlichen Geruch; an ihren verbrauchten Geruch. Es war töricht von mir, ihr zuerst das Geld zu geben und nicht nach dem Sex damit zu warten. Aber so machen es nun mal die Nutten. Es war töricht nicht zu verhandeln. Das hätte man tun können. Es war töricht den jungen Auftragskiller der Hells Angels vor der Tür stehen zu lassen wo wir doch etwas anderes ausgemacht haben. Das könnte mein Todesurteil sein, schließlich sind wir hier in einem Bordell der Hells Angels. Aber es ist mir auch schon wieder egal. Sie macht mich ganz heiß, zieht mich in ihren Bann. Im Rausch der Gefühle küsse ich ihre Lippen, küsse ihre Brüste und knete daran herum, bis sie mir ins Ohr flüstert: „Küssen und anfassen kosten extra. Aber das später. Jetzt erst mal kommen. Kommen. Bist du schon gekommen?"

Ich bin fertig mit ihr und ziehe mich wieder an, nachdem sie mir fast mütterlich das Kondom abgestreift hat, um zu gucken ob ich gekommen bin und dann den Schwanz mit Handseife gewaschen hat. Das gehört dazu, sagt sie. Ich wundere mich noch, als sie die Tür öffnet und wir in der Tür anfangen zu reden: „Also. Noch Geld. Küssen und Brust 10 Euro extra. Du waren zärtlich, trotzdem 10 Euro. Du noch 10 Euro haben?" Ich schüttle den Kopf und werde, bevor ich auch nur irgendwas zu ihr sagen kann von der Seite von meinem Gangsterfreund am Kragen gepackt und wütend angesprochen: „Wo warst du auf einmal? Wolltest du nicht auf mich warten? Warst du jetzt schon? Hast du noch Geld? Was sollte das? Du warst auf einmal einfach weg. Du bist einfach da rein und hast nicht auf mich gewartet? Ich hab noch geklopft und nichts." Bevor ich ihm antworten kann, kommt die Nutte wieder in mein Blickfeld und meint von der anderen Seite aufgebracht: „Dein Freund? Hat er 10 Euro? Dann wir quitt." „Was für ein Blödsinn! – jetzt komm mit. Wir gehen." Er zieht mich an meinem Ärmel davon, natürlich unter Protest der Nutte, die wild flucht und mit den Armen fuchtelt: „Was mit meinem Geld? Nicht bezahlen? Du Arschloch!" Auch er ist wütend und führt mehr ein Selbstgespräch als ein richtiges Gespräch mit mir: „So ein Blödsinn. Alles ist versaut! Jetzt bloß ruhig bleiben und keine Szene machen. So einen schönen Fick hätte ich jetzt wirklich gebrauchen können. Na. Egal. Wir regeln das anders. Ich werde das schon schaffen. Ich muss." Davon bekomme ich nichts mit. Ich schaue noch immer den Flur hinunter, wo eine wütende Hure erst ihren Zuhälter anschreit, der nur den Kopf schüttelt und dann zieht sie einen ihrer hochhackigen Schuhe aus und wirft ihn uns hinterher. Der Schuh trifft aber nicht. Er fliegt nicht mal weit. Mein Begleiter zieht mich am Arm durch den Laden, die Treppenstufen herunter. Der Schuh landet wenige Meter zwischen uns und der Nutte, da werde ich schon weiter die Treppe hinuntergezogen und von ihm durch die Tür nach draußen geschubst. Ich frage mich laut lachend: „Wie konnte das alles passieren?"

Draußen wird mir mit einem Male ganz anders. Ich überprüfe meine Taschen, überprüfe meine Klamotten und bin erleichtert, dass nichts fehlt. Jetzt taste ich an mir herum, um zu schauen ob ich irgendwo Messerwunden, Kratzer oder Schusslöcher habe. Wer weiß das schon. Die kalte Nachtluft lässt mich auf einmal wieder klar denken, lässt meine Gedanken andere Wellen schlagen und das Glück begreifen das ich da heil heraus bin. Die klare Luft lässt mich paranoid werden. Fuck. Was für eine upgefuckte Scheiße habe ich schon wieder angestellt? Ganz ruhig bleiben. Nicht ausflippen. Daran lässt sich jetzt auch nichts mehr ändern. Ich muss nur noch den angepissten Verbrecher loswerden, in den nächsten Zug und in mein Bett. Einfach schlafen, denke ich gerade. Dann ist alles wieder in Ordnung. Er aber zieht mich schon wieder am Arm durch die Gegend. Ich schüttel mich erneut los: „Mann. Das ist ja gar nicht gut gelaufen. Du warst auf einmal weg und die Alte hat mich in ihre Höhle gelockt, da konnte ich nichts mehr tun. Tut mir leid, Mann. Ist alles nicht so gelaufen wie wir es uns geplant haben. Blöd. Wie verbleiben wir denn jetzt für den Moment? Ich hab kein Geld mehr in den Taschen. Bei dir alles in Ordnung? Ich kann dir ja meine Telefonnummer geben, dann bleiben wir in Kontakt, dann mach ich es das nächste Mal wieder gut." Ich habe damit gerechnet er haut mir nach meiner halbherzigen Entschuldigung eine runter, erschießt oder lässt mich einfach nur dumm stehen, aber er hat sich ziemlich schnell beruhigt für jemanden, der gerade um eine gute Show geprellt wurde. „Ist schon ok."

Er will mich noch zum Bahnhof bringen, ist vorher noch auf dem Weg dahin mit mir zum Kiosk und hat mir ein Bier spendiert; hat mir, der noch ganz perplex ist, eine Zigarette in den Mund gesteckt und angezündet; hat mir noch, der sich an die Bierflasche klammert als Rettungsring, als wir aus dem Kiosk raus sind und alleine - bin irgendwie schon froh nichts schlimmes abbekommen zu haben - die Waffe mit seinem Rucksack gegeben und gemeint: „Hier. Damit kannst du den anderen Kerl erschießen. Ich würde es so tun." Bei dieser Freundlichkeit kann ich nichts anderes tun, als den Rucksack mit einem Kopfnicken annehmen. Ich bin nicht bei Sinnen, nach dem einen Bier bin ich wieder so durch den Wind das ich keinen klaren Gedanken fassen kann. Ich bin einfach nur froh, zum Bahnhof gebracht zu werden und ins Bett zu kommen. Beim Warten auf dem Bahnsteig sammele ich wieder Zigarettenstümmel auf und rauche sie auf. Zwischendurch ploppt noch der Gedanke auf, den Rucksack könnte man ja einfach irgendwo auf dem Weg liegen zu lassen.

Aber diesen Gedanken habe ich nicht zu Ende denken können. Es ist auch ein anstrengender Abend gewesen. Eine anstrengende Nacht. Und sowieso habe ich mein Handy vergessen. Das wird mir erst am nächsten Tag klar.

Am nächsten Morgen schicke ich Cornelia noch eine SMS, nachdem Philip mir mein Handy gebracht hat. Ich habe lange darüber nachgedacht und bin zu dem Entschluss gekommen unserer Beziehung erst einmal noch eine Chance zu geben. Wir wollen uns später in der Stadt treffen. Sie fragt auch, ob ich bei ihr bleibe. Ich wäre ein großes Arschloch, wenn ich jetzt nicht die Wahrheit sage. Ich wäre aber auch ein noch größeres Arschloch, wenn ich etwas Verletzendes aus der Wut heraus gesagt hätte. Das hätte ich nicht mit mir vereinbaren können. Ich bin zwar angepisst, dass sie von einem anderen Kerl schwanger ist, aber ich will es trotzdem erst noch einmal versuchen. „Natürlich bleibe ich bei dir. Aber lass uns erst einmal das Babythema beiseite lassen und schauen, ob unsere Liebe stark genug ist die Alltagsprobleme zu überstehen.", antworte ich. Das findet sie auch und sie freut sich mich zu sehen. Sie hat mich vermisst. Sie sagt mir auch wie schwer es ist: „Weißt du, es ist einfach beschissen und dann kann ich noch nicht einmal mit meinen Eltern darüber reden. Die würden ausflippen! Aber jetzt geht es. Da ich weiß, du bist an meiner Seite und für mich da, da geht es." „Darüber machen wir uns später Gedanken.", antworte ich als letzte SMS und drehe mich wieder um, schlafe noch ne Runde, schließlich bin ich noch total durch den Wind. Später treffen wir uns in der Stadt, aber jetzt muss ich erst einmal Schlaf nachholen.

In der Stadt ist es erst ganz in Ordnung. „Mein Gott. Was hast du denn mit deiner Hand gemacht?", fragt Cornelia schockiert und mütterlich mitfühlend beim Shopping. Mir geht es gerade gar nicht um meine Hand, ich werde mal wieder vereinnahmt und das geht mir gehörig auf den Geist. Ich stehe hier mit Cornelia in diesem Babyankleideladen, obwohl sie erst im dritten oder vierten Monat schwanger ist und soll die perfekte Farbe für einen Strampler heraussuchen und das, obwohl wir erst einmal das Babythema beiseite lassen wollten. „Was machst du immer für Sachen, wenn ich nicht da bin um auf dich aufzupassen! Die Hand könnte gebrochen sein. Du hast ja richtige Abschürfungen! Sieht übel aus. Sollen wir gleich noch beim Arzt vorbeifahren? Damit er sich das mal genauer anschaut? Ich will ja nicht, dass mein Liebling irgendwelche bleibenden Schäden hat. Kannst du damit nachher überhaupt arbeiten?" „Meiner Hand geht es gut.", knurre ich nur und verheimliche was ich eigentlich sagen will und mir verkneife, weil ich keinen Streit im Laden will und es unangebracht wäre. „Behandel mich nicht wie ein kleines Kind.", will ich sagen, verkneife es mir aber. Mein Kopf dröhnt noch immer von der vielen Sauferei und den Pillen. „Ich bin nicht dein Liebling. Ich schlafe nur mit dir. Du bist erst im dritten Monat schwanger. Schließlich bist du nicht mit meinem Kind schwanger, schließlich bist du von einem anderen Mann geschwängert worden." Aber auch das verkneife ich mir. „Was hast du denn damit angestellt?", fragt sie nochmal, weil ich nicht antworte und nimmt meine Hand in ihre Hand, legt dafür die in Frage kommenden Strampler aus der Hand, untersucht die Finger vorsichtig und liebevoll, fragt nochmal, ob die Hand wehtue. Ich ziehe die Hand aber weg, denke unweigerlich an diese verdammte Treppenstufe, die ich unter Zeitdruck, noch alkoholisiert und übermüdet übersehen habe und die dafür verantwortlich ist das ich aussehe wie ein Schwerverbrecher. Philip meinte beeindruckt am frühen Morgen, als er mich aus meinem Zimmer stolpern gesehen hat, als Morgenbegrüßung: „Ach du Scheiße! Was war denn das gestern? Wie hast du es bloß nach Hause geschafft? Ich hab dich die drei Stockwerke hoch hochkommen gehört. Dich hat man wirklich durch das ganze Treppenhaus gehört. Ich lag im Bett und dachte mir: Was für eine Scheiße? Wer ist das denn jetzt? Und dann bist du durch die Tür gefallen und ich wusste, du bist zu Hause. Du warst so betrunken, dich habe ich schon drei Stockwerke lang gehört. Das ist ein neuer Rekord. Ich dachte wirklich erst, wer macht da so einen Lärm? Wird das Haus abgerissen? Dann war es mir klar, du kommst von der Party wieder und bist hacke stramm. Wahnsinn, dass du es überhaupt nach Hause geschafft hast. Dein neue Rekord: Drei Stockwerke!"

Was waren das wieder für wilde Nächte, sage ich mir selbst und schüttel den Kopf. Dass ich bei diesem Kontrast noch nicht verrückt geworden bin, ist alles. Die eine Nacht bin ich unter Gangstern und Nutten, am nächsten Morgen sitze ich in der Redaktionssitzung oder auf dem Balkon mit Studenten und dann stehe ich wieder in einem Babyladen zwischen dutzenden werdenden Müttern und ihrer einzige Sorge, welche Farbe wird meinem Kind am besten gefallen. „Was hast du mit deiner Hand gemacht?", fragt Cornelia wieder und holt mich in die Gegenwart zurück. Bevor ich etwas zu Cornelia sagen kann, um mich zu erklären, kommt von ihr wie in einem Geistesblitz: „Hast du dich etwa geprügelt?" Es kommt von ihr in einer Lautstärke, dass der ganze Laden mitbekommt, wovon wir reden. Das tut sie immer, wenn sie erregt ist. Dann wird sie laut und hysterisch. In der Schwangerschaft ist der Effekt verdoppelt, da drehen ihre Emotionen noch weiter auf, glaube ich. „Hast du irgendwo noch andere Verletzungen? Lass mich mal sehen. Hat es dich schwer erwischt?", meint sie und beginnt damit wie eine Vogelmutter an mir zu ziehen und zu rupfen. „Lass das! Du weißt wie sehr mich das nervt. Wollten wir es nicht langsamer angehen lassen und die Babysache für einen Moment vergessen?!" Sie ignoriert meinen Wutausbruch und fragt nochmal, ignoriert auch, dass wir mittlerweile der Mittelpunkt des Ladengeschehens sind: „Bist du in eine Schlägerei geraten? Bist du verrückt?! Du prügelst dich? Warum prügelst du dich denn?"

Mir wird das alles zu viel. Diese anstrengende Frau ist doch nur eine weitere Liebschaft. Ein gefühlvoller Zeitvertreib. Eine Frau, die ein Kind von einem Anderen erwartet. Mehr nicht. Wie konnte ich nur so blöd sein? Ich bin doch erst Mitte zwanzig, ich würde mein Leben wegwerfen, ich bin doch noch am Studieren. Gerade scheint alles vergessen. Vergessen die schöne Zeit mit ihr, vergessen die Aufopferungen und Hilfsbereitschaften, vergessen die Liebe untereinander und die Zuneigung, vergessen die schöne Zeit. Sie schaut so traurig und enttäuscht. Hatte mich heute Morgen per SMS gefragt, ob ich sie liebe. Hat vor ein paar Tagen die Bombe platzen lassen sie sei schwanger. Hat dann noch gemeint, sie sei von einem anderen schwanger und hat mich gefragt, ob ich trotzdem bei ihr bleibe und ob ich sie trotzdem liebe. All das fand ich noch ok. Händchen haltend durch die Innenstadt laufen und Liebling genannt zu werden, geht auch noch. Aber jetzt Rede und Antwort stehen müssen wie ein Kind, Schuldgefühle eingeredet zu bekommen, da hört es auf. „Ja. Ich habe mich geprügelt und ich weiß nicht, was ich mir dabei dachte. Es geht dich auch nichts mehr an. Es reicht. Such dir deine Babyklamotten alleine aus; ohne mich. Ich hab kein Bock mehr. Ich gehe jetzt und du bleibst hier. Ich lass dich stehen, sprichwörtlich. Ich mach hier den Schlussstrich, bevor ich mein Leben wegwerfe. Soweit kommt das noch, dass ich Papi spiele für ein fremdes Baby.", grummle ich noch, bevor die Ladentür hinter mir zufällt.

Auf der Straße klappe ich mir meinen Kragen hoch, schaue unschlüssig nach links und rechts, habe kein Ziel und verschwinde in eine bedeutungslose Richtung. Im Laden lasse ich dutzende bedröppelte Frauen zurück. Werdende Mütter tuscheln, einige schauen verlegen, nur eine ältere Dame bequemt sich und rettet das alleingelassene Mädchen aus ihrer Schockstarre. Die alte Dame fragt Cornelia mitfühlend: „Alles in Ordnung, mein Kind?" „Ja. ja. Danke.", stammelt Cornelia noch ganz bedröppelt. „Das war aber ein ungezogener Bengel. Mein Kind ich weiß es geht mich nichts an, aber wieso geben sie sich mit diesem Kerl ab? Er scheint kein guter Mensch zu sein. Was ist denn mit dem Vater? Vielleicht will der ja mit ihnen Klamotten schauen?" „Der richtige Vater hat gerade den Laden verlassen.", stammelt sie schockiert. „Aber, mein Kind, ich dachte ich hätte gehört wie der junge Mann sagt er sei nicht der Vater?! Was denn jetzt? Du bist bestimmt ein bisschen Durcheinander. Setzen wir uns doch. Och, du armes Ding. Du zitterst ja.", dabei legt sie ihre Arme um Cornelia. Sie will sich in die Arme der Fremden fallen lassen, will getröstet werden. So hatte sie es nicht geplant. Aber vor den ganzen Leuten Gefühle zeigen? Nein. Das ist nicht Cornelias Art. „Richtig. Sie haben Recht. Es geht sie nichts an.", damit schüttelt Cornelia die Alte ab, hat sich für den Moment gefangen und verkneift sich das Weinen im Laden. Nimmt jetzt einfach einen der bereitgelegten Strampler, als wäre es nicht mehr wichtig, welche Farbe er hat und geht zur Kasse.

## Abschnitt 3

Es wurde Zeit abzuhauen. Das ist immer meine allerletzte Option, wenn es zu viel wird. Gerade wird alles wieder zu viel. Ich kann einfach nicht mehr. Wenn ich mal ein Vater sein sollte, will ich der beste Vater sein, den man sich vorstellen kann. Ich will so sein wie mein Vater, bereit sein alles zu opfern für meine Kinder und sogar in Kauf nehmen monatelang von ihnen getrennt zu sein, nur damit sie Essen auf dem Tisch haben, obwohl ich sie vermisse wie Sau. Ich will auf jede Frage die richtige Antwort geben können, will alles erklären können und meinem Kind jede Angst nehmen, da sein können für mein Kind – und nicht alles vollkotzen nach einem Saufgelage und in den nächsten Zug springen und abhauen. Das habe ich Cornelia gesagt. Natürlich nicht den Teil mit dem Saufgelage und dem Vollkotzen. Ich habe mit ihr über SMS gesprochen. Habe gesagt, ich liebe sie auch wenn das Kind nicht von mir ist und würde es begrüßen jetzt nicht über das Kind zu sprechen. Ich will erst einmal unsere Beziehung auf Fordermann bekommen. Das sieht sie genauso. Wir haben jetzt noch Monate vor uns, bis das Baby kommt. Die können wir nutzen.

So war es geplant. Pläne liegen mir wohl nicht. Nach dem Hinausstürzen aus dem Babyladen ist nichts mehr in Ordnung und nichts läuft mehr nach Plan. Alles ist in chaotischen Bahnen verlaufen wie Eiscreme in der Sonne verläuft. Jetzt bin ich erst mal wieder unterwegs und das war bitter nötig. Die letzten Nächte waren extrem und die Abschiedsparty von Jan hat mir den Rest gegeben. Alles hat im Chaos geendet, alles endet bei mir im Chaos, so endet es immer – und wenn man die ganzen Sachen ein mal eins zusammenzählt, kommt man auf genau den Grad des Wahnsinns, den ich auf der Abschiedsparty erreicht hatte. Die Anderen meiner WG hatten einen weniger aufregenden Abend, aber Nutten und Hells Angels Anwärter sind auch schwer zu übertreffen. Sie haben gesittet getrunken und gefeiert, haben versucht meinen unbändigen Tatendrang einzudämmen, sind aber an der sprunghaften Energie von mir gescheitert. Sarah hat sich Sorgen gemacht, Philip hat meine Aufgedrehtheit genutzt und mit mir ein Spiel gespielt. Jedes Mal, wenn ich in seiner Nähe war, hat er mir auf den Hinterkopf gestupst, dass irgendwann andere mit eingestiegen sind und solange das Spiel betrieben, bis ich komplett ausflippte und einen Unschuldigen anmachte. Phil hatte jedenfalls seinen Spaß an seinem Experiment und dem Unglücklichen, der meine Beleidigung ertragen musste, spendierte er anschließend einen Drink. Unglück amüsiert ihn wie wir alle wissen.

Jan hatte auf jeden Fall Spaß auf seiner Abschiedsparty. Er hat noch laut getönt, alle sollen ihn in der Türkei besuchen, wenn er denn endlich eine Wohnung findet. Sein Plan für das nächste Jahr sieht so aus: Er fliegt von hier nach Budapest zu seinen Eltern, dann weiter nach Istanbul, um bei der Gründung einer neuen Fakultät an einer Universität in Istanbul zu helfen. Irgendwie hat er da einen Posten bekommen und dort bleibt er dann ein halbes Jahr. Er will nun endlich die Welt erobern und verändern. So wie ich ihn kenne, wird er es auch mühelos schaffen. Die Türkei soll sein Sprungbrett in die Welt werden, in eine noch größere Welt. Er kennt schon jeden Winkel von Osteuropa und ist schon mal beinahe im Pazifik gestorben, jetzt kommt die arabische Welt dran und danach Afrika, Amerika und der große Rest von Asien; die Welt steht ihm offen. Es gibt keine Grenzen für Jan, der dem neuen Typen Mensch ganz nahe zu kommen scheint. Er gehört zu einem neuen Typen Menschenkindern, für die die Welt nur noch eine große Spielwiese ist und sie darauf innerhalb weniger Stunden umherreisen und Abenteuer erleben können, die niemals still stehen oder schweigen, die immer brennen und nie erlöschen – die aber auch nicht mit dem Stillstand klar kommen.

So habe ich mich auf der Abschiedsparty gefühlt. Ich habe mich aufgeladen an all den crasy People und nach den Berichten, die ich im Nachhinein gehört habe, ist die Party irgendwann mega ausgeartet. Davon habe ich aber nicht viel mitbekommen. Ich bin in der Stadt umher gerannt, als gäbe es keine Grenzen für mich und ich hatte niemals Angst. Angst hatten andere für mich. Als ich aus der Disco geworfen wurde, hat Sarah angefangen Panik zu schieben. Sie hat Philip überredet mich zu suchen. So sind sie von Bar zu Bar und meiner Spur der Zerstörung hinterher, meinem Wahn die Straßen rauf und runter gefolgt. Überall schien es, als wäre ich gerade erst da gewesen. Die Leute erzählten mit leuchtenden Augen von dem Wahnsinnigen, der durch die Bar getobt ist und Getränke leer gesoffen hat die ihm nicht gehörten und nur Stress geschoben hat. Am Ende haben Sarah und Philip die Suche aufgegeben und sind nach Hause. In den frühen Morgenstunden ist Philip vom Lärm im Flur aufgewacht. Man konnte mich die drei Stockwerke hoch hören, meinte Philip beeindruckt, als ich zum ersten Mal verkatert aus dem Zimmer gekrochen bin. Er hat mir noch kurz eine Beschreibung des Abends gegeben, dann hab ich es nicht mehr ausgehalten und bin aufs Klo, hab mich erst einmal übergeben und bin wieder ins Bett. Dann musste ich in die Stadt und dieses Chaos mit Cornelia verursachen. In der Zwischenzeit ist Jan in irgendeiner Maschine nach Budapest unterwegs und Philip und Sarah bereiten sich auf ihren ersten gemeinsamen Urlaub vor. Tasche packen und so weiter. Meine WG war schließlich ein reines Kofferlabyrinth. Philip hat Sarah in die Schweiz eingeladen. Für sie ist das schon eine große Sache, nicht nur in der Beziehung. Es ist auch ihr erster Urlaub seit sie angefangen hat zu studieren. Also bin ich nach dem Chaos mit Cornelia in eine leere Wohnung zurückgekehrt. Vorher standen große Taschen in der Wohnung von Jan oder Philip und haben entweder in der Küche oder im kleinen Flur für Stolpergefahr gesorgt. Dann stand ich auf einmal alleine da.

Jetzt stehe ich am Bahnhof und mir gehen einige Gedanken durch den Kopf. Immer wenn du dich unbedeutend, beschissen und klein fühlst, bedenke du kannst jederzeit den Tag von hunderten Reisenden versauen. Dazu brauchst du nicht einmal viel. Du brauchst dich nur vor einen Zug zu werfen. Das ist mein erster Gedanke, als ich am Bahnsteig stehe und meine Fantasie stink normale Flecken als Blut – und Menschenreste erkennen will. Ich habe seit drei Tagen kein Auge richtig zugetan, nur getrunken und gefeiert und rauche jetzt einen kleinen Joint gegen die Übelkeit. Ich weiß noch wie Jan in einem dieser Züge auf dem Weg zu uns saß und zack bum hat sich ein Mensch davorgeworfen und war tot und nur noch Brei. Ich glaube, das war in diesem Bahnhof. Vielleicht sogar noch genau da, wo ich stehe. Ob noch Reste von Brei auf dem Boden zu finden sind? Ach. Nach einem Jahr? Da sind sie bestimmt gründlich und haben alles auf Hochglanz poliert. „Ihr hättet ihn sehen sollen. Sein Gesicht war vor Entsetzen ganz starr. Das kenne ich so gar nicht vom ihm. Das hat ihn wohl ein bisschen mehr mitgenommen, als es ihm gefällt.", beschreibe ich es später den anderen. Ich war der, der Jan als erstes nach dem Zugunglück traf. Er stand an der Kasse eines Supermarktes mit einer Flasche Whiskey und sah mich verstört an. So einen Blick hatte er mir gegenüber noch nie drauf. Als hätte er zum ersten Mal seine eigene Sterblichkeit vor Augen gehabt. Wie muss er sich wohl erst in Osttimor gefühlt haben auf seinem Sterbebett im provisorischen Krankenhaus mit der Tropenkrankheit? Vermutlich noch schlimmer. Ich war auch am Bahnhof gewesen, verpasste wegen dem Zugmassaker meinen Zug, der Bahnhof war abgesperrt und beschloss zurück in die Wohnung zu fahren und vorher noch was einzukaufen, da traf ich ihn. Jan war ganz bleich. Dieser Abend bleibt uns auch in Zukunft noch lange in Erinnerung als der Abend, an dem einer vor dem Zug gesprungen ist und wir danach Schindlers Liste geschaut haben, uns volllaufen ließen und alle kranken Geschichten austauschten, die wir so kannten, um die Tragödie und die Bilder aus seinem Kopf zu bekommen. Jan meinte noch beeindruckt, hätte er einen seiner Ärztefreunde dabei gehabt, die hätten jetzt eine genaue Beschreibung abgeben können, ob das jetzt ein Teil des Kopfes war oder Innereien.

Ich schaue mich ein wenig um und sehe nur leere müde Gesichter. Nichts anderes kann man um 06:00 Uhr erwarten. Leere Gesichter springen nicht vor Züge. Da kann ich beruhigt sein. Mir passiert nicht das gleiche Desaster wie Jan. Ich müsste also ohne Verspätung in meiner Heimatstadt ankommen. Meine Gedanken springen von einem Thema auf das Andere und ich überlege, habe ich alles dabei? Ich überlege noch ein wenig genauer und bin fast geneigt meine Tasche hier und jetzt auszupacken, nur um meinen graszerfressenen Verstand beschäftigt zu sehen. Joints. Flachmann. Hemd. Saubere Klamotten. Alles dabei. Mein Notizbuch? Keine Ahnung. Ach. Wo ist das bloß? Verdammt. Ich hätte mir mehr Mühe geben sollen beim Tasche packen und nicht in der letzten Minute alles nur hineinwerfen sollen. Jetzt ist es zu spät. Der Zug kommt eingefahren und bringt mich schnell nach Hause zu meinen Eltern. Mit mir im Zug sitzen Schulkinder, die wohl von einem Ausflug zurückkommen und singen ihr Lied: „Nach Hause! Nach Hause! Auf Wiedersehen nach Hause!" Mir kommt es mit jeder Station mehr so vor, als würde die Welt an Farbe verlieren und die Bäume kahler, die Menschen ausdrucksleerer und der Himmel schaler werden, wie es in den letzten Jahren immer mehr der Fall war. Ich freue mich schon fast wieder, wenn ich nach meinem Besuch wieder im Zug sitze Richtung Studentenstadt, auch wenn ich in eine leere Wohnung zurückkehre; so wie sich Eltern freuen auf den Besuch ihrer Brut und auch fast wieder froh sind, wenn sie das Nest erneut verlassen. Gegen Abend dann, ich schlafe erst einmal den ganzen Tag, als ich ankomme, haue ich mich direkt ins Bett und bin trotzdem noch müde, kommen meine alten Schulfreunde zum Freitagstrinken zusammen wie es in der Schulzeit noch bei uns üblich war. Wir sitzen heute mal alle im Anzug zusammen und ich habe Probleme mit der Krawatte. Wann trage ich auch einen Anzug? So gut wie nie. Wenn ich irgendwann in der Zukunft

137

öfter mal einen Anzug tragen muss, beschäftige ich mich auch mehr mit dem Krawattenbinden und dergleichen. Das ist meine Ausrede, als mein Kumpel die Krawatte für mich bindet und nur den Kopf schüttelt über meine Gleichgültigkeit. Wir schwelgen im Erinnerungsfluss der Zeit und lachen über viel zu lange vergangene Dinge. Wir nehmen uns vor öfter was miteinander zu machen, auch wenn jeder weiß es wird nicht passieren. Der eine beginnt bald sein Referendariat, der nächste hat sein nächstes Praktikum bei einem großen Autohersteller und wieder ein anderer ist seine letzten Monate in Deutschland, bevor er mit einem Solarcar eine Rennstrecke abfährt in Australien, um die Straßentauglichkeit in einem Wettbewerb zu untersuchen. Wir trinken so viel das wir schon beschwipst auf dem Abiball meiner ehemaligen Schule ankommen.

Das war die ganze Zeit unser Ziel des heutigen Abends. Wir wollten uns mal wieder so richtig besaufen und die Abiturientenfeier unserer alten Schule stürmen. Ich falle meinem kleinen Cousin vor Freude um den Hals und lasse ihn dann erst einmal stehen. „Wir sehen uns gleich noch!", brülle ich ihm nach. Er ist der eigentliche Grund warum ich überhaupt hier bin. Seinetwegen bin ich in der Heimat. Meine alte Schule kann mich mal, meine alten Freunde können mich mal und mein Elternhaus kann mich mal. Mein Cousin hat gesagt, sei da. Er hat mich drei oder vier Mal schwören lassen, dass ich bloß komme. Ohne mich wäre es nur halb so cool. Der Alkohol treibt und an den Pissbecken habe ich meine erste Unterhaltung mit echten Menschen seit Tagen und hasse es. Im Zug habe ich nur Bukowski gelesen und versucht ein Auge zu schließen. Jetzt treffe ich auf richtige Menschen, die mit einem Bein in der eigenen Pisse stehen und mit dem anderen Bein in der Berufswelt als Familienvater und kann sie nicht leiden. Der Kerl steht wankend da und pisst mir fast auf die Füße, fragt lallend: „Ein bisschen alt für den Abiball, oder?" „Das macht der Bart.", meint ein Kumpel neben mir nur und unterhält sich weiter mit ihm, rettet mich aus einem Dilemma. Ich wüsste nicht was ich sagen sollte. „Aber so lange ist es auch noch nicht her. Wir sind wegen Bekannten hier. Wir selbst sind schon vor vier Jahren mit dem ganzen Scheiß durch und studieren schon.", erwidert er und sie tauschen noch leere Phrasen aus, als ich schon aus der Tür bin.

Sobald ich aber einen Schritt aus der Tür gemacht habe, habe ich sie alle verloren. Der Kumpel, der mit auf Klo war, ist verschwunden und die anderen, die wir draußen stehen ließen und auf uns warten sollten, sind auch verschwunden. Ich stehe alleine unter Menschen. Vor dem Zelt hat sich eine große Schlange mit Abiturienten gebildet für den Ehrentanz und ich stehe nur da und schaue in die jungen glücklichen Gesichter. Sie werden nie wieder so glücklich sein wie zu diesem Augenblick und das Schlimmste daran ist, sie wissen es nicht einmal. Diese Kinder denken die Welt würde gleich nach dem Abitur auf sie warten und sie mit offenen Armen empfangen, dabei sind sie da draußen nur eine Zahl unter vielen Zahlen und werden, wenn sie es richtig anstellen wenigstens die eine oder andere große Party feiern. Sie werden sich auf der Suche nach dem Sinn hinter alle dem hier verlaufen so wie ich es immer tue. Was mache ich eigentlich gerade hier? Der Alkohol ist teuer, die Mädchen sind erst sechszehn und die Musik ist grausam, - aber zu Hause wartet mein trauriges Leben. Was soll´s also? Es regnet in Strömen und die Kinder fühlen sich in ihren teuren Anzügen und Kleidern trotzdem unbesiegbar und hauen einen dummen Spruch nach dem Anderen heraus. Noch bevor ich zu Ende geraucht habe, haut man mir von hinten auf die Schulter. Eine bekannte Stimme von damals meint: „Na du oller Junkie! Wo hast du die anderen gelassen? Seit ihr auch endlich angekommen? Warst du schon im Zelt? Hast du schon Eintritt bezahlt? Hier, nimm die Karte. Damit kommst du umsonst rein. Komm mit! Wir trinken jetzt erst mal was! Wie geht es dir?" Mein Kumpel zieht mich ins Zelt und an der Security vorbei. Er ist wegen seinem Bruder hier, der heute auch seine Abiturfeier hat. Wie die Zeit vergeht. Ich kenne ihn noch mit Schnottnase am Esstisch, jetzt steht er mit meinem Cousin in der Reihe der Abiturienten bereit für den Ehrentanz. Sie stehen kurz davor ihren Weg zu wählen. Wir haben unseren Weg schon begonnen und mir gefällt es nicht wohin wir uns bewegen. Viele meiner ehemaligen Mitschüler haben ihr Studium abgebrochen, haben nur eine Ausbildung vorzuweisen oder sind zufrieden mit einem Bankschalterjob. Sie hatten so eine glorreiche Zukunft und wollten die Welt verändern. Obwohl sich vieles in dieser Stadt geändert hat, eines hat sich nicht geändert und wird sich nirgendswo ändern; das Trinken ist noch immer die Antwort auf alle Fragen, auch bei meinen Freunden.

Das ist das Leben, denke ich und stimme ihm lauthals zu: „Das sind doch mal Worte der Freude. Lass uns was trinken! Wir werden sowieso irgendwann alle sterben!" An der Theke ist die ganze Gruppe Verrückter versammelt, die ich mit der Zeit aus den Augen verloren hatte wieder zusammen. Sie haben auf mich gewartet. Wir bestellen erst einmal einige Runden Bier und tauschen uns aus. Sie erzählen sich Geschichten von den letzten Klausuren und den Kursen in der Universität, von Anmeldefristen und von der oder der Party. Ich kann nicht mitreden und wenn ich mitrede, bekomme ich nur fragende Blicke. Wenn sie mich ansehen, sehen sie einen zerstörten Jungen. Ich habe in ihren Augen alles falsch gemacht. Das ist nicht zu übersehen. Sie haben Mitleid, wenn ich davon erzähle das ich noch dieses oder jenes plane und so weiter und sofort. Tätscheln meine Schulter und tätscheln mich mit ihren Blicken, dass ich noch Träume habe und keinen festen Lebensplan. Bezahlen meine Getränke, wenn sie hören, dass ich mit meiner Schreiberei gerade nicht vorankomme und ein unbezahltes Praktikum bei der Zeitung gemacht habe. Wundern sich, wenn ich sage ich habe seit drei Semestern keinen Kurs mehr abgeschlossen. Wir halten Ausschau nach weiteren bekannten Gesichtern und ich verkünde schließlich: „So Jungs. Ich mach mich mal eben auf den Weg meinen Cousin zu finden. Bis gleich."

Die Blicke halte ich einfach nicht aus. Ich löse mich aus der Gruppe meiner alten Schulfreunde und begebe mich in das große Feld von Menschen. Kinder in Anzügen, Väter im Anzug, Mütter im Kleid und Töchter in schicken Kleidern. An großen Tischreihen vorbei, gegen den Lärm an Grüppchen von Halbstarken vorbeizwängen und schließlich bleibe ich an der Tanzfläche stehen, freue mich fast über ihre Ausgelassenheit und ihre Tänze. Ihre Energie und pure Lebensfreude kratzt an meiner Schale. Ich erspähe jüngere Versionen von mir in der Menge jubeln und feiern. Damals war ich genauso wie die; ich war derjenige, der die Clique angetrieben hat und jaulend in der Nacht stand, bewundernde Blicke erhaschte, verstörende Blicke abkassierte, wenn ich von einem Mädchen zum anderen rannte und nur Verwunderung hinterließ. Jetzt schauen mich meine Freunde verängstigt an, fragen sich wie lange ich noch so bleibe und ob ich den Absprung nicht geschafft habe. Wie ich so darüber nachdenke, schwingt die tanzwütige Meute herum und schwingt zur Musik. Ich muss lächeln und lächele in die Zeit hinein. Wie kommt das? Ich glaube der Joint zeigt seine Wirkung. Ich werde wieder melancholisch und lächele nur.

Damals hat man uns auch das Blaue vom Himmel versprochen, vor Jahren hieß es an unserem Abiball noch: „Legenden gehen - nun kommen wir!" Micheal Jackson starb in der Nacht auf unsere Abiturentlassung und wir haben am Abend zu *Thriller* und *Beat it* getanzt und getrunken. Man hat uns versprochen wir werden uns später auf der anderen Seite der Welt wieder finden, in einem schönen Haus und mit einer schönen Frau im Arm. Man hat uns die Zukunft als Gute Nacht Geschichte schmackhaft gemacht. Aber man hat uns nie gesagt wie wir dort hin kommen, was wir dafür opfern müssen und welche Eingeständnisse wir machen müssen. Welche Fehler wir auf unserem Weg begehen können. Ich mache mich jetzt wieder auf dem Weg zurück zur Theke und unterhalte mich auf dem Weg mit alten Lehrern und anderen Ehemaligen, höre eine Unterhaltung mit an zwischen zwei frisch gebackenen Abiturienten. Einer von beiden meint: „Ich habe Probleme mit den Augen bekommen. Vor dem Studium muss ich erst noch zum Augenarzt, damit ich auch alles aus der hintersten Reihe sehen kann." Der andere dann: „Dann bekommst du endlich eine Brille!" „Genau, dann muss ich nicht mehr meine Fake-Brillen tragen." Ach. Ich weiß eigentlich gar nicht was ich sonst noch zu dem Abend sagen soll. Die Kids reden über Unsinn, als wenn es nichts Wichtigeres gibt. Ich habe noch ein paar Frauen angequatscht, mit Vätern Bier die Kehle herunter gekippt und den üblichen Schwachsinn angestellt. Das ist nur eine übliche Party für mich gewesen. Meinen ehemaligen Schulleiter getroffen, ihm ein Kompliment gemacht, er habe abgenommen. Darauf hat er nur gekontert: „Ja und du zugenommen." Dann meinte er noch, man höre Geschichten über mich und man erzähle sich das eine oder andere und er könne nur hoffen es sei nicht wahr. Ich konnte nichts erwidern. Mit Ehemaligen Runden an der Theke geteilt und meinem Cousin das eine oder andere Bier ausgegeben. Fragen zu meiner Zukunftsplanung bin ich ausgewichen und habe nur in mich hinein gelacht, als man mir mein erstes Buch vorgeworfen hat. Es ist nicht meine Welt, hieß die nett gemeinte Kritik, was soviel heißt wie: Ich finde es scheiße!

Ich hol mir am nächsten Morgen am Bahnhofskiosk wie immer die Regionalzeitung und schlage den Regionalteil auf, um vielleicht irgendwas von mir oder über mich und mein Buch zu lesen. Das wird mittlerweile zur Tradition. Eigentlich wollten sie mal was über mich schreiben. Aber ich lese nichts von mir, wie immer und in den nächsten Stunden werde ich auch nicht mehr an mich denken. Es ist etwas passiert. Ich sitze am Bahnsteig und blättere herum, da fällt mir die Anzeige ins Auge. Der Künstler Harald Steinhagen ist gestorben. Er ist am Montag im Alter von fünfundfünfzig Jahren gestorben. Er ist tot. Warum? Wie? Wieso er? Die Ansage am Bahnsteig ertönt und irgendein Güterzug saust durch den Bahnhof irgendwohin und haut mich aus den Gedanken. Das hat mich jetzt unerwartet getroffen. Warum erfahre ich aus der Zeitung davon? Was ist passiert? Die Zeitung falte ich wie automatisch zusammen mit zittrigen Fingern, sehe dabei den Wetterbericht auf dem Titelblatt: Heiter bis wolkig. Jeder Wagon des Güterzuges rattert vor mir her und ist bis oben gefüllt mit Holzbalken und Holz. Ich sehe nur Holz und sehe vor mir seine Skulpturen und sehe seine Werke entlang rattern, aber viel mehr sehe ich ihn lächeln und ihn über seine Skulpturen schwärmen, Witze erzählen oder lachen. Es ist kein heiterer Tag und keine Worte genügen, um meine Stimmung zu beschreiben. Es ist ein trauriger Tag. So viel Holz auf dem Wagon, so viel Farbe und Metall hätte er noch formen, benutzen und gestalten müssen, um der Welt einen anderen Blickwinkel aufzudrücken. Er ist gerade einmal fünfundfünfzig Jahre alt geworden und hat uns dennoch viele seiner Werke hinterlassen, um ihn für immer in Erinnerung zu behalten. Ich sage immer, wenn ich irgendwann nichts mehr zu erzählen habe kann ich ja sterben. Harald hatte noch Botschaften zu vermitteln, das ist nicht fair. Er war ein ausgesprochen ausdrucksstarker Künstler und die Kulturszene hat einen wichtigen Menschen verloren. Mir graust es am ganzen Körper. Er soll tot sein. Tod. Einfach so. Wieso hat mir keiner Bescheid gesagt? Kein Lachen mehr, keine Lagerfeuer mehr bis spät in den Abend in geselliger Runde mit Freunden und Bekannten. Keine spontane Musikeinlage mehr mit der Muntamonika und Gitarre a la Neil Young von ihm. Kein Künstlertreff mehr in seinem Sandgarten oder drinnen bei molliger Wärme und vorm knisternden Kamin Leserunden. Ich kann es nicht fassen und zittere noch immer. Was mache ich eigentlich hier und warum stehen die Menschen um mich herum auf und verbreiten so einen Tumult?

Mein Zug ist da, deshalb bricht so ein Tumult aus. Ich schiebe mir nur die Zeitung unter den Arm, schnappe mir meine Tasche und gehe ins Abteil. Aber ich weiß gar nichts mehr mit mir anzufangen. Die ganze Fahrt über werde ich den Artikel wieder und wieder lesen. Er soll nicht mehr sein. Er soll mit seinen ausdrucksstarken

Augen nicht mehr leuchten und die Welt bereichern? Er hat mich damals in die Kunstszene eingeführt und nicht nur die Kunstszene und Umgebung hat einen wichtigen Menschen verloren. Auch ich und wie ich jeder, der ihn kannte und ihn Freund nennen durfte. Ach, und ich hatte noch vor ihn mal wieder zu besuchen. Ich war sein Freund und habe ihn in letzter Zeit einfach viel zu selten gesehen, jetzt wird die Biografie auch nichts mehr. Was ich zwar habe, sind Geschichten. Jeder kennt Geschichten von ihm und immer, wenn wir uns mit Leuten getroffen haben, erzählten sie mir wie sie Harald kennen gelernt haben. Aber das ist ja nicht die ganze Wahrheit. Er sagte mir mal, er sähe es als seine Aufgabe den Menschen einen tollen Tag zu bescheren. Wie es ihm wirklich ging unter seiner lustigen Art, werde ich jetzt nie erfahren. Ich komme in eine leere Wohnung zurück und kann diese Leere nicht ertragen. Ich trinke Wein und rufe Christian an. Besetzt. Wenige Stunden später erhalte ich von ihm einen Anruf, ich solle doch bitte eine kleine Rede vorbereiten. Ich habe Harald viel bedeutet und er würde sich sicher freuen, wenn ich ein paar Worte bei der Beerdigung verliere. Was soll ich denn bloß schreiben? Was soll ich über Harald schreiben? Dann erhalte ich einen nächsten Anruf und die Redaktion ist dran. Bei der nächsten Redaktionssitzung soll ich dabei sein. Es ist dringend.

Es schneit seit gestern Nacht das erste Mal in diesem Jahr und jetzt bin auch ich ein genauso großes Opfer des Wetters wie Hausmeister und Schneekehrer. Busfahrer. Bahnbeamte, Bankangestellte mit Familie, die ihre Kinder vor der Arbeit noch zur Schule bringen müssen. Die haben es schwer. Der einzige Unterschied zu mir und den arbeitenden Menschen ist, ich friere und werde nicht fürs Frieren bezahlt. Ich muss aber raus. Ich brauche meinen Wein. Meine Vorräte habe ich gestern aufgebraucht. So latsche ich durch den frisch gefallenen Schnee, Puderschnee kniehoch, romantisch fast, wenn es nicht bald wieder Erfrierungstote in der Nacht gibt und Autounfälle in der kalten Jahreszeit.

Alles ist mit dem ersten Kokainschnee des Jahres bedeckt, überdeckt auch die aufgeplatzten Müllsäcke und Tierkadaver. Der Sperrmüll verschimmelt. An der Kasse sitzen dann Jünglinge und verkaufen in der Morgenstunde alten Leuten ihren Treibstoff. Neben mir steht eine alte Frau mit Geschwür am Hals, im Einkaufswagen Wodka und Hühnersuppe. Hinter mir ein Mann mit verlorenen Augen. Bierdosen sollen seinen Tag erfüllen, so wie jeder von uns seinen Treibstoff braucht. Ich hoffe ich ende nicht wie sie. An der Kasse sitzt ein Jüngling mit mega der Gürtelschnalle. Mit einem dämlichen Grinsen. Zahnspange. Fettgesicht und natürlich Ohrenstöpsel. Mit Cro oder Casper. Kraftclub oder Silbermond, Dubstep. Und ein leichter Schatten von Barthaar an der Wange und am Kinn. Ungelenkige Bewegungen, anscheinend noch nicht in den Körper hineingewachsen. Ein Schal um den Hals geworfen gegen die Kälte und ein penibles Beharren auf Genauigkeit. Das sind die Dinge, die euch Halt geben in der Zeit wahlloser Umstellungen des Körpers und Veränderungen im Leben. Rote Wangen und ein unkontrollierter Ständer in der Hose. Ihr geht mir auf die Nerven. Es geht mir auf die Nerven von diesen Bengeln bedient zu werden. Das leere Lachen spricht von Erfahrung, die noch auf euch wartet und das Goldkettchen in Herzform um den Hals von der ersten Freundin, die ihr bald verlieren werdet und die euch das Herz für eine Ewigkeit bricht und euch den Glauben an die Liebe nehmen wird. Jetzt am frühen Morgen gähnen mit offenen Augen. Am Abend noch mit Augenschlitzen an der Konsole gezockt und jetzt mit offenem Mund dasitzen, während die Ware über das Fließband gezogen wird. Grinst sich zufrieden. Sie grinsen alle, weil sie sonst weinen müssten.

Ich bezahle auf den Cent genau und bin dann aus dem Laden. Die alten Leute haben alle ihre Pfandcoubons dabei und bezahlen mit Pfand. Auf dem Rückweg latsche ich durch den Schneematsch, der schon von den Maschinen davongetragen wurde. Mangelhaft. Der zurückgelassene Schneematsch ist fast schlimmer als der frisch gefallene Pulverschnee. Ich rutsche fast aus im Schneematsch. Gefrorene Pappe und Joghurtreste kommen wieder hochgedrückt und machen das Laufen noch schlimmer. Kinderwagen werden geschoben und Kinder zum Kindergarten gebracht.

„Hallo. Darf ich? Wollen Sie?" Plötzlich hält man mir Zettel hin. Gott ist mit dir. Finde deinen Weg zur Bibel und Die Bibel, dein Buch für den Tag. Diese Flyer hält sie in doppelter Ausführung in der Hand und gibt sie mir in die freie Hand, ohne eine Antwort abzuwarten. Ich schüttele nur den Kopf, die drei Bibelflyer in meiner Hand fest umklammert, die alte Dame lächelt noch, wünscht mir einen schönen Tag und rutscht ihrer Wege. Ich stehe noch immer da mit der Einkaufstüte in der einen, Flyer in der anderen Hand und schüttle den Kopf, lache laut, fast wahnsinnig. Rufe ihr laut hinterher: „Danke. Den werd´ ich haben." Schließlich betrinke ich mich jetzt nur noch und heute Abend geht es in die Kneipe zur Redaktionssitzung.

Wie lange muss ich noch auf meine Redaktionskollegen warten? Ich schaue auf die Uhr: Ungefähr eine Stunden, dann sind erst die anderen vom Redaktionsstammtisch da. Was machen wohl die Anderen gerade? Jan hat angefangen einen Blog zu schreiben über seine Zeit in der Türkei und so bleibe ich bei ihm auf dem Laufenden. Er hat sich eingelebt und erwartet in den nächsten Tagen die ersten Besuche aus der Heimat. Könnte ich auch mal machen. Ein Tapetenwechsel würde mir gut tun. Wenn es bei mir nicht mehr so stressig ist, mach ich das vielleicht auch wieder. Ach. Was heißt denn hier stressig. Ich bin in den letzten Tagen doch nur von einer Party zur anderen gestrauchelt und jetzt überbrücke ich die lästige Wartezeit, bis der Redaktionsstammtisch zusammenkommt und die Beerdigung ist. Sarah und Philip sind noch immer in Genf im Urlaub und so bleibt mir nur eine leere Wohnung und so bin ich schon fast froh die Redaktionssitzung mitzumachen und den Stammtisch zu haben. Ein bisschen Abwechslung tut ganz gut.

Es regnet zum Abend hin nur noch und der Schneematsch ist weggetaut. Erst unterhalten wir uns über Harald und was für ein Mensch er war und ob ich nicht einen längeren Text für die Zeitung schreiben will. Als das erledigt ist, spiele ich den Rest des Abends Alleinunterhalter, alle zum Lachen bringen, ein rotversoffener Clown sein, ohne wirklich versoffen zu sein und zocke mit den anderen Karten. Der Abend mit ihnen ist mal wieder wie üblich viel zu schnell vorbei, aber die anderen Redaktionsmitglieder müssen morgen wieder früh raus und fit sein. Ich sitze im Trockenen, im nächstgelegenen billigen Schuppen habe ich auf dem Heimweg Unterschlupf vor dem Regen gefunden. Es riecht nach Spätsommerregen und Herbstmief, der Schnee ist nicht liegen geblieben und hat nur eine vermatschte Welt hinterlassen. Die Kellnerin lässt uns auf dem Trockenen sitzen, steht lieber rumknutschend in der Ecke. Das nenn ich mal schlechten Service und schlechtes Wetter. Gestern Nacht schneit es, jetzt regnet es und morgen wird es wieder so warm, dass man die Jacke im Schrank lassen kann, wenn man den Meteorologen vertrauen darf. Das werden dann wohl die letzten warmen Tage in diesem Jahr sein. Gelassene Menschenansammlungen sitzen im Laden kartenspielend über den nächtlichen Regen fluchend bei Schummerlicht und jetzt gerade laufen Die Ärzte aus den dröhnenden Lautsprechern. Vorher Kraftclub und REM. Unweigerlich lache ich in einem Moment und im Anderen nicht. Ich bin tot ernst und zugleich tot traurig. Mit dem Regen hat das down feeling begonnen.

Meine Probleme sind gerade, ob ich noch ganz bei Verstand bin oder schon lange alles versoffen habe und meine Aufgabe auf der Erde verpasst habe durch das Trinken. Sollte ich wirklich Schriftsteller werden oder gab es eine andere Aufgabe für mich und hätte ich mehr schreiben müssen? Habe ich zu wenig geschrieben, weil ich zu viel getrunken habe? Ich überlege: Vielleicht nehme ich ja noch eine

Psychodroge, einfach nur um mich für heute abzuschalten. Um mir selbst den Stecker zu ziehen. Bis der Regen nachlässt, kann schließlich noch viel passieren. Ich könnte mich bei Cornelia entschuldigen. Ich könnte zu ihr zurückkkriechen in ein gemachtes Nest. Ich könnte Mutter Vater Kind spielen für eine Familie, die nicht meine Familie ist. Auch wenn ich selbst gerade keine Kinder haben will, es wäre eine Überlegung wert. Dann hätte mein Leben wenigstens ein bisschen Bedeutung. Die Kellnerin reißt mich aus der Gedankenwelt: „Was möchtest du?" „Das übliche.", antworte ich. Ich glaube ich sage es auch. Ich will aber noch mehr sagen und der grünen Fee meinen Wunsch anvertrauen. Eigentlich noch einmal Kind sein. Jetzt noch keine Verantwortung übernehmen müssen. Nichts von Tod und Leid erfahren. Alles genauso noch einmal durchleben. Von vorne anfangen. Diesmal selbst ein Kind sein, kein Schriftsteller. Ein Mensch sein. Ein Vater sein für Cornelias Baby. Harald öfter besuchen. Meine Eltern öfter anrufen. Meinen Freunden ein Freund sein und ihnen nicht bei jedem Drink auf der Tasche liegen und sie respektieren für ihre Lebenswege und nicht verfluchen, weil sie nur ein Leben in Ruhe bevorzugen. Niemandem Sorgen bereiten und gut sein. Dieses Mal bin ich emotional auf das Leben vorbereitet. Ganz bestimmt. „Wie war das? Ach egal. Also das Übliche. Ich habe für dich auf der Liste: Ein Absinth. Ein White Russian und ein Whiskey Cola. Stimmt doch, oder?" Ich nicke nur und sie wendet sich an die Anderen am Tisch: „Was wollen die anderen Herrn Zeitungsboys?"

Ich verbringe die nächsten Tage bis zur Beerdigung wie folgt: Ich schlafe und werde durch einen Anruf von Daniel oder Michael geweckt, weil sie irgendwas wollen und vorbeikommen wollen, mich nicht alleine lassen wollen. Oder eine SMS macht mich wach. Ich stehe ungefähr gegen 17:00 Uhr auf und mache mir einen Whiskey mit drei Eiswürfeln. Ich stelle eine Maschine Wäsche an, schreibe drei Sätze; aber eigentlich wird das nichts. Ich mache mir Reis zu essen

148

und saufe Wein. Ich gehe noch einmal einkaufen und kaufe Wein. Ich trinke Rum mit Cola, rauche noch einen Joint, dann noch mehr Wein. Ich trinke und schaue Fernsehen. Hole mir einen runter aus Langeweile und versuche mich an einer Grabrede und trinke mehr Wein. Da ich nichts zustande bekomme, sitze ich vor dem Fernseher und schaue Serien und Filme. Was will man auch sonst machen?

Ich bin einfach noch nicht darauf vorbereitet. Man sollte niemanden alleine an den Tod heranführen. Wenn das Leben auf einen Schlag so schnell vorbei sein kann, was bringt es dann noch. Was bringt so viel dann noch? Wieso arbeiten? Wieso essen? Wieso bei Sachen gewinnen wollen? Ich lasse mich jetzt berieseln und genieße das berieselt werden und genieße es gerade keine Verantwortung zu haben, keinen besiegen zu müssen und nur einsam zu trinken. Von 23:00 Uhr bis 08:00 Uhr am nächsten Morgen zieht sich diese Prozedur durch meine Nacht und am Ende bin ich genauso weit wie am Anfang mit der Rede. Es stehen nur zwei, drei Sätze auf dem Bildschirm. Der Rest blendet mir leer, grell leuchtend in den Augen. Die Sätze sind aber Schwachsinn, deshalb lösche ich sie auch immer ziemlich schnell. Dann schaue ich nach Emails und Nachrichten in sozialen Netzwerken. Ich aktualisiere meine Statusnachrichten und schaue in das Email Fach, ob die Welt sich vielleicht doch aufgehört hat zu drehen. Eine Nachricht lässt mich dann in Erinnerungen schwelgen. Es ist die übliche Einladung zum halbjährlichen Poetry Slam. Wie war es noch gleich auf dem Poetry Slam? Ich erinnere mich zurück.

„Da bist du ja endlich. Dann können wir anfangen. Die Künstler sitzen alle bei der Bühne zusammen. Du hast gleich fünf Minuten Zeit, um deinen Text vorzustellen. Du weißt das doch bestimmt schon von Viviana, oder? Sie hat dir bestimmt eine Einweisung gegeben oder?" „Ja. Viviana hat mir schon im Emailkontakt eine Einweisung gegeben, hat mir beim Empfang eine zweite Einweisung gegeben und gerade bekomme ich von dir das dritte Mal die Regeln vorgelesen. So langsam könnte man denken ihr haltet mich für bekloppt." Wo ich mich gerade befinde? In einem Theaterclub. Anfang des Jahres. Ein paar Monate bevor ich Cornelia kennen lernte. Wenigstens gibt es an der Bar Getränke. Die verantwortliche Planerin, die mir gegenüber steht, lacht verlegen, gibt mir dann die Getränkecoupons und meint, damit kannst du jede Art Getränke an der Bar bekommen. Ansonsten fragt sie mich noch, ob ich schon die Fahrkosten erstattet bekommen habe und wünscht mir viel Spaß. Ich bestelle erst einmal an der Bar und gehe nicht hoch zu den anderen Slammern und warte ab. Die Teilnehmer werden in wilder Reihenfolge mithilfe des Publikums blind ausgewählt und als erster Teilnehmer tritt ein alter Mann auf. Nachdem er seinen Text beendet hat, jubelt das Publikum und nach ihm treten eine ältere Frau und zwei Jungspunde auf. Ein Mädchen ist noch übrig und ich muss auch noch auf die Bühne. Ich frage den Kerl neben mir an der Bar nach dem ersten Auftritt des Abends: „Macht der alte Mann das immer so?" „Das ist sein Ding." „Witze über seine eigene Tochter?", frage ich unschlüssig. „Dafür lieben wir ihn. Er gewinnt fast jedes Mal!" „Psst. Ich möchte das hören.", haut mir ein anderer Kerl in die Seite und ich bin leise, denn der nächste Name wird aus dem Glas gefischt und die alte Frau ist die nächste Teilnehmerin. Was ich mich noch dazu frage, abgesehen davon, warum er seine eigene Tochter vor dem Publikum im Mario Bart Stil durch den Dreck zieht, verwendet er dabei immer denselben Text? Irgendwoher kenne ich den Text. Ist das nicht sein Text vom letzten Auftritt, den ich mir beispielshaft im Internet angeschaut habe, um zu wissen was für Texte auf der Bühne gespielt werden. Ist das nicht einfach nur lahm?

Nachdem der alte Mann, die alte Frau und zwei Jungspunde ihre Texte vorgetragen haben, bin ich auch schon dran. Das Mädchen nach mir tut mir leid. Als letzte Teilnehmerin aufzutreten ist irgendwie scheiße. Ich muss mir den Weg von der Bar zur Bühne arbeiten, weil es heute zu gut besucht ist und die Leute schon im Gang sitzen müssen. Eigentlich hätte ich ja auch oben mit den anderen Teilnehmern sitzen sollen, aber dazu hätte ich die Bar verlassen müssen. Bevor ich das tue, friert die Hölle zu. All das auf die Bühne kommen, hat schon Unruhe in die ganze Sache gebracht. Die Leute im Publikum rascheln noch mit ihren Jacken, geben Kommentare ab über das nervige Aufstehen und Platz machen, rascheln mit ihren Taschen und setzen sich wieder gemütlich hin, als ich schon vor dem Mikrophon stehe und darauf warte, dass es leise wird. Dann gibt man mir das Signal, die fünf Minuten laufen. *„Hi. Ich bin gerade auf meiner Vorlesereise und bin heute hier, um ein bisschen Werbung für mich und mein erstes Buch zu machen. Ihr könnt an der Kasse ein Exemplar erwerben. Der Preis steht drauf. So. Also. Ja. Ok. Damit habe ich die formale Scheiße auch hinter mir, dann können wir ja endlich mit der Kunst beginnen. Hier bin ich. Ich habe übrigens die letzten Tage damit verbracht mir den Kopf zu zerbrechen. Ich brauche noch einen Text für den Poetry Slam. Ich sagte es mir jede freie Minute und dann ist doch jedes Mal wieder was dazwischen gekommen. Ich habe mir den Kopf zerbrochen, mich besinnungslos besoffen und in meiner Kotze nach Ideen gesucht. Dabei habe ich mich so sehr auf diesen verdammten Abend gefreut. Und was ist jetzt? Ich stehe ohne Text da. Es ist wie das betrunkene Versprechen bei Katerstimmung: Ich trinke nie wieder - und dennoch trinkst du. Spätestens am nächsten Abend, wenn der Tag beschissen war. Ich habe es mir selbst versprochen: Du schreibst noch einen Text für den Poetry Slam! Aber ich wusste bei aller Liebe nicht wo ich anfangen und wo ich aufhören sollte. Ich war verzweifelt. So verzweifelt das ich überlegte: Was will das Publikum hören? Dabei ist das genau der falsche Ansatz. Ihr sitzt nachmittags im RTL-Studio und lacht auf Kommando. Ihr wundert euch jedes Mal beim Poetry Slam: Hey, der ist ja gar nicht witzig. Mach was Witziges! Ich habe schließlich vier Euro bezahlt! Selber schuld, schön blöd! Ihr geht bestimmt auch erwartungsvoll in den Zoo und rüttelt am Käfig. Am besten mit den Worten, mach was Tiger. Versuchen wir es doch mal* *so. Jeder Text hat eine Botschaft, auch wenn die Botschaft heißt: Es gibt keine Botschaft. Was für Botschaften haben wir eigentlich heute schon hier auf der Bühne gehört? Vielleicht hilft das ja. Mädchen dichten über Herzschmerz, Jungs über ihre Penisse, Schüler über ihre Lehrer oder über ihre Schulausflüge, wie wir gerade gehört haben und Säufer über Alkohol, so wie ich eigentlich. Ach, diese Klischees! Dem routinierten Slambesucher ist bestimmt der Vater in Erinnerung, der sich vor großem Publikum über seine Tochter lustig macht. Wäre ich seine Tochter, ich würde nur noch Gedichte über Herzschmerz dichten; aus Rache. Oder mit jedem Dahergelaufenen ins Bett springen. Je nach dem was ihn mehr verletzt! – Dann hätte ich wenigstens was zu schreiben und würde euch nicht langweilen.*

*Ansonsten, was erfahren wir noch vom Leben der Slammer aus ihren Texten? Sie gehen essen oder telefonieren. Einkaufen oder haben Tiere und halten die Menschen im Allgemeinen für Dumm! So wie jeder von euch da unten. Der einzige Unterschied ist, sie schreiben es auf. Aber was habe ich hier auch für eine große Klappe? Ich schreibe darüber, wie ich nicht schreiben kann und beneide die anderen Slammer um ihre Texte. Wie entstehen denn meistens meine Texte? Vielleicht finde ich so einen vernünftigen Gedanken. Ein Blick genügt meistens schon und ich kann aus den Augenblicken heraus eine Geschichte erschaffen. Dann bin ich nur noch ein Wortdirigent und muss nichts anderes tun, als den Worten lauschen. – Ach. Nein. Das ist nichts für euch. Das wäre hier wie Perlen vor die Säue werfen. Das ist hier nicht hilfreich. Wie soll ich denn beginnen? Wie fange ich an? Es muss beeindruckend sein, am besten witzig, damit ihr auch beeindruckend bleibt bis zur Punktevergabe. Und wie beende ich meinen Auftritt? Wie wäre es damit…",* sage ich nur und werfe meinen Zettel einfach zu Boden. Die Menge hat sich mit jedem Abschnitt mehr entfaltet, erst war verbreitetes Gemurmel und verlegenes Gelächter. Bei der Vater Sache hatte ich sie. Darf man das? Darf ich jetzt lachen? Ich habe es in ihren Augen gesehen. Einige Ältere im Publikum stammelten nur leise zu ihrem Sitznachbarn: „Was stimmt mit dem nicht?" Ich richte mich noch einmal abschließend zum Mikrophon, schau zur Barfrau: „Jetzt mach mir mal ein Whiskey Cola. Ich fange ja schon wieder an zu zittern."

Als ich die Bühne in Richtung Bar verlasse, höre ich den Moderator verwirrt seine Ankündigung des nächsten Slammers aufsagen und ein paar abschließende Worte zum gerade passierten verlieren: „Ja. Danke. Man kann sagen: Er hat sich dem Publikum nicht an den Hals geworfen, wie? Dann hören wir jetzt…" Er macht noch seine Überleitung und kündigt den letzten Slammer des Abends an, da herrscht schon wieder das gleiche Chaos mit den Jacken. Als ich endlich an der Bar angelangt bin und das Mädel hinter der Bar nur verlegen guckt, als würde sie irgendwas erwarten, beginnt das andere Mädchen auf der Bühne zu sprechen. „Mach mir doch bitte ein Whiskey Cola. Das war gerade kein Teil der Show. Ich hab verdammten Durst. Wenn ich Witze mache, merkst du das schon noch.", meine ich zum Mädchen hinter der Theke. Neben mir steht wieder der Kerl von gerade, der mich unterbrochen hat, um Ruhe gebeten hat, um den Worten der Slammer vor mir zu lauschen. Jetzt guckt er mich nur dumm grinsend an und meint herausfordernd: „Mach was, Tiger!"

Ich lächele nur zurück und nicke. Mir wird das alles zu wild. Ich nehme mein Glas, bezahle mit dem letzten Getränkecoupon den letzten Drink des Abends hier und verschwinde nach draußen, frische Luft schnappen. Draußen stecke ich mir einen Joint in selbstgedrehter Zigarettenform an und puste den Rauch in den Wind. Nachdem mein Glas leer ist, der Joint seine Wirkung entfaltet und ich es leid bin dem Gestammel des Mädchens über Herzschmerz am Mikrophon zuzuhören, packe ich mir meine Jacke und ziehe mich in eine andere Kneipe zurück. Ich werde auch nicht aufgehalten. Die Gäste lauschen lieber schlecht gereimten Worten über Herzschmerz oder Witzen über die eigene Tochter. Es ist schon von vornherein klar gewesen, ich gewinne heute nicht. Darauf habe ich es auch gar nicht abgesehen. Die

Getränkecoupons waren Ansporn genug gewesen, dass ich aufgetreten bin. Aber noch mal brauche ich das nicht. Auch wenn es der neueste Trend ist und jeder es macht, muss ich ja nicht jedem Trend hinterherlaufen. Ich und ein Poetry-Slammer, das ist totaler Quatsch. Unbezahlte Komiker, mehr sind sie nicht.

Die Erinnerungsemail ist also in meiner Mailliste aufgeploppt, warf mich für wenige Augenblicke in die Vergangenheit und wirbt jetzt mit den üblichen Möglichkeiten. Der Anlocktext lautet: „Komm vorbei und verpasse dein persönliches Highlight nicht. Dein Text ist gefragt! Das Publikum fungiert dabei als Jury. Melde dich jetzt an! Regeln wie immer: Fünf Minuten für deinen Text. Ausschließlich selbstgeschriebene Texte. Keine Requisite oder Verkleidung. Ein Mikro, eine Bühne. Gespielt wird in zwei Runden. Das Publikum entscheidet wer in die nächste Runde kommt und gewinnt." Ich habe gerade die letzte Nachricht verdaut, da ploppt auch schon eine weitere Nachricht auf, die mich zusammenschrecken lässt. Jan schreibt mir über das soziale Netzwerk. Er spricht mir sein Beileid bei der Harald Sache aus und fragt, ob ich noch wach sei um die Uhrzeit. Bei mir müsste es ja an die halb drei Uhr morgens sein. Ob ich wieder nicht schlafen könne. Ich lasse ihn erst einmal erzählen. „Halb zwei.", sage ich, um noch mal auf seine Anfangsfrage zurückzukommen. Ich wundere mich bei ihm müsste es doch genauso spät sein, und wundere mich wo er wohl gerade steckt. Er wollte einen kleinen Trip in die arabischen Länder machen. Darüber unterhalten wir uns aber nicht. Unser Gespräch dreht sich um alles, nur nicht um wichtige Dinge. Wir reden darüber wie es in seinem Job ist, irgendwelchen Studenten auf der anderen Seite der Welt Deutsch beizubringen und was die Literatur so macht. Ich antworte ihm zu seinem Manuskript: „Das Manuskript macht auf jeden Fall Lust aufs Reisen. Das war dein Ziel, ich weiß. Aber eine Sache stört mich noch: Es ist einfach unglaubwürdig, so unglaubwürdig. Keiner würde sie jetzt noch entkommen lassen, schließlich hat sie das Gesicht des Verbrechers gesehen und kann ihn bei einer polizeilichen Gegenüberstellung wiedererkennen. Verdammt! Siehst du es denn nicht?"

Mit ein paar Smileys wird meine Aussage noch untermauert und dann schreibe ich Jan abschließend: „Sie muss erschossen werden, ansonsten ist das Ende der Geschichte doch total unlogisch." Nachdem ich meine dritte Flasche Wein für diesen Abend angebrochen habe, fließt es nur so aus mir heraus wie ein Wasserfall. Das Gespräch hatte seinen Lauf genommen und schließlich gefährliche Bahnen angenommen, als Jan mich fragt, was hältst du eigentlich von meinem Manuskript? Hast du es schon gelesen? Ich sage ihm was mich daran stört und meine Antwort wirft ihn wohl komplett aus der Bahn. „Ach. Was weißt du schon? Es gibt da eine Schwelle, die Menschen nicht einfach so überschreiten. Menschen erschießen nicht einfach so andere Menschen. Das nennt sich Gewissen. Aber davon hast du doch eh keine Ahnung. Wieso frage ich dich eigentlich?", schreibt er mir als kurze Antwort. Er ist sauer und überrascht über meine ehrlichen Worte. Ich höre es in seinem Kopf rattern. Bei seinem ersten Auslandspraktikum wäre er fast gestorben. Noch heute machen wir Witze darüber wie er beinahe in Osttimor gestorben wäre. Als er aber nach dem ganzen Osttimor-Chaos wieder da war, sind wir auf die Straßen Europas gegangen und sind von einer europäischen Großstadt zur Anderen gefahren. Das haben wir uns schon eine ganze Weile vorgenommen und immer sind Termine dazwischen gekommen. Nach Osttimor haben wir uns die Zeit dafür genommen. Jeder, den wir kennen, kennt die wilden Geschichten aus Amsterdam, die atemberaubende Fahrt nach Budapest oder andere Geschichten und immer wenn wir auf einer Feier sind und jemand auf das Thema zu sprechen kommt, erzählen andere Studenten im Kreis ihre eigenen Geschichten und versuchen dabei unsere Geschichten zu übertrumpfen. Sie haben es nicht verstanden. Darum geht es nicht. Es geht nicht darum die perfekteste Fahrt gemacht zu haben oder das schönste Foto vom Eifelturm bei Facebook hochzuladen. Es geht doch einzig und allein um die Fahrt an sich. Es geht um das Gefühl unterwegs zu sein. Mal weg zu sein und Spaß zu haben mit Freunden. Das die meisten es nur aus Imagegründen machen, um nachher sagen zu können, ich war da und da, kotzt mich an. Es kotzt mich an, dass sie über ihre Reisen reden, als wären sie dadurch Götter geworden. Und wenn sie das Gefühl haben genug angegeben zu haben, verfallen sie wieder ins übliche Reden, darüber Autos zu kaufen und Versicherungen abzuschließen. Die Geschichten ihrer Reisen werden zu kleinen Ausbrechern aus dem üblichen Trott, sonst nichts mehr. Mich kotzt auch an, dass Jan sich durch seine Reisen beginnt aufzuspielen. Er ist mittlerweile in seinem Kosmos gefangen und durchbricht keine Wände mehr. Dabei war das die ganze Zeit unser Ding. Er betrinkt sich an seinem letzten Abend in der Disko mit mir und erzählt dabei anderen Gästen wie er doch alle möglichen Leute kennt und eigentlich viel besser sei als alle Anwesenden, weil er doch ein Leben hat und die anderen nicht. Er erzählt, er bewege sich auf der Erdkugel wie ein weiser Zauberer und ist lieber nur mit anderen Zauberern zusammen, weil sie ihn verstehen. Mich nervt wie er sich aufspielt. Er bewegt sich nur noch in seinen eigenen Reihen und das hat ihn verdorben. Er vergisst dabei, dass es uns von Anfang nur darum ging die Wände zu durchbrechen und jede Vorgabe zu ignorieren, nicht stehen zu bleiben und uns weiterzuentwickeln in jeder Hinsicht, jeglichen Trott zu ignorieren und immer neue Dinge anzusteuern. Da ich weiß, wie er es sagen wollte, tippe und schreibe ich ihm noch eine üble Nachricht als Antwort: „Du bist doch derjenige von uns, der vor seinen Problemen davonläuft und das Davonlaufen als neue Religion anpreist. Sag mir: Wovor rennst du um die halbe Welt weg? Warum fühlst du dich mit deiner Weltflucht mehr im Recht als ich, der eine innere Flucht vor seinen Problemen begeht? Ich weiß wenigstens wovor ich davonlaufe,…" Einen Augenblick später lese ich: „Ihr Gesprächspartner ist offline."

Vielleicht war das für heute ein bisschen zu viel Wahrheit für eine Unterhaltung übers Internet, wo sich andere nur über das Wetter unterhalten und die Pläne fürs Wochenende austauschen. Es kann aber auch sein, dass die Türkei mal wieder das Internet abgestellt hat, weil die Bevölkerung Proteste planen. Wie auch immer. Ich finde es auf jeden Fall bemerkenswert, dass die komplette Entwicklung des Menschen darauf hinausläuft, dass sich zwei Spasties über die ganze Welt hinweg mithilfe von Maschinen beleidigen können. Das wird für mich das Fazit des heutigen Abends werden. Wir haben sonst über nichts anderes geredet. Auf jeden Fall über keine der Problemen geredet, die mein Leben gerade auf den Kopf stellen und über keine abgefahrenen Sachen, die sein Leben gerade prägen. Bei der nächsten Party werden wir uns aber trotzdem wieder brüderlich in den Armen liegen und ausgelassen feiern. Dann werden wir wieder alle ernsten Worte vergessen haben und auch für einen Moment die Welt um uns herum vergessen, so wie es immer bei uns ist. Die eigenen Probleme stehen dann hinten an. Ob ich jemanden geschwängert habe oder nicht, mich von meiner Freundin getrennt habe oder nicht; er zum Beispiel jemanden im Dritte Welt Land erschossen hat oder nicht; ich einen guten Freund verloren habe, all das steht hinten an. Dann feiern wir. Dann feiern wir wie in alten Zeiten, als uns noch Pädagogikstudentinnen abblitzen ließen und wir darauf eine Runde Kurzen an der Bar gekippt haben. - Denn das hält uns für den Moment zusammen, unsere Probleme zu verdrängen und bedingungslos bis zum Umfallen zu feiern.

„Ich hab einfach keine Lust mehr auf diesen Scheiß…", gestehe ich Freya im Zug zurück. Wir haben uns gerade auf dem Bahnsteig zum ersten Mal gesehen und lernen uns gerade im Zug ein bisschen besser kennen. Ich erzähle ihr gerade irgendwie alles und es fühlt sich gut an. Eigentlich war ja auch hier wieder die Devise: Wenn man keine Worte findet für die Begegnung, geht man ihr am besten ein-

157

fach aus dem Weg. Das wäre das Unkomplizierteste, bevor ich wieder sinnlos herum stottere. Aber sie hat mich in einen Redefluss versetzt und so möchte ich mich ihr mitteilen. Ich erzähle ich ihr auch von *Laber nicht! Schweine labern auch nicht!* und sie fragt mich was das zu bedeuten hat. „Keine Ahnung. Keine Ahnung was Schweine damit zu tun haben.", und erzähle ihr wann ich zuerst davon erfahren habe.

Auf der Beerdigung von Harald habe ich nur ein paar Worte gewechselt mit den engeren Freunden und sonst war ich fast froh doch keine Rede halten zu müssen und bin den meisten Leuten aus dem Weg gegangen. Ich wusste einfach nicht was ich mit ihnen reden sollte. Wie bin ich jetzt wieder an Freya gekommen? Ich sehe also nach der Beerdigung, die mich komplett durcheinander gebracht hat, dieses Mädchen am Bahnsteig. „Was kann dabei auch schon rumkommen?", frage ich mich selbst und habe fast damit abgeschlossen. Man redet dann nur über das Wetter, über die aktuelle Lage und sowieso und überhaupt bin ich gerade nicht in Stimmung für Smalltalk. Aber mir gefällt was Freya für ein Kraftfeld um sich herum erzeugt, deshalb wage ich es wieder. Sie ist auf ihre eigene Art hübsch. Nicht jemand, der einen Schönheitswettbewerb gewinnt, aber doch recht passabel; ein einfaches Mädchen halt. Sowas findet man nur noch selten. Ich möchte ihrer Anziehungskraft auf den Grund gehen, deshalb bin ich wohl so scharf darauf sie kennen zu lernen. Sowas ähnliches muss sie auch empfinden, weil wir erst einmal um einander herum tänzeln. Sie geht ein paar Schritte auf mich zu, ich gehe ein wenig auf sie zu. Sie geht wieder weg. Ich gehe auch weg. Ich komme näher, sie geht. Sie kommt näher, ich gehe und schaue, ob sie mir hinterher guckt. Wir schauen uns die ganze Zeit hinterher. Es ist der Tanz des Herantastens den ganzen Bahnsteig entlang. In der Bahn unterhalten wir uns dann, weil ich mich einfach mal neben sie gesetzt habe. Sie ist nett. Ich hingegen stelle mich wieder dumm an. Sie fragt, wo ich denn herkommen würde und ich sage, ohne zu überlegen ich komme von der Beerdigung eines Freundes und bin noch ganz außer

158

mir. Nachher gesteht sie mir, sie mochte wie meine Augen geleuchtet haben. Ich hätte ihr am liebsten direkt von Gott und der Welt erzählt, hätte mich am liebsten irre geredet, dass der Schaum zwischen meinen Zähnen schäumt, aber ich halte mich in den ersten Minuten des Herantastens zurück, reagiere nur verhalten und lasse weniger geschehen, will erst einmal alles sortieren. Ich schaue sie nur an. Wieso erzähle ich einer Wildfremden von der Beerdigung Haralds?

Sie hat Kinder dabei, war mit ihren Geschwistern unterwegs die Oma besuchen. Fragt jetzt welche Beerdigung es war und ob ich meinem Freund nahe gestanden hätte. Ich erzähle: „Ach. Harald war wie ein Vater der Kunst für mich. Ich hab ihn bewundert und ich weiß noch genau wie er einmal sagte ich sei sein künstlerisches Erbe. Das hat mir natürlich geschmeichelt, auch wenn ich keine Gemälde mache und Skulpturen aus Schrott erschaffen kann, ich schreibe und ich glaube, ich weiß jetzt was er damit einmal meinte. Ich soll seinen Weg fortführen, die Kunst benutzen die Welt zu verbessern." Sie schaut nur und stutzt. „Du bist Künstler?" „Ach. Künstler ist so ein scheiß Begriff. Ich schreibe ja nur." Dann kommt der Schaffer um die Ecke und fragt nach den Tickets und lässt uns dann wieder in Ruhe. So fällt das elende Gesprächsthema Kunst über den Tellerrand und darüber bin ich nicht einmal sauer. „Die Beerdigung war schön. Wirklich schön. Jeder konnte sich noch von ihm verabschieden und ihm die letzte Ehre erweisen. Das ist doch die Hauptsache. Dann kann man mit dem Thema auf die Dauer auch abschließen.", so erzähle ich und rede mir fast die ganze Zugfahrt den Mund fusselig über Harald und wie er so war und auch über andere Sachen. „Das letzte Mal, als wir uns trafen, fragte er mich, ob ich schon mal an Selbstmord gedacht habe. Einfach so. Gerade heraus. Wir waren mitten zwischen anderen Gästen einer Party und es war, als hätte diese Frage einen Kokon um uns geschlossen. Natürlich habe ich das. Jeder hat das schon mal, antwortete ich. Wir haben ein bisschen über unsere Vorstellungen zum Tod geredet und dann hat er wieder mit seiner eindringlichen Lache losgeschlagen und die Hand auf den Tisch gehauen und gemeint, natürlich. So sind die Menschen, sie verschwenden keinen Gedanken ans Jenseits, wenn sie froh sind und stürzen sich in Übernatürliches, wenn sie um ihr Leben fürchten. Ich wusste erst nicht was ich darauf erwidern sollte. Dann schlug er vor noch einen zu trinken. Das taten wir dann auch und als wir in der nächsten Kneipe ankamen und auf alte Bekannte von mir trafen, lief Harald erst zur Hochform auf. Wieder haben wir alle Geschichten ausgetauscht wie wir Harald kennen gelernt haben und eine meiner alten Bekannten hatte eine verrückte Story. Harald hatte wohl damals die Straße vor seinem Haus mit seinen Möbeln abgesperrt. Er hat sie als Protest gegen irgendwas auf die Straße geschafft und saß dort, bis es anfing zu regnen, um gegen diese Sache zu protestieren. Die kleine, junge Version meiner Bekannten sprach ihn naiv an, wie Kinder nun mal sind und meinte, dass die Möbel doch alle nass werden, wenn es jetzt anfängt zu regnen. Ob er das will, fragte sie und als sie die Geschichte erzählte, lachten wir alle. Harald konnte sich daran gar nicht mehr erinnern. Er meinte nur: „Hab ich das?"

„Du vermisst ihn wirklich, oder?", fragt mich Freya. „Ja." Ich rede wohl schon die ganze Zeit über ihn und nun schaue ich durch das Zugabteil den zwei Brüdern von ihr hinterher, die ein großes Chaos veranstalten. Ich grinse und sie fragt: „Was stellen die beiden jetzt schon wieder an?" „Die haben gerade noch friedlich einen kleinen Hund gestreichelt, jetzt haben sie sich ins WC eingeschlossen.", kommentiere ich. „ohhhh... bitte entschuldige mich mal eben.", meint sie nur und verschwindet kurz den Gang herunter, um ihren chaotischen Brüdern die Ohren lang zu ziehen. Als sie wieder zu mir zurück kommt, fragt sie nur, ob ich jemanden habe, der auf mich aufpasst und mit dem ich reden kann. Als ich das verneine und ihr davon erzähle, dass meine WG gerade ausgeflogen ist und keiner auf mich wartet, kommt sie zu dem festen Entschluss ich soll jetzt nicht alleine sein. Sie wisse wie es ist einen lieben Menschen zu verlieren und beschließt mit mir gleich noch einen Kaffee trinken zu gehen. Ich soll unmittelbar nach der Beerdigung einfach nicht alleine bleiben müssen. Sie müsse nur eben kurz ihre Brüder in der Ganztagsbetreuung abgeben und dann können wir uns wieder treffen. Wir fahren gerade im Bahnhof ein, da haben wir uns darauf geeinigt uns in einem nahegelegenen Café zu treffen, wenn sie die Kinder abgegeben hat. „In einer halben Stunde?", fragt Freya. „Klar. Ich bin dann da." „Und was machst du in der Zwischenzeit?" „Ich setz mich in eine Kneipe und trink ein Bier. Mach dir keine Sorgen, es ist ja nur eine halbe Stunde.", beruhige ich sie.

Sie fühlt sich für mich verantwortlich. Aber ohne selbst zu viel in diese ganze Sache hinein zu interpretieren, stelle ich fest: Sie ist niedlich. Auf jeden Fall eine nette Gesprächspartnerin. Im weiteren Gespräch im Café offenbart sich mir, sie ist wie angenommen sehr offenherzig und verständnisvoll. Kein nullachtfünfzehn Mädchen. Sie hat diese Ausstrahlung, die verrückt machen kann. Verdammt abgedreht ist sie auch noch, schließlich hat sie ihren Namen nach einer nordischen Gottheit geändert. Einfach so. Heißt jetzt Freya. Freya kommt von dem Wort Freier. Nein. Anders herum. Das Wort Freier kommt von der nordischen Göttin Freya. Die Göttin hat die Aufgabenbereiche Liebe, Leidenschaft und Sehnsucht. Ich mag sie, einfach so. Man könnte fast meinen, gerade wegen ihrer Abgedrehtheit. Ich frage: „Ist Abgedrehtheit ein Wort?" Und erhalte von ihr einen unbegründeten Lacher. Das ist ein gutes Zeichen. Ich erzähle wieder einiges und sage wie sehr es mich ankotzt, wenn ich bei Leuten aus vollem Herzen spreche und nur eine dumme Floskel als Antwort erhalte. Sie stimmt mir da zu und fragt sich, ob die Menschen heutzutage überhaupt noch ernst gemeinte Diskussionen führen können. „Doch, doch.", meine ich. „In Kneipen. Da wo ihnen kein Mensch etwas anhaben will." Dann fragt sie: „Wie war es eigentlich gerade in der Kneipe?" „Lustig. Die Stammgäste hatten gerade eine wilde Diskussion über Cyborgs und Implantaten bei Menschen am

Laufen. Einer brachte das Beispiel die Menschen hätten ja jetzt schon Implantate, die ihnen im Vergleich zu normalen Menschen Vorteile einbringt, Cyborgbeine sind viel effizienter als die menschlichen Beine und könnten mehr Leistung bringen und da sieht er eine zukünftige Gefahr. Oder künstliches Hören. Die Geräte könnten mit Leichtigkeit im Ultraschallbereich funktionieren und mehr Phasen wahrnehmen, als normale Menschen. Was viel interessanter war und worüber ich noch gar nicht nachgedacht habe, war der folgende Gedanke. Wenn man zum Beispiel in der nahen Zukunft nur noch einen Job bekommt, wenn man Cyborgarme hat und die Branche sich soweit ändert, dass jeder Cyborgsachen braucht. Wie sind da die Rechte der Menschen gesichert, die keine Cyborgsachen wollen oder sich nicht leisten können. Dann haben sie darüber gestritten wie man und welche Gesetze man dafür erschaffen müsste, um zum Beispiel diese Sache der unnötigen Implantate zu verhindern." „Das ist eine interessante Diskussion, die uns vielleicht schon in wenigen Jahren bevorsteht. Darüber sollten wir uns so langsam Gedanken machen.", stimmt sie mir zu und für ein paar Augenblicke haben wir uns nichts zu sagen und nippen nur an unserem Kaffee. „Erzählst du mir jetzt, warum du mit einem Wildfremden einen Kaffee trinken gegangen bist? Ich hätte genau gut ein Serienkiller sein können." „Du bist ein Serienkiller? Ich glaube, nein. Du warst mir von Anfang an sympathisch. Und übrigens bist du mir nicht mehr wildfremd. Du hast mir im Zug dein Herz ausgeschüttet wie bei einer Beichte, von da an konnte ich dich gut einschätzen. Ich bin das Risiko einfach mal eingegangen. Ich kann dich jetzt einfach nicht alleine lassen."

Sie hat vor kurzem ihre Eltern verloren, deshalb ist sie so fürsorglich. Ich bin auch direkt in dieses Fettnäpfchen getreten. Wir kommen irgendwie darauf, dass ich ein Buch geschrieben habe und sie meint, ich wäre doch der glücklichste Mann, den sie kennen würde. Endlich einer, der seinen eigenen Weg gefunden hat. Sie würde nur so vor sich hin studieren und hat einfach keine Zeit herauszufin-

162

den was ihr liegt und was sie mit ihrem Leben machen will. Ich meine, dann solle sie sich die Zeit nehmen. Nichts wäre wichtiger. Wir haben doch nur das eine Leben. Das sollten wir nicht durch eine ungewisse Zukunft und Druck von außen wegwerfen. Dann kommen wir darauf woher wir kommen und warum wir hier an der Universität studieren und nicht woanders. Ich studiere nur hier, weil ich woanders nicht mehr genommen wurde. Ich habe mich bei anderen Universitäten einfach zu spät angemeldet, deshalb studiere ich hier. Sie studiert hier, weil es ihre Heimatstadt ist. Ich monologisiere, wie schön es doch ist vom Elternhaus losgelöst zu sein und seine eigenen Erfahrungen in einer neuen Stadt zu machen und so weiter und sofort. Ich frage sie, ob sie also noch bei ihren Eltern wohnt, da es ja ihre Heimatstadt ist und so. Sie schweigt. Dann sagt sie, ihre Eltern seien erst vor kurzem gestorben und jetzt müsse sie ihre kleinen Brüder alleine groß ziehen. Ich schlucke, spreche als erste Reaktion mein Beileid aus und schweige, weiß nichts mehr zu sagen, fühle mich irgendwie sogar schuldig.

„Du kannst es ja nicht wissen.", entkrampft sie die Situation ein wenig. Aber hinter diesem Hintergrund verstehe ich auch, warum sie mich nicht alleine lassen wollte. Mir wird auch klar, dass es fast schon Luxus ist eine Wahl zu haben und keine Verpflichtungen zu haben, die dich an den Ort fesseln. Wir reden noch und reden über Gott und die Welt, aber ich fühle mich nicht mehr zum Reden angespornt. Sie redet jetzt mehr, ich komme auch nicht mehr dazwischen. Ihr Gesprächsfluss ist beeindruckend. Sie wechselt die Themen wie Putzfanatiker die Putzlappen, da kann ich nur wenig sagen. Aber das ist mir nur recht. Ich habe alles gesagt und vieles gesagt, als wäre ich ein naiver Bub. Jetzt schweige ich lieber und mache mir meine Gedanken. Cornelia hat verstanden, dass ich öfter schweige und akzeptiert, dass ich manchmal in meinen geistigen Notizen stöbere. Manchmal können die verschiedensten Menschen deinen Horizont erweitern und wenn sie es können, solltest du besser daneben sitzen und dir geistig Notizen machen. Selber die Schnauze halten und die Ohren auf spitzen. Ich mache mir Gedanken, damit ich später darüber schreiben kann. Das hat Cornelia verstanden.

Dafür bin ich ihr noch immer dankbar, egal was sonst so passiert ist, das wird mir in Erinnerung bleiben. Ich denke in solchen Situationen noch immer oft an Cornelia, obwohl alles so scheiße gelaufen ist. Deshalb sollte ich die Sache mit Freya langsamer angehen. Freya hat diese offene Art, als hätte sie für alles Verständnis und saugt mich damit in ihren Bann. Obwohl sie erst Anfang zwanzig ist, studiert sie, zieht ihre Brüder groß und lebt auf den eigenen Beinen, da gehört schon viel dazu und trotzdem hat sie die Zeit und die Lust sich um wildfremde Menschen zu sorgen. Sie hat sich ihre Lebenslust nicht nehmen lassen, trotz der großen Tragödie. Viele in unserem Alter sind schon verbittert. Sie nicht. Zum Ende hin wird es hektisch mit uns. Sie hat die Zeit ganz aus den Augen verloren und muss noch einkaufen und die kleinen Brüder abholen. Ich will noch unbedingt meine charmante Telefonnummeraustauschkonversation starten, die ich bei sowas immer abziehe, aber sie kommt mir da zuvor. „Wie ist denn deine Handynummer? Dann bleiben wir in Kontakt, ja?", fragt sie und lässt sich meine Nummer geben, gibt auch ihre Nummer raus. Ich sage noch wie gerne ich ihr alles und nichts sagen, über alles und nichts mit ihr reden würde. Sie ist genauso angetan, deshalb versprechen wir uns, uns bald bei dem Anderen zu melden. Dann sitze ich alleine im Café, gehe selber bald und lasse den Abend in einer Kneipe ausklinken.

„Mich regt es auf das Frauen immer so eine große Sache aus Sex machen müssen. Wenn man sich eine lange Zeit für eine Frau einsetzt, ihre Leiden anhört und sie die ganze Zeit ernst nimmt, ihr die Hand hält als Freund und so, kurz gesagt ein Freund ist; dann kann man irgendwann doch auch eine Wiedergutmachung erwarten, die angemessen erscheint. Ich meine die Frau kann ruhig mal den Kerl

164

dran lassen.", brummt Philip plötzlich und macht den Fernseher leiser, damit wir uns unterhalten können. Nach gut zwei Wochen alleine in der WG habe ich beinahe den Verstand verloren und bin fast schon froh nicht mehr alleine zu sein und den üblichen Alltag zu haben, der mir ein wenig Halt gibt in der schweren Zeit. Genau genommen war ich ja gar nicht so lange alleine. Ich war eine Weile in der Heimat und dann auf der Beerdigung, zwischendurch kamen Michael und Daniel vorbei, um nach dem Rechten zu sehen. Dann konnte ich Freya noch mein Herz ausschütten. Ach. Philip sprach mir auf jeden Fall als erste Reaktion sein Beileid aus und Sarah nahm mich direkt in den Arm und ließ mich eine ganze Weile nicht mehr los, meinte nur: „Es tut mir leid. Einfach alles. Das mit Harald und die Sache mit Cornelia. Willst du über Harald reden? Ich bin für dich da. Hast du schon mal wieder mit Cornelia gesprochen? Hast du sie mal zurückgerufen? Weißt du wie es ihr geht?"

Natürlich habe ich Sarah nichts vom Kennenlernen mit Freya gesteckt und werde mich auch erst zurückhalten und ihr nichts davon sagen und Freya habe ich auch noch nicht gesteckt, dass meine Exfreundin schwanger ist und ich irgendwie meine Finger im Spiel habe; aber Freya würde auch dafür Verständnis haben. Da bin ich mir sicher. Jetzt hat Philip aber erst einmal wieder etwas Dummes gesagt und ich kann im Moment nicht sagen, es hat mir gefehlt. Sonst habe ich immer aus allen Poren losgelacht, jetzt krümme ich nur meine Augenbrauen. „Warte. Was? Was hast du gerade gesagt?" Sarah ist da etwas diplomatischer und fragt im ersten Atemzug: „Wie kommst du denn da drauf? Wurdest du von einer guten Freundin geprellt, weil sie dich nicht ran gelassen hat oder wie kommst du auf so einen Unsinn?" Philip stutzt, er hat wohl einen Festumzug erwartet für seine geniale Aussage. Wie es jetzt nach dem Urlaub zwischen Philip und Sarah steht, weiß ich nicht. Es ist mir auch egal. Mittlerweile habe ich die Schnauze voll davon.

Wie sie immer behaupten: Wir sind zwar nicht zusammen, aber in einer offenen Beziehung. D.h. wir ficken andere, obwohl wir etwas füreinander empfinden. Ach. Dann erzählen sie mir sie hätten nichts mit anderen und fragen mich damit fast im gleichen Atemzug, ob der Andere was mit anderen hatte. Kommt schon. Steht einfach dazu und beendet diesen Kasper. Wir leben zwar im 21sten Jahrhundert, aber das heißt noch lange nicht, dass wir uns für unsere Prüderie in der Beziehung schämen müssten. Phil versucht sich gerade zu rechtfertigen: „Nein. Verdammt. Ich meine nur Sex hat eine viel größere Stellung in unserer Gesellschaft, als es nötig ist. Es ist nur Sex, verdammt! Wenn niemand so ein großes Thema daraus machen würde, wäre alles viel einfacher." „Ok und wie kommst du darauf Sex als Gegengefallen aufzufassen?", frage ich. „Ok. Ok. Ich lenke ein. Sex ist ein großer Gefallen. Besser für euer Verständnis? – Aber können wir bitte weitermachen?", meint Philip. Sarah schreitet da ein: „Sex ist eine verdammt große Sache! Das kannst du nicht einfach nur als großen Gefallen abstempeln. Das ist mehr. Schließlich lieferst du dich aus als Frau. Du gibst dich mit deinem ganzen Körper hin. Jemand dringt in dich ein. Das ist schon eine verdammt große Sache." Ich sitze zwischen ihnen und denke an die letzte Diskussion in diese Richtung. Es hat damals damit geendet, dass Philip an diesem Abend alleine geschlafen hat und Sarah von mir zum dutzendsten Mal getröstet wurde. „Ich glaube, du missverstehst da etwas, Phil. Für die Frau ist diese Sache einfach riesig. Dir ist bestimmt schon aufgefallen, man kann mit keiner Frau nur Sex haben. Das kommt daher, dass Frauen Gefühle haben und den ganzen Mist. Auch wenn sie behaupten, damit klar zu kommen, es wird immer damit enden, dass du das Arschloch bist. Wenn du mehrmals mit einer Frau Sex hattest, auch nur unter dem Synonym Sexfreundschaft, verliebt sich die Frau in dich. Weil Sex für sie eben auch eine Gefühlssache ist. Wenn es beim Sex gut klappt, entdecken sie immer neue aufregende Seiten an dir. Sie denken dann: Wenn der Sex gut ist, dann kann es mit uns doch auch sonst klappen! Schwubs die Wupps, du bist in einer Beziehung. Deshalb, mein Freund, kann man nicht einfach so Sex als Gefallen hergeben. Jedenfalls nicht die Frau." Du bist schließlich das beste Beispiel dafür, will ich ihm mit meinen Augen zu verstehen geben. Sarah geht seinem Gedanken auf den Grund: „Wie kommst du eigentlich darauf das ein Gefallen einen Gegengefallen zur Folge hat? Egal wie abgefahren das jetzt für dich sein mag, lassen wir den Sex kurz aus diesem Gedankenspiel raus und beschränken uns auf die offensichtliche Situation."

Philip meint dann ganz neutral, als würde er das Wetter vorhersagen: „Weil die Welt doch so funktioniert. Man tut etwas, weil jemand etwas für dich getan hat. Ein Gefallen wird von mir immer mit einem Gegengefallen erfüllt. Ganz einfach." „Heißt das du machst nichts einfach nur so? Einfach nur so, um die Leute glücklich zu sehen. Du machst etwas, weil du von diesem Jemand einen Gegengefallen erwartest oder weil du ihm einen Gefallen zurückgeben willst. Nicht einfach nur so? Das ist schade. – Also hast du mir vorhin vom Einkaufen nur meinen Wein mitgebracht, weil ich gestern Gin für dich mit eingekauft habe? Das ist schade. Das macht mich wirklich traurig." „Mich auch.", gibt Sarah von sich und weiter: „Hast du nichts von Dankbarkeit und Nächstenliebe gehört? Wenn ich Menschen einen Gefallen tue, dann weil ich sie liebe oder viel für sie empfinde; nicht weil ich einen Gegengefallen erwarte. Wenn mir andere Leute einen Gefallen tun, dann bin ich auch einfach mal dankbar."

Ich habe es jetzt schon aufgegeben mit Philip und Philip anscheinend auch mit der kompletten Gesprächssituation, weil er gerade aufsteht und zu meinem Schreibtisch herüber schlendert: „Ihr zwei seit mir noch viel zu nett. Ich dreh jetzt einen Joint, dann kommt ihr vielleicht auf die dunkle Seite. Kommt auf die dunkle Seite, wir haben die Joints!" Damit ist das Thema für ihn wieder vom Tisch. Sarah sitzt noch immer fassungslos da und ich habe mich schon etwas länger damit abgefunden, dass ich mit einem Alien zusammenwohne, der nichts Menschliches an sich hat. Ein Alien in einem Menschenkörper, als Tarnung um uns auszuspionieren. Irgendwie so ein kranker Mist schwirrt mir gerade im Kopf herum. Ein Alien, der mit seinen Menschen soziale Versuche veranstaltet und an dem menschlichen Verhalten hin und wieder scheitert, da seine Daten noch nicht ausgereift sind. Er soll uns erforschen. Daran hätte er seinen Gefallen. Das würde ihm gefallen. Aber ich muss sagen, je mehr Zeit ich mit ihnen verbringe, desto mehr bemerke ich eine Zeit geht zu Ende. Dieser Abschnitt meines Lebens ist so gut wie vorbei und es wird Zeit weiterzuziehen.

Wieder Stammtisch mit meinen Leuten von der Zeitung. Der letzte Stammtisch für mich, es soll mein Abschied sein. Ich bin auch fast froh sie nicht mehr widerzusehen. Sie haben sich auch nichts Neues zu erzählen. Es ist ein üblicher Abend in einer dieser üblichen Kneipen. An dem einen Tisch kloppen Nervenärzte Karten wie jede Woche und setzen dabei als Einsatz ihre letzten Nerven, am anderen Tisch in der Ecke treffen sich alte Bekannte, an der Theke lungern die Stammgäste, ein paar Kids spielen Kicker und grölen bei jedem Tor und in der anderen Ecke beschimpft ein Stammgast über die laute Musik hinweg den Kellner.

„Hey Mann. Schreib mir ein X drauf. Mach ein X auf meinen Deckel, Mann. Ich bekomm immer ein X.", schreit der Betrunkene den Kellner an. „In der Karte ist der Preis aber als vier fünfzig angegeben, keine drei Euro. Tut mir leid, Mann.", entgegnet der Kellner gelassen und zeigt dabei auf den Preis in der Karte. Wer weiß, woher er so schnell die Karte als Beweis hergezaubert hat. „Hey Mann. Komm schon. Sei doch nicht so ein Arsch.", versucht es der Gast jetzt freundlich. „Ich bin kein Arsch. In der Karte steht vier fünfzig, die bezahlst du jetzt auch." „Bei Gabi bekomm ich immer ein X. - Weißt du was, dann bestell ich in Zukunft einfach immer bei Gabi und nicht mehr bei dir. - Und jetzt verzieh dich." „Du hast nicht bei mir bestellt.", kommentiert der Kellner gelassen. „Dann werde ich das auch nie wieder tun!" „Mach das.", entgegnete der Kellner trocken. Für ihn war die Sache jetzt schon gegessen. Wieder ein Gast, der vor lauter Alkohol die Manieren vergisst. Aber der angetrunkene Gast setzt einen drauf: „Dann verweigere ich demnächst einfach dein volles Tablett. Gabi hat schließlich immer ein X drauf gemacht. Ich lass mir nur noch von Gabi die Sachen an den Tisch tragen." „Jetzt hör mal. Bei mir bekommst du deinen Scheiß für vier fünfzig. Da hast du jetzt wohl einfach Pech gehabt, Mann."

Der Kellner dreht sich um und verzieht sich hinter die Theke mit dem festen Entschluss diesen schmierigen Kerl ab heute zu ignorieren und gibt diese Botschaft auch an die anderen Kellner weiter. Mir war das vollkommen recht. Was soll ich auch dagegen sagen. Es ist schließlich ein Kneipengesetz. Die Vierzehnjährigen am Nachbartisch hätten das ganze Desaster nur nicht mitbekommen müssen. Für sie ist jetzt eine Welt zusammengebrochen. Dieser Krach, dieses geordnete Chaos ist einfach so schon zu viel für ihre jungen Nerven. Jeder spielt hier eine Rolle und alle bewegen sich in ihren eigenen betrunkenen Bahnen, während die Vierzehnjährigen dazwischen sitzen und an ihrem Bier nuckeln. Immer ist etwas los, man weiß gar nicht in welche Richtung man zuerst blicken muss. Das ist zu viel für die Neulinge, die nur versuchen mit den eingefahrenen Bahnen klarzukommen. Der junge Nachbartisch packt also in der nächsten Minute seine Jacken und geht, natürlich nicht ohne das entsprechende Geld für die bestellte Runde Bier auf dem klebrigen Tisch liegen zu lassen. Sie haben an ihrem ersten Abend genug erlebt, um dem miefigen Geruch einer Kneipe für eine längere Zeit aus dem Weg gehen zu können. Sollte es eine Regel geben, die man Kneipenbesuchern jeden Alters einbläuen sollte, dann, dass der Barkeeper immer recht hat. Leg dich niemals mit einem Barkeeper an, niemals einen Streit beginnen mit einem Kellner, das wäre die dümmste Idee, sonst sitzt du die nächste Zeit auf dem Trockenen.

„Gleich würde man ihn aus dem Laden hinauswerfen, wenn er so weiter macht.", fasel ich nur. Meine Begleitung sieht mich nur verwirrt an, schüttelt den Kopf und diskutiert den Tabellenverlauf von Hannover und Herta. Sie haben davon nichts mitbekommen. Als sich der Abend in die Länge zieht, lallt man mir ins Ohr: „Du hast verdammt viel Glück! Studieren und so ein Mist. Ich hab es damals nicht zu Ende gebracht und bereue es noch heute. Zieh es bloß durch und mach einen Abschluss!" Ein anderer meint: „Sei bloß vorsichtig mit den Frauen. Das sind Monster. Sie saugen dir dein Leben aus und hauen bei der nächstbesten Gelegenheit ab." „Nein, Mann. Sie ist abgehauen, weil du sie betrogen hast!", wird er von seinem Sitznachbarn unterbrochen und ein Streit beginnt. Nun sitze ich hier, meine Redaktionskollegen streiten sich um Exfrauen, um verpasste Gelegenheiten und Fußballergebnisse und ich knibbel ein X nach dem anderen von meinem Deckel, weil ich doch immer Pleite bin und beobachte die jungen Leute angewidert die Bar verlassen, den aggressiven Kerl auf dem Trockenen leiden und lausche den Torverhältnissen von Bayern und Borussia auf dem großen Beamer und grinse. So ist halt ein Abend in der Kneipe.

Wir hatten uns gegenseitig bei der Verabschiedung versprochen, wir treffen uns mal auf einen zweiten Kaffee und das tun wir heute. Ich rufe Freya an, worüber sie sich riesig freut und wir verabreden uns direkt am Nachmittag auf einen Kaffee. Für mich ist es mal wieder ein Ausbruch aus der täglichen Routine und deshalb freue ich mich um so mehr darauf. Das Zeitungspraktikum ist vorbei, das nächste Semester steht in ein paar Wochen vor der Tür und auch im nächsten Semester werde ich nichts machen, dass weiß ich jetzt schon. Nein. Ich werde mir zwar vornehmen etwas zu machen, aber nichts schaffen.

Jeder Tag ist im Moment aber noch irgendwie einfach gleich. Der einzige Unterschied ist für mich nur am Sonntag haben die Geschäfte zu. Mein Mitbewohner und seine Freundin sind den ganzen

Tag in ihrem Zimmer oder kochen gut gelaunt zusammen und ich sitze in meinem Zimmer und trinke mir den Frust von der Seele, meide die Küche, um sie nicht in ihrem Glück zu sehen. Irgendwie scheint mein Leben gerade stehen geblieben und die einzige Bewegung die ich noch mache ist mir den Arm auszurenken, wenn ich einem Auto eine Bierflasche hinterher werfe. Ansonsten ist da nicht viel und was da ist sind Weisheiten, die man von Anderen mit auf den Weg erhält: "Wenn sich ein Kapitel schließt, öffnet sich das nächste Kapitel. - Du musst dich erst selber wieder lieben, bevor dich wieder andere lieben können. - Wir sind alle einsam in unseren Herzen."

Ja. Diese Sprüche haben alle ihre Berechtigung. Es stimmt. Die Menschen sind einsam. Wir sind einsam in der Menge und einsam auf der Straße. Auf Spielplätzen, wenn unser bester Freund als Kind von den Eltern rein gerufen wird. Wir sind einsam am Sterbebett, wenn die Oma von uns geht und alle Erwachsenen schwören sie werde wieder ok. Ach. Wir sind sogar noch an den Theken einsam. Nach einem langen Tag mit dem ersten Bier in der Hand, denn es ist der erste Moment des Tages, der dich innehalten lässt und wir sind einsam, wenn wir nach einer durchzechten Nacht im Bett liegen mit schlechtem Gewissen wieder irgendeinen Blödsinn angestellt zu haben. Die Kunst liegt darin mit der Einsamkeit umzugehen, sie wertzuschätzen; denn, wenn man den Punkt erreicht hat die Einsamkeit wertzuschätzen kann nichts mehr kommen was dich umhaut und in der Einsamkeit lernst du dich auch erst wirklich kennen. Davor haben viele Menschen Angst. Sie können mit der Einsamkeit nicht umgehen und tun dann dumme Dinge, um geliebt zu werden und zu lieben, nur um nicht einsam sein zu müssen und sich selbst zu erkennen. Ich stecke jetzt fest zwischen zwei Kapiteln in meinem Leben und weiß nicht was morgen kommen wird, was das nächste Kapitel bringen wird. Habe nur die Zeit mich selbst besser kennen zu lernen. Ich habe versucht zu springen und die Pause zwischen diesen beiden Kapiteln zu überspringen und habe versucht das in der Luft hängen zu genießen, habe mich versucht abzulenken und die Tatsache zu ignorieren, das ich keine Zukunft habe, aber was kann ich schon sagen?

Nichts hat gewirkt und dann sind da immer diese Leute, denen ich zum Beispiel auf Ehemaligentreffen begegne und Leute, die ihr Leben schon halb gelebt haben und die in ihrer eigenen Pause zwischen zwei Kapiteln stecken und zurückblicken und sich wünschen etwas wäre anders. Als hätten sie eine Wahl. Arme Schweine. Ich wünsche mir nicht mehr etwas anders gemacht zu haben. Ich wünsche mir nicht mehr etwas anders gemacht zu haben, weil ich verdammt viel Spaß hatte bei allem was ich tat und diesen Spaß kann mir keiner mehr nehmen… obwohl ich nicht weiß wie es sein wird, werde ich auch in meinem neuen Kapitel meinen Spaß haben und nichts bereuen. Das steht fest. Als ich Freya am Telefon habe, klingt sie glücklich und freut sich mich zu sehen, aber aus anderen Gründen und will sich so schnell wie möglich mit mir treffen. Ich frage sie am Telefon, ob sie am Wochenende Zeit hat. Sie fragt hingegen fast gierig: „Geht es auch schon heute?" Draußen ist es ein bisschen kalt, deshalb bestellt sich Freya einen warmen Kakao. Wir reden wieder über alles Mögliche. Ich erzähle ihr irgendwann von Cornelia und dem Kind, ohne Hintergedanken. Einfach nur so. Sie hört zu, sagt dann: „Und du bist einfach so gegangen? Das war nicht richtig. Das ist nicht nett. So hätte ich dich nicht eingeschätzt." „Ich mich auch nicht. Ich weiß nicht, was mich da geritten hat." „Und hast du nochmal von Cornelia gehört? Hast du mittlerweile wieder Kontakt gehabt? Wie geht es ihr jetzt? Kümmert sich der richtige Vater ab jetzt um sie? Ich fände es schade, wenn Cornelia alleine gelassen wird und sich niemand um sie kümmert - und das Baby erst! Wenn es da ist, sollte es eine Familie haben. Eine Familie, die sich sorgt und solche Sachen. Halt eine richtige Familie." „Nein. Ja, es wäre schön, wenn sie nicht alleine ist. Aber so wie ich höre, ist sie alleine. Der echte Vater lässt sich nicht blicken. Ich höre immer noch einiges über gemeinsame Bekannte. Irgendwie habe ich auch ein schlechtes Gewissen. Sie scheint den Faden verloren zu haben in ihrem Leben und hat nur noch Stress mit ihren Eltern. Sagt nicht mal den Eltern wer der Vater ist. Meinst du wirklich, ich soll mich bei ihr melden? Meinst du, ich hätte mit ihr zusammenbleiben sollen? Ganz objektiv betrachtet, meine ich." „Wenn du deine eigenen Probleme gelöst hast, kannst du dich in ein paar Wochen ja als guter Freund nochmal bei ihr melden. Aber du musst erst einmal selbst wieder auf die Beine kommen. Du verstehst meine Zerknirschtheit glaub ich gerade falsch. Es ist ja nicht dein Kind. Du hast keine weitere Verantwortung, als ein Freund zu sein. Du musst dich nicht in diese Sache hineinziehen lassen, wenn du nicht willst. Dass der Vater nicht für den Schlamassel eintritt, finde ich schade. Sowieso finde ich es schade, wenn sich der echte Vater nicht zeigt. Ich meine, ich merke wie scheiße es ist ohne Mama und Vater. Wenn man die Gelegenheit hat ein Vater oder eine Mutter zu sein, warum sollte man davor weglaufen? Man sollte froh sein über diese Chance. Man weiß nie, wann es zu spät ist. Irgendwann ist die Chance einfach vertan und die Zeit abgelaufen. Dann ist es zu spät. Aber man kann auch niemanden dazu zwingen. Dich nicht mehr zu sein als ein Freund und den Vater des Babys nicht für Cornelia da zu sein.", schließt sie ihre Aussage ab und nippt an ihrem Kakao. Jetzt sitzen wir hier und reden darüber, dass ich fast Vater geworden bin. Wie absurd. Ich rede mit meiner neuen Freundin darüber, dass ich vielleicht meine alte Freundin geschwängert habe und wie man mit den Konsequenzen umgehen soll. Super Gesprächsthema. Ich lehne mich zurück und lasse Freya wieder erzählen wie ihr ihre Tante hin und wieder unter die Arme greift und die Oma auch immer mal wieder vorbeikommt und hilft, leider wohnt sie so weit weg. Wie sie mit all dem so gut fertig wird ohne auszuflippen, finde ich bemerkenswert. Ich würde schon lange wahnsinnig werden. Im Gespräch frage ich mich: Verfalle ich einer Frau wieder in den ersten Minuten des Kennenlernens? Schon wieder nach so kurzer Zeit? Ich gehe es mit Frauen einfach zu schnell an und stürze mich mit ihnen in einen Strudel, den keine Frau mitmachen kann. So habe ich doch erst die ganzen Probleme angesammelt. Ich bin Cornelia schon im ersten Augenblick verfallen und wollte mit ihr alles auf einmal, habe sie vielleicht damit überfordert und als ich dann alles hatte, konnte ich nicht schnell genug weg und habe das arme Ding alleine zurückgelassen.

Nach dem warmen Kakao gehen wir zu ihr, ich spiele mit den Brüdern an der Konsole Videospiele und Freya macht das Essen. Ich helfe den Tisch zu decken und beim Abwasch. Die Brüder werden ins Bett gebracht und wir enden vor dem Fernseher, sie liegt in meinem Arm und ich spüre ihre Atmung langsamer werden. Ich sehe sie zum ersten Mal entspannen. Sie liegt jetzt mit offenen Haaren da und legt meinen Arm zurecht, kuschelt sich ein und schaut dann hoch zu mir. „Danke." „Wofür bedankst du dich?" „Dafür das jemand da ist, der mir die ganze Verantwortung für einige Momente abnimmt. Du gibst mir das Gefühl nicht alleine mit allem zu sein. Du behandelst mich auch nicht so, als wäre ich ein rohes Ei. Du sprichst trotzdem über alles mit mir. Andere Leute schweigen mich lieber an, als alltägliche Themen zu besprechen, die mit meinen Eltern zu tun haben könnten. Das fühlt sich dann so an, als wäre ich vom wahren Leben isoliert und in Watte gepackt. Ich hoffe ich gehe nicht zu weit, wenn ich sage du bist mein Rettungsring." „Ja. Nein. Ich meine, du hast ja noch deine Tante und deine Oma. Du bist ja nicht alleine. Ich würde jetzt nicht sagen, dass das vorhin ein alltägliches Thema war.", rede ich mich raus. Sie gibt mir einen Kuss und fragt: „Kommst du irgendwann mal wieder?" „Gerne.", sage ich und küsse sie zurück.

Es wird spät und ich verabschiede mich. Auf dem Heimweg denke ich, es kann so einfach sein. Alles kann so einfach sein, wenn man es zulässt. Und ich denke mir noch, dass Leben geht immer irgendwie weiter. Ob du gerade mega den Stress hast mit deiner Ex; ob du gerade beide Eltern verloren hast; ob du im Studium steckst und keine Ahnung hast wie die Zukunft aussieht; ob du gerade Geldprobleme hast oder irgendwas anderes hast; es geht immer weiter. Egal wie scheiße alles sein kann, egal wie heftig alles ist, irgendwo lauert immer eine Abzweigung, die alles einfach einfach macht. Du musst sie nur finden und nicht verstreichen lassen. Irgendwo wartet dein Glück. Du musst nur die Augen davor nicht verschließen. Das habe ich heute gelernt. Heute habe ich eine Abzweigung genommen und einen unkomplizierten Ausweg gefunden, da bin ich mir sicher.

In den nächsten Abenden schneie ich immer mal wieder bei Philip vorbei und setze mich auf sein Bett, sitze bei ihm und rede mit ihm über alles Mögliche und frage, ob wir den oder den Film gucken wollen oder mal wieder irgendwas zocken oder so. „Tut mir leid. Ich bin beschäftigt. Meine Bachelorarbeit ruft. Gerade habe ich keine Zeit. Kann das warten?" Oder: „Ich muss morgen das und das fertig haben. Ich kann nicht, ich geh heute Abend mit Sarah da und da hin." Oder irgendwie so was.

Das nervt. Deshalb nehme ich Freyas Einladungen immer häufiger an und so kommt es, dass ich bald bei ihr ein und aus gehe, zum Essen vorbeikomme, die Brüder aufpasse, ihr unter die Arme greife und Freya mal hier hin oder dort hin ausführe. Aber oft genug sitzen wir am Ende des Abends auf dem Sofa und schütten uns unser Herz aus. Wenn die Brüder im Bett sind, kuscheln wir uns vor den Fernseher und manchmal ist das Fernsehprogramm auch nur zweitrangig. Nach einem langen Film und zu viel Wein werde ich nachdenklich und Freya fragt: „Was bedrückt dich?" „Ach. Es ist nichts. Ich habe nur manchmal das Gefühl, wenn ich in der Mittagssonne auf dem Balkon stehe, hinter mir wieder eine üble Nacht des Feierns liegt und ich wieder drei Leute beleidigt habe, irgendjemandem einen dummen Spruch reingedrückt habe oder sonstwas und auf den Park hinter dem Haus blicke, auf der Grünfläche Kinder Ballspielen sehe und Familienväter den Grill anheizen, alle beisammen sind und vor Glück schreien und sich den Ball gegen den Kopf schießen, dann weiß ich die haben ihre Position im Leben gefunden. Genauso wie meine ehemaligen Klassenkameraden, die mich mit mitleidvollen Blicken betrachten und bei den Eltern mit der ersten Freundin einziehen und ein Kind erwarten, die Hochzeit planen, Bausparverträge haben und all sowas oder wie meine Studienkollegen, die chaotische Truppe, die ihren Masterplan verfolgen und nur eine gewisse Zeit mit mir vergeudet haben; dann kommt es mir so vor, als wissen sie wie es läuft. Sie wissen was sie wollen und sollen im Leben. Ich hingegen denke nur immer wieder ich lebe, um anderen das Leben schwer zu machen. Ich bin nur ein Störgeräusch, das wie alle Störgeräusche irgendwann erlischt und ihre Bedeutung verliert. Dann bleiben nur peinliche Geschichten, die man sich bei einem lauen Lüftchen erzählt, mit zwei drei Bier beim Familiengrillen. Dann blicken sie auf mich zurück wie auf ein störendes Insekt das nie seine Spur im Leben gefunden hat."

„Sag sowas nicht. Nein, du verstehst da etwas falsch. Die wissen auch nichts mit sich anzufangen. Sie heiraten, kriegen Kinder und haben einen lausigen Job. So sieht es doch aus. Sie machen das nur, weil sie sonst nicht wüssten was sie machen sollen. Für sie ist das Störgeräusch wie ein Echo des Lebens. Du bist was besonders für mich und bestimmt auch für die anderen, so wie Harald etwas Besonderes war. Darauf willst du doch hinaus. Du hast Angst man vergisst Harald und behält ihn nur als Lagerfeuergeschichte in Erinnerung und das du genauso werden wirst wie er. Keine Angst. Das wird nicht passieren. Ich habe da eine Theorie. Jeder Mensch beeinflusst andere Menschen und durch diese Beeinflussung, diese Berührungen auf der Seelenkarte, werden Menschen nicht vergessen und haben eine Bedeutung auf der Welt. Wenn ich daran denke, wie viele Menschen meine Eltern beeinflusst haben und dadurch weiterleben, muss ich lächeln und bin gar nicht mehr so traurig." „Das hast du schön gesagt, Freya.", sage ich und werde von einem Kuss überrascht.

176

Wir stehen im schnell einschreitenden Frühwinter draußen und kiffen. Frieren dabei, weil die Wohnung nicht danach riehen soll. Es ist interessant was die Menschen auf sich nehmen können, wenn sie wollen. Philip hat drei verschiedene Jacken an, weil er friert und leider keine Winterjacke besitzt. Wir bereiten uns so viele Probleme, nur um zu kiffen. Daran sieht man wie verrückt wir eigentlich sind. Ich mache es mir ein bisschen unkomplizierter. Über Hose und T-Shirt ziehe ich mir einfach meinen Bademantel, der hält genauso warm wie eine dicke Jacke. Nur das ich für den Bademantel nicht quer durch die Wohnung rennen muss, also stehe ich vor Philip auf dem Balkon.

Mir geht es gerade richtig dreckig. Ich werde einfach zu alt für die hemmungslose Feierei. Ich habe es wieder einmal auf einer Party übertrieben; ich kann es so langsam nicht mehr sehen. Was ich damit versuche zu erreichen, klappt offenbar nicht so gut. Ich trinke, um zu vergessen. Während ich trinke, stelle ich aber weitere Dummheiten an. Die muss ich dann ja auch wieder vergessen. Das ist doch ein verfluchter Teufelskreis. Ich habe mir vorgenommen weniger zu trinken. Ich erwische mich noch immer dabei, wie ich manchmal an Cornelia denke. Ist es da nicht falsch wieder was mit anderen Mädchen anzufangen? Ach. Was soll ich dazu nur sagen? Wie oft soll ich diese Geschichte noch durchkauen? Ich habe keine Ahnung. In letzter Zeit sehe ich alte Männer mit Mütze und Jacke auf dem Fahrrad an mir vorbeijagen und sehe in ihnen im ersten Augenblick Harald. Es braucht einige Sekunden, um mich vom Schrecken zu erholen. Ich will mir auf jeden Fall den ersten Zug vom Joint gönnen, um der Katerübelkeit entgegenzuwirken, deshalb stehe ich jetzt auch schon alleine auf dem Balkon und halte eine Hand über das Geländer in den Schneeregen. Es fühlt sich an wie ein Konzert der Sinne, wenn der Schneeregen auf meiner Handinnenfläche landet und sich direkt in Wasser verwandelt, verspüre ich jedes Mal ein leichtes Kribbeln. Ich würde den Joint ja schon anstecken, wenn ich Feuer in den Taschen hätte. Darüber habe ich natürlich nicht nachgedacht, als ich schon mal nach draußen vor ging. Ich habe sonst auch immer Streichhölzer in der Jacke für den Notfall, aber die sind ja in der Jacke und nicht im Bademantel. Ich vertraue zu sehr auf die Nikotinabhängigen in meinen vier Wänden. Man gewöhnt sich schnell daran, wenn man mit Rauchern unter einem Dach wohnen, immer Feuer in der Nähe zu haben.

Jetzt habe ich kein Feuer, nicht mal die Streichhölzer. Dann muss ich wohl warten, bis Philip sich etwas Warmes angezogen hat und nach draußen kommt. Ich glaube, er wollte vorher noch aufs Klo gehen. Ein paar Minuten habe ich also noch, dann kommt Philip heraus und quasselt wieder irgendwas. Ich bin es fast schon leid. Irgendwie ist die Luft raus aus der ganzen Sache. Mir fehlt die Spannung, die uns hier bis jetzt von Tag zu Tag getragen hat. Wir sind alle müde geworden aus jedem Abend ein Highlight zu machen. Wir sind es fast leid jeden Abend zu feiern, zumindest ich denke so. Drüben in den Hochhäusern brennt auch wieder Licht. Ach. Hätte ich jetzt eine Artillerie, dann könnte ich das Hochhaus wegblasen. Mit diesem Spruch hat uns Michael ziemlich überrascht. Das haben wir damals nicht kommen gesehen. Zu der Zeit waren wir alle noch regelmäßig zusammen und haben schon am Mittag auf dem Balkon Unmengen gekifft und am Abend wilde Partys mit zwei Flaschen für jeden gefeiert. Da kam einfach jeder vorbei und hat irgendwas mitgebracht. Am Ende hattest du die Auswahl zwischen verschiedenen Sorten von Whiskey, Wodka und Rum und einige haben wirklich alles ausprobiert, nicht nur Gras und Alkohol. Das waren noch Zeiten. Jan schmettert die Internationale vom Balkon und ohrfeigt dabei andere Gäste, ich lalle vor mich hin und werfe Bierflaschen vom Balkon oder zerdeppere Geschirr, die ganze Party geriet aus dem Ruder, dass die Nachbarn klingelten. Am nächsten Mittag saßen wir wieder bei einem Joint beisammen.

So sah es an vielen Tagen bei uns aus. Philip kommt endlich heraus, hat drei verschiedene Jacken an. Ich lache ihn aus. Über dem

T-Shirt zwei dicke Sweetshirtjacken und darüber hat er seine Sommerjacke gezogen. Der Joint klemmt noch immer unangezündet in meinem Mundwinkel wie bei einem Sechssterne-General aus schlechten sechziger Jahre Kriegsfilmen. „Hast du mal Feuer?" „Hast du kein eigenes Feuer? Wo sind deine Streichhölzer?" und wühlt in seinen Taschen. Während er sucht, erkläre ich ihm die Sache mit der Streichholzpackung und dem Status quo jeder andere hat immer Feuer und schaue ihm dabei zu, wie er zeitgleich mit beiden Händen in seinen Taschen links und rechts, erst durch die Sommerjacke, dann die zwei Sweetshirtjacken durchsucht, dann in seinen Hosentaschen nach Feuer sucht, wo er dann auf der rechten Seite fündig geworden ist. Ich inhaliere den ersten Zug und gebe den Joint dann weiter. „Ja. Ich glaube das war's dann wohl mit dem Sommer. Das Wetter schlägt um und immer mehr Schnee kündigt sich an. Weißt du, was mir gerade durch den Kopf geht? Das war vielleicht unser letzter Sommer. Einen Sommer lang hatten wir noch. Jetzt schaust du dich schon nach einer neuen Wohnung um, willst mit Sarah zusammenziehen, Jan ist für ein Jahr und mehr unterwegs, Daniel schreibt auch an seiner Bachelorarbeit und Michael zieht nach Berlin. Das war's. Diesen letzten Sommer hatten wir noch eine schöne Zeit. Jetzt war's das mit den Partys. Jetzt müssen wir uns der Realität stellen." „Und? Wie sieht deine Realität aus?" „Ach, Phil. Wenn ich das wüsste, würde ich nicht so viel saufen!", gebe ich nur von mich und erhalte den Joint zurück.

„Scheiß schönes Wetter, oder? Nun. Das war es wohl wirklich mit dem Sommer. Jetzt kommt der Winter in einem Rutsch. Da hast du wohl recht.", kommentiert Philip nur, als er den Joint zurückerhält. „Wusstest du, dass etwa null Komma eins Prozent der gesamten Menschheit von Joints psychisch anfällig ist. Ein Joint reicht und es haut einen für immer aus der Bahn. Da ist es auch egal in welchem Alter du konsumierst. Dann könntest du genauso gut irgendeine psychische Krankheit entwickeln, dass du im Regen sitzt und im Regen von einer Brücke springst. Das schafft auch ein Joint bei etwa null

Komma eins Prozent der Menschheit, da brauchen die gar kein großes Drama in ihrem Leben. Ziemlich beschissen, oder?" „Wahnsinn." „Ja. Wahnsinn.", kommentiere ich und rauche wieder. Den Rest des Abends schweigen wir uns mehr oder weniger an, schauen gemeinsam ein bisschen Arbeitslosenfernsehen und lachen über dies und das. Aber eigentlich wollen wir nur unsere Ruhe, jedenfalls möchte ich meine Ruhe.

Es ist mal wieder Abend und ich muss noch einkaufen, bevor die Läden schließen. Ich brauche noch einige Sachen, um den Abend und den nächsten Morgen zu überstehen. Ich hatte dafür eigentlich den ganzen Tag Zeit, kann mich aber in letzter Zeit schlecht aufraffen. Entweder ich bin bei Freya oder ich lungere zu Hause in meinen eigenen vier Wänden rum und versuche mich an einem neuen Buch. Keine große Überraschung. Könnte ich mich häufiger aufraffen, bräuchte ich auch keine Sachen um den Abend zu überstehen, wenn ich alleine und einsam bin. Eine einfache, aber traurige Tatsache.

Ich suche also die Pfandflaschen in der Wohnung zusammen, um ein wenig Geld bei der Endabrechnung herauszuschlagen und werfe mir die Jacke über, ziehe die Tür hinter mir zu und weiß doch nicht so recht was ich kaufen soll. Was braucht schon ein Mensch, um einen Abend zu überstehen? Was kann ich mir schon groß leisten am Ende des Monats für vier Euro in meiner Tasche und den paar Pfandflaschen im Beutel? In solchen Momenten bereue ich es, kein geregeltes Einkommen mehr zu haben. So muss ich von dem wenigen Geld leben, was ich von irgendwoher bekomme und meinen Erspartem. Lange wird es auch nicht mehr reichen. Zum Ende des Monats ist meistens wenig Geld übrig wie bei jedem anderen auch. Und von dem Wenigen muss ich die restlichen fünf Tage überleben, denke ich mir, als der Duft von Frauenparfüm in meine Nase schlägt. Eine überparfümierte Mittfünfzigerin kreuzt meinen Weg, stößt mit mir zusammen, worauf ich alles fallen lasse und sie hinterlässt ihre Duftwolke das ich auch ohne den Zusammenstoß zusammengezuckt wäre. Sie entschuldigt sich: „Das tut mir aber furchtbar leid. Bitte entschuldigen Sie. Warte ich helfe Ihnen. Jetzt noch so spät einkaufen? Auch eine Nachteule wie?" „Muss ja. Muss ja.", stammele ich nur vor mich hin und hebe das Kleingeld auf. Sie entschuldigt sich nochmal, wünscht einen schönen Abend und verdrückt sich. Ich bleibe stehen und schaue ihrem Stöckelschuhgang hinterher, noch immer fasziniert. Was für eine Frau. Rot grell gefärbte Haare und ein aufreizender Gang. Der Zusammenstoß mit der Rotgefärbten hat mich ganz durcheinander gebracht. Seltsam, wo doch nachts so viel Platz auf dem Parkplatz ist, stoßen wir trotzdem zusammen. Ich stecke meinen Geldbeutel beiseite und stelle wieder einen Fuß vor den Anderen, bin wieder in Gedanken versunken. Dieses Mal denke ich über die Rothaarige nach. Ihr Parfüm kommt mir bekannt vor. Es erinnert mich an Glückseligkeit, so intensiv nach Lüge und Schmerz. Das gleiche Duftwasser benutzt Cornelia. Wie es ihr wohl geht?

„Hab´n se mal zehn Cent oder zwanzig? Hab nicht genug und brauch noch einen Leib Brot.", reißt es mich auch schon wieder aus den Gedanken. Er hat es vorher bei ein paar Mädchen versucht, die haben ihn nur skeptisch angeguckt. Er konnte von Glück reden, dass sie es beim skeptischen Angucken belassen haben. Manche würden den armen Kerl vielleicht sogar anspucken oder auslachen, dieses heruntergekommene Erscheinung. Man weiß ja nie heutzutage. Ich bin schockiert. Arme Seele. Aber leider kann ich selbst gerade nur ein paar Sachen kaufen. Ich sage also ehrlich: „Nein. Leider selbst knapp bei Kasse." Ich muss selbst sehen wo ich bleibe. Schulden bei meinen Eltern, Schulden bei dem Staat für das Studium und solche Sachen, dann kein Einkommen und solche Sachen. „oh. Ok. Ich versteh. Man muss ja überall sparen. Sind grausame Zeiten für jeden Menschen.", antworten mir leere Augen automatisiert. In seinem faltigen, abgemagerten Gesicht treten graue Barthaare hervor wie Kakteen in einer ausgetrockneten Steppe und erzeugen ein wüstes Erscheinungsbild, dass mit Niederlagen umzugehen gelernt hat. Es geht mir bis auf die Knochen, doch ich kann nichts für ihn erübrigen. Ich habe gerade genug Geld, um noch von heute an jeden zweiten Tag eine Flasche Wein zu trinken. Das muss sein. Wenn ich schon kein Geld mehr habe für Pizza, Whiskey oder Haschisch, dann Wein. Wein muss immer, wenigstens. Irgendwas muss immer, sonst halte ich die einsamen Abende nicht aus. Nur Wein. Mehr brauche ich nicht. So sieht mein Einkaufszettel für heute aus.

Bei mir muss immer Wein oder irgendwas anderes, damit ich die grausame Welt vergessen kann und der arme Kerl hat keine zehn Cent, um Brot zu kaufen. Vielleicht warten zu Hause seine Frau und seine Kinder? Vielleicht auch nicht. So wie der aussieht, hat er keines von beiden zu Hause auf ihn warten. Ich bringe die Pfandflaschen zurück, und erhalte diesen kleinen Coupon aus der Maschine, der wie durch Zauberei zwei Euro wert sein soll. Ich gehe die Regale entlang und frage mich selbst laut, ernsthaft: „Was brauche ich heute noch?" Und das, obwohl ich doch genau weiß, bis auf Wein wird nichts auf dem Rollband landen. Dennoch gehe ich durch alle Regalgänge und mustere alles genau. Die Pizza sieht schmackhaft aus. Ich zähle nochmal das Geld und überschlage im Kopf. Eins neunzehn der Wein plus eins neunundneunzig Pizza sind drei und ein bisschen. Ich habe auf dem Pfandzettel nur zwei fünfundzwanzig als Gutschrift stehen. Also muss die Pizza heute nicht sein. Ich brauche Wein. Wein muss heute, ansonsten halte ich es heute nicht aus. Die Supermarktmusik dröhnt leise und wird für eine Ansage unterbrochen, der Laden schließt gleich. Die Kunden mögen doch bitte den Laden in Richtung Kasse verlassen. Ich lasse die Pizza im Tiefkühlfach und schnappe mir nur den Wein wie vorher beschlossen. An der Kasse sehe ich auch den alten Bettler von gerade in der Schlange. Er steht vor mir an der Kasse und bezahlt gerade seine zwei Bier. Seine leeren Augen fixieren mich, erkennen mich durch den Suff von gerade wieder und ich sehe es in seinen Augen. Ein Aufblitzen. Er ist erleichtert. Hat Geld bekommen. Er sieht meinen Wein und sieht mich jetzt richtig, will sich bei einem Leidensbruder entschuldigen. Wein muss ja, nickt er mir zu. Er spart sich aber die Worte. Für ihn ist klar, ich es weiß. Bier muss halt, will ich ihm zustimmen. Ich bin ihm nicht sauer. Ich verstehe ihn. Bier muss ja. Er ist mir auch nicht böse. Er weiß, Wein muss ja. Ansonsten übersteht man den Alltag nicht. Wir beide sind uns der Nutzlosigkeit von Worten bewusst, deshalb schweigen wir und nicken nur. Bringt ja nichts, wenn wir uns gegenseitig entschuldigen. Bier muss halt. Wein muss halt. Da sind wir uns einig. Irgendwas muss immer. Da gibt es keine Ausreden, kein Entschuldigen. Was muss, das muss.

Ein paar Wochen später ist bei Daniel eine große Feier, als er mich persönlich dazu einlädt hat er seinen Bart ab und kurze Haare. Ich sage erst einmal nicht zu, weil ich keine Lust habe. Aber ich musste feststellen man kann keiner seiner Feiern aus dem Weg gehen. Wenn du mal zu Hause bleiben willst, bekommt Freya einen Babysitter und überredet dich mit ihr zu der Party zu gehen. Es war auch lächerlich von mir den Versuch anzustellen der Feierei aus dem Weg zu gehen.

Genauso wie ich versucht habe Cornelia aus dem Weg zu gehen und sie die letzten Wochen versucht habe zu vergessen. Auch das ist aussichtslos gewesen. Ich habe sie fast schon wieder vergessen, da renne ich ihr auf Daniels Party in die Arme und werde mit der Wahrheit konfrontiert. „Schon eine Ewigkeit habe ich dich nicht mehr gesehen und dann treffen wir uns auf einer Feier bei Daniel. Scheint wohl das sich die ganze Welt bei Daniel trifft." „Ja. Wie geht es dir denn so?", frage ich überrascht. Freya muss früher nach Hause, sie will ihre kleinen Brüder nicht allzu lange alleine lassen. Sie will den Babysitter noch abpassen und nach dem Rechten sehen. Natürlich verlässt Freya nicht die Party ohne mit Cornelia gesprochen zu haben. Ich biete mich noch an Freya nach Hause zu bringen, aber sie will, dass ich mich um Cornelia kümmere. Das ist mir sogar ziemlich recht. Ich möchte noch mit ihr unter vier Augen reden. Ich habe noch einige

Sachen zu klären. Cornelia sieht nicht gut aus. Sie hat große Augenränder und ein ganz verquollenes Gesicht und mit jedem mit dem ich auf der Party rede, ist Cornelia Thema und alle erzählen mir wie scheiße es ihr geht. Man macht sich insgesamt Sorgen. Mir schwirren da in letzter Zeit auch einige Vermutungen und Vorahnungen im Kopf herum, die müssen untersucht werden.

Sie müsste jetzt im wievielten Monat schwanger sein? Kann sie nicht sagen. Wir kommen langsam wieder ins Gespräch. Was gibt's neues? Wie ist es dir so ergangen? Hast du jemanden? Freya. Du? Nein. Ich habe niemanden. Dann bist du später auf dich alleine gestellt mit dem Baby? Ja. Ich biete meine Hilfe an bei Sachen und Cornelia bedankt sich höflich, verweigert aber jedes hilfreiche Angebot. Sie schaffe es auch alleine. Wir reden nur kurz über Harald und wie es mir geht, dann möchte sie gehen. Die Party artet nämlich aus und wird wilder. Das kann sie in ihrem Zustand nicht gebrauchen. Ich nehme sie deshalb mit nach Hause zu mir wie in alten Zeiten, weil ihre eigentliche Begleitung auf der ganzen Party verstreut ist, entweder in Zimmern unanständige Sachen treiben, betrunken in der Ecke liegen und nicht mehr fahren können oder gar nicht mehr aufzufinden sind. Meine Wohnung ist nicht weit von der Party entfernt. Wir kommen im Taxi dann eigentlich sehr schnell auf das Baby zu sprechen.

Wo ist denn jetzt der Vater? Mit wem hast du noch geschlafen? Will er keine Verantwortung übernehmen? Mit wem warst du noch unvorsichtig? Wieso steht er nicht zu dem Baby? Ist der andere Mann nur erfunden? Bin ich doch der Vater, frage ich zum krönenden Abschluss. Sie aber schweigt die kurze Taxifahrt über und der Taxifahrer schaut schon komisch. „Kümmern Sie sich um ihren eigenen Dreck!", faucht Cornelia nach der Fahrt, als er ihr seine Hilfe anbieten will, um Ruhe vor mir zu haben. In meiner Wohnung fängt sie dann endlich an Klartext zu reden. „Ja. Es stimmt. Es ist dein Baby. Jetzt gerade denke ich mir, was habe ich mir dabei nur gedacht. Es war eine törichte Sache. Ich habe es dir glaube ich nicht erzählt, um zu schauen, ob du nur wegen des Babys mit mir zusammen bleibst. Ob du dein Leben wieder auf Fordermann bekommst und für das Baby sorgen könntest ohne eine ernste Verpflichtung dafür. Ich wollte schauen, ob du nicht direkt bei der ersten Chance, die sich dir bietet, wegläufst. An dem Tag im Babyladen wollte ich dann damit herausrücken. Ich war so stolz auf dich und deine Bemühungen, aber deine Handverletzung musste ja alles versauen. Ich hatte den ganzen Ablauf geplant, aber die Handverletzung war im Drehbuch nicht vorhergesehen.", platzt es dann oben in meiner Wohnung ziemlich schnell aus ihr heraus. Ich hatte mit ein wenig mehr Widerstand gerechnet. Aber wie es scheint, macht sie die vergangene Zeit schlauer. Lügen bringen auch nichts mehr. Aber gerade kann ich nicht darüber nachdenken das sie gelogen hat. Ich bin zu sehr mit einer Sache beschäftigt - nämlich, dass es mein Baby ist und ich der Gott verdammter Vater bin.

„Mein Baby. Ich habe es irgendwie geahnt.", kommentiere ich nur fassungslos. „Ich habe dich vermisst.", sagt sie ziemlich schnell und: „Nach der Sache im Babyladen war ich erst einmal perplex - und dann hast du dich nicht gemeldet und bist auch schon ziemlich schnell mit deiner Neuen zusammengekommen. Ich wollte deinen Fluchtversuch nicht stören. Dein schönes neues Paradies nicht erschüttern. – Ach. Ich habe dich vermisst und du hast fremd gevögelt." „Freya hat mir geholfen den plötzlichen Verlust von Harald zu verkraften." „Es tut mir leid was mit Harald passiert ist und das ihr die Biografie nie anfangen konntet und alles, aber das kannst du jetzt nicht als Ausrede missbrauchen. Ich habe dich oft genug angerufen und wollte für dich da sein. Du bist einfach nicht ans Handy gegangen.", kommt jetzt wieder die Mitfühlende aus ihr heraus. Dann verfällt sie in sarkastische Töne, die ahnen lassen wie sehr ich Schuld habe. Ihre Ansprache beendet sie wieder mit einem verzweifelten *Ich vermisse dich*. So als wäre nie etwas richtig Schlimmes zwischen uns passiert. Das konnte sie schon immer gut, so zu tun als wäre nichts passiert, wenn gerade in Wirklichkeit eine Bombe explodiert ist.

Cornelia dreht Pirouetten der Wut im Raum, meint wieder ruhiger: „Sag mal, kann ich dich was fragen?" Auf mein nachdenkliches Nicken hin sagt sie: „Hast du mich eigentlich jemals geliebt?" Ich versuche meine betrunkenen Gedanken zusammen zu halten. Was für ein Quatsch? Wieso hat sie es mir verschwiegen? Nur damit sie mich in Ruhe nachdenken lässt, sage ich beiläufig: „Nein. Nicht so richtig auf jeden Fall." „Mochtest du es nur mich zu ficken?" Ich schüttele mich wach. Warte. Was habe ich gerade gesagt? Sowas kann ich doch nicht sagen. Ich Idiot. „Sei nicht so negativ. So war das nicht gemeint. Ich habe damals was für dich empfunden, ich empfinde noch immer etwas für dich, das weißt du. Aber nun mal nicht so wie du es dir wünschst." „Dann sag mir bitte, was hat Freya was ich nicht habe?" Sie springt von einer Sache auf die Andere, verwirrt mich dabei und drängt mich an die Wand, kommt immer näher und näher an mich heran. „Sie ist gerade einfach mein ein und alles. Da kannst du nichts für. Bei ihr ist alles so unkompliziert. Wir sind auf einer Wellenlänge. Da kannst du jetzt auch nichts dran ändern, wenn du sagst es ist mein Baby." „Aber es ist dein Baby. Du wirst Vater." „Ja. Das sagtest du schon. Du wiederholst dich.", erwidere ich stoisch.

Während ich mich um Kopf und Kragen rede, geht sie langsam auf meine Hausbar zu und schenkt zwei Gläser Whiskey ein. Sonst hat sie es immer gehasst, wenn ich trinke während wir zusammen sind. Jetzt schenkt sie mir etwas ein und ihr selbst. „Dann lass uns anstoßen. Am besten darauf Eltern zu werden!" Sie wirkt hinterhältig, angeschlagen und deprimiert. Als hätte sie einen letzten Plan gehabt, der jetzt aber in Luft aufgegangen ist und sie so ihre letzte Chance vertan hat. Mir scheint, sie will meine Gefühle verletzen und mich verletzen, sich dabei geistig zusammenrollen und weinend um sich hauen. Alles auf einmal, da kommt man nicht so schnell hinterher. Cornelia hält das eine Glas in der Luft und das andere Glas mir

entgegen. „Dann auf dich und Freya. Auf eure glorreiche Zukunft."
„Du darfst nicht trinken. Du bist eine werdende Mutter." Ich nehme
ihr mit einer schnellen Bewegung beide Gläser aus der Hand, bevor
etwas Schlimmeres passieren kann. „Ähm. Ja. Achja. Das habe ich
vergessen. Stimmt." Cornelia ist gefasster. Benommen gesteht sie:
„Ach. Das habe ich fast schon wieder vergessen. Zwischendurch vergesse ich, ich bin schwanger."

Dann sehe ich es wieder in ihren Augen aufleuchten. Eine
verletzte Frau, die mit den Augen zum Angriff funkelt; etwas Schlimmeres kann es für mich nicht geben. „Dann trink. Trink du für uns
beide. Trink! Du trinkst doch so gerne." „Und worauf soll ich trinken?", frage ich. „Trink darauf, dass wir Eltern werden. Das kannst du
doch noch für uns tun, oder? Darauf das unser Kind mit getrennten
Eltern aufwachsen wird. Das du Vater wirst! Darauf, das du endlich
mal etwas zustande gebracht hast abseits vom Schreiben! Such dir
was aus! Sonst brauchst du doch auch keinen Grund, um zu trinken."
Ich nehme das erste Glas, setze an und trinke. Bemerke noch, es war
vielleicht nicht die beste Idee Cornelia in diesem Zustand mit nach
Hause zu bringen. „Auf uns und unser gemeinsames Erbgut." Das
zweite Glas nehme ich in die Hand, erinnere mich an die wilden
Abende und die Bedienung, die mich gestern aus der Bar werfen lies,
weil ich ihrer Meinung nach zu viel hatte und heute die verdammte
Party bei Daniel mit den ganzen Spießern. Alleine deshalb musste ich
heute wieder über meine Verhältnisse hinaus trinken, als Freya mich
alleine gelassen hat. Das gehört jetzt nicht hier hin. Ich muss mich
konzentrieren. Ich muss für Cornelia da sein. So wie es aussieht, zerbricht sie daran. Sie kann die ganze Verantwortung nicht alleine auf
sich nehmen und fühlt sich verraten, so bilde ich es mir ein. Ich stelle
das zweite Glas beiseite.

„Es war nicht so super von mir den Babyladen einfach so verlassen zu haben. Dich einfach so verlassen zu haben, hat deine Gefühle bestimmt tiefer verletzt, als ich mir vorstellen kann. Das tut mir

leid. Du sollst wissen ich bin für dich da, wenn du mich brauchst. Soweit es geht, bin ich für dich da - und ich will auch für das Baby da sein, wenn es da ist. Ich werde meinen Lebensstil ändern." Sie lässt sich entkräftet auf mein Sofa sinken, wo mein Rucksack liegt. Ich sehe es an ihrer Gestik und ihrer angespannten Mimik, die sich jetzt entspannt. Sie hat ein kleinen Erfolg für ihre Sache vermeldet. Wenigstens hat sie mir ein Eingeständnis meinerseits herauslocken können. Es muss ein anstrengender Abend gewesen sein für sie. Sie wirkt noch immer benommen, aber ihr Dämon ist ausgetrieben. Ihre Wut auf mich ist verschwunden und hat der Verzweiflung Platz gemacht. Sie hat nur einen geringen Sieg davongetragen. Sie wird trotzdem alleine bleiben, auch wenn ich für das Baby da sein will. Sie schaut verzweifelt und meint: „Warum konntest du nicht ein bisschen weniger upgefuckt sein? - um in deiner Sprache zu bleiben. Warum konntest du dich nicht einfach ein bisschen zusammenreißen? Es hätte so schön werden können mit uns beiden. Du hättest bei der Zeitung gearbeitet und ich wäre eine liebende Mutter geworden. Wir wären eine perfekte Familie geworden. Die Weichen standen zwischenzeitlich so gut für uns, aber irgendwo auf dem Weg haben wir unsere Chancen verpasst. Warum nur?" „Wir waren schon ein schönes Paar. Aber leider geht das Leben Wege, die man nicht vorplanen kann. Was nicht sein sollte, sollte nicht sein."

Neben den leeren Sprüchen, die ich von mir gebe, interessiert mich nur eine Sache. Ich frage mich gerade nur: Ist es der Rucksack mit der Waffe? Wieso habe ich die Waffe eigentlich damals von dem Hells Angels Kerl mitgenommen und nicht irgendwo schnellst möglich entsorgt? Sie gehört mir nicht und sowieso ist es illegal in Deutschland eine Waffe ohne Waffenschein zu besitzen. Was ist, wenn sie die Waffe bemerkt? Was ist, wenn sie mich morgen anschwärzt? Was, wenn sie deswegen völlig ausflippt? Ich habe gerade erst einen ihrer Wutausbrüche überstanden, da kann ich keinen weiteren Wutausbruch von ihr gebrauchen. Ich bin doch auch ein Idiot

188

die Waffe nicht weggeräumt zu haben. Ich spiele manchmal damit. Es erinnert mich daran wie es war, als ich mit allem Schluss machen wollte und keine Waffe da hatte. Jetzt hätte ich ja eine Waffe. Ich könnte es jederzeit tun. Vielleicht gehe ich die letzten Wochen über deshalb so entspannt durch den Tag. Ich habe gestern noch einmal damit herumgespielt, Gott weiß warum. Aber warum habe ich sie nicht wieder weggelegt und den Rucksack unter das Sofa geschoben?

„Magst du sie wirklich? Wie heißt sie noch gleich? Freya? Habe ich das richtig ausgesprochen? Ist das überhaupt ein richtiger Name? Wer nennt sein Kind denn Freya? Magst du sie?", reißt sie mich aus den Gedanken. „Ja. Freya ist richtig, aber es ist nicht ihr richtiger Name. Ja, ich mag sie wirklich.", gebe ich knapp zurück. „Dann mach nicht den gleichen Fehler wie bei mir.", gibt mir Cornelia einen Rat. „Welchen Fehler?" „Benutze sie nicht nur, um deine Welt zu verbessern. Lass sie auch leben, lass ihr auch Luft zum Atmen." „Hattest du wirklich das Gefühl ich benutze dich?", frage ich und weiß die Antwort schon. Sie sieht noch immer so verletzt aus. Schaut mich bedrückt an. Ich knie mich nieder vor ihr, um ihre Aufmerksamkeit vom Rucksack abzulenken. Umfasse sie dabei tröstend mit beiden Armen und sie umarmt mich auch. Kurz ist es wieder wie vor ein paar Wochen. Wir liegen uns in den Armen und sind uns doch bewusst, wir schauspielern nur und spielen längst vergangene Szenen nach. Dieser Moment wird verfliegen und dann werden sich unsere Wege in Sachen Liebe trennen. Ich drücke meinen besoffenen Kopf an ihre Brust und lausche ihrem Herzschlag, kurz genießt auch sie, dann drückt sie mich roh davon. „Lass das. Du machst es schon wieder. Auch ich hätte gerne einmal in den Arm genommen werden wollen von dir."

Ich rede auf sie ein, will mich verteidigen und knie nur vor ihr, während sie sich nach hinten lehnt und mit ihrer Hand auf einem der Rucksäcke ruhen bleibt. Ich hatte es beinahe für einen Moment vergessen, greife aber schnell nach ihrer Hand. Für eine kurze Zeit kann ich meine eigene, in Panik versetze Fratze förmlich riechen, dann überspiele ich es und kann sie von der Tasche ablenken. „Willst du noch was trinken?", frage ich zusammenhangslos, um abzulenken. Cornelia fühlt mit der Hand über die Tasche. „Ich darf doch nicht trinken." „Willst du was trinken? Ich hab auch was ohne Alkohol." Sie schüttelt nur den Kopf. Sie fühlt auf dem Rucksack herum. Dann platzt es aus ihr heraus: „Ist das eine Waffe? Hast du jetzt schon eine Waffe? Warum hast du eine Waffe?" Sie gräbt sich in die Tasche, fühlt den schweren, kalten Gegenstand und tut ganz irritiert, schreckt kurz zurück. Ich verzweifele. „Was zum Teufel? Was ist das? Hast du wirklich eine Waffe in deinem Rucksack? Wozu brauchst du eine Waffe?", fragt sie hysterisch. „Sie gehört einem Freund." und hatte fast selbst vergessen, warum die Waffe bei mir war. „Wieso hast du eine Waffe?", fragt sie wieder. „Bitte. Das müssen wir doch nicht jetzt besprechen, oder?", will ich sie davon abbringen und will ihr die Waffe aus der Hand nehmen. „Doch, ich möchte das jetzt wissen. – Wie funktioniert die? Ist die echt? Wie in den alten Western? Peng. Peng?" Cornelia zielt dabei auf mich und drückt einmal, zweimal ab. Die Waffe ist nicht geladen. Ich habe sie letztens noch gesichert und entladen, sonst wäre ich jetzt tot. Sooft wie ich damit herumspiele und die wenigen Handgriffe nachmache, die mir der betrunkene Verbrecher gezeigt hat, befürchte ich sowieso immer sie geht los und es passiert etwas Schlimmes. Beim Putzen der Waffe gehe ich immer ganz vorsichtig damit um, obwohl sie entladen und gesichert ist.

Durch den ganzen Tumult in der WG nach der Abschiedsparty und der Beerdigung habe ich den Rucksack mit der Waffe zuerst komplett vergessen. Als ich die Waffe beim Aufräumen im Rucksack gefunden habe, bin ich auch erst einmal kurz zusammen geschreckt. Aber es ist einfach ein tolles Gefühl. So monumental. Ich schaue ertappt zu Cornelia und sehe ein Leuchten in ihren Augen. Jetzt wird es mir auch mit einem Schlag klar. Cornelia ist ebenfalls davon begeistert und nicht schockiert wie angenommen. Sie möchte etwas darüber erfahren. Wann hat man auch die Möglichkeit, eine echte Waffe in der Hand zu halten? Ich erkläre es ihr. „Gib mal her. Ich zeig dir wie sie funktioniert. So entsicherst du sie. So wechselst du das Magazin, so lädst du durch, und so drückst du ab."

Peng macht es erneut. Diesmal laut. Nicht aus Cornelias Mund. Es macht Peng in meinem Bauch. Meine Innereien vibrieren, ich falle in mich zusammen. Als ich bemerke, dass ihre Hände meine Finger umfassen und den Abzug durchgedrückt hatten, ist es schon zu spät gewesen. Die Kugel tötet das ungeborene Baby und Cornelia. Das war mein erster klarer Gedanke. Der Rest ist nur noch verschwommene Nebelerinnerung.

Als die Polizei und der Notarzt kommen, sitze ich mit blutenden Händen da und für Cornelia kommt jede Hilfe zu spät. Sie war zu diesem Zeitpunkt schon tot. Man entschied ziemlich schnell, ich hätte keine Schuld daran und sie wolle sich umbringen. Oder es war ein dummer Unfall. Irgendwie sowas. Irgendwas von Fingerabdrücken und Motiven. Die Waffe sei ihre gewesen, Cornelia hatte die Waffe mitgebracht und sei laut Zeugenaussagen sowieso die ganzen Wochen über verstört gewesen. Man spricht von Problemen in der Familie und über Zukunftsängste, die in Bezug ihrer Schwangerschaft zu bringen waren; dabei bin ich das einzige Problem in ihrem Leben gewesen.

# Epilog

Als die Polizei die Wohnung verlässt und alles soweit erst einmal geklärt ist, setze ich mich in den nächsten Zug in die Heimat als letzten Ausweg und setze mich im Elternhaus an den Schreibtisch und schreibe nach den ersten Tagen der Vorwürfe und der Erklärungsnot eine Geschichte herunter. Wenn ich vorher immer da saß und auf leere Seiten starrte, sprudelt es jetzt nur so aus mir heraus. Vorher habe ich die ganze Zeit diesen Druck in der Brust gespürt: „Ich muss schreiben, sonst wird nie was aus meinem Leben. Jetzt sitze ich wieder vor leeren Seiten und mir fällt nichts ein. Ich muss sie doch irgendwie füllen."

Jetzt kommt alles wie von alleine. Satz um Satz schreibe ich herunter, bis ich ‚Ein Sommer' oben auf die erste leere Seite, die den Drucker verlässt, schreibe. Ich lehne mich mit tränenden Augen zurück, als die bedruckten Seiten folgen. Einen Sommer lang hat unsere Geschichte gedauert. Ein Sommer voller Hochs und Tiefs, voller Veränderung und Entfremdung, des Erwachsen Werdens und der Partys, der Lebenswege, die sich verknüpft haben und getrennt wurden. Ein Sommer, der nur so dahinflog ohne wirklich aufzufallen.

Bis es zu spät war.